新生活

［捷克］博胡米尔·赫拉巴尔 著
星灿 劳白 译

北京出版集团公司
北京十月文艺出版社

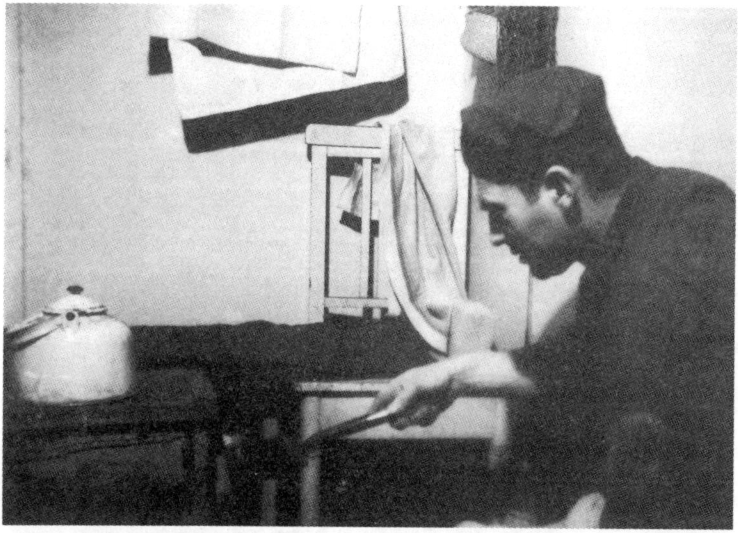

1953 年摄于堤坝巷 24 号

赫拉巴尔在1963年的一次读者座谈会上

赫拉巴尔作为作家代表团成员于1964年访问美国，摄于纽约

导言[①]

在离因斯布鲁克[②]不远的地方，有一座名叫安布拉斯的城堡。哈布斯堡王朝[③]的达官贵人们将世界上所有稀奇古怪的东西都搬到这儿的一间厅室里。我就看见过好些根长长的杆子，这些长杆的一端飘动着许多上面写着农民法的仿羊皮布条。这些仿羊皮布条紧紧扎在长杆的一端，就像乡下农民穿的民族服装上的饰条飘带，或者像马尾鬃。布条一摆动，农民法的文字便混杂组合出成千上万个新词新句来，它的基础只不过是几十个字母而已。当我站在这里，望着这间满是由偶然的文字拼凑重组的厅室里长杆上的飘带时，便明白了为什么当达达主义[④]

---

① “导言”二字系译者所添。本书作者赫拉巴尔在这段“导言”中说明了全书未用标点符号的缘由。译者因考虑到我国读者阅读的习惯与方便，在翻译该书时试着加上了标点符号，仅供读者诸君阅读参考。

② 现今奥地利境内一城市。

③ 又称奥地利王朝。原来的波希米亚王国（即现今捷克）、匈牙利等国均属于它。第一次世界大战导致王朝解体。

④ 达达主义为20世纪初在苏黎世、纽约、柏林和巴黎等城市兴起的一种虚无主义艺术运动。该名称为苏黎世一群青年艺术家和反战分子所创，他们将裁纸刀插入法德辞典，打开后刀子正指着“达达”（dada），故取达达这一名称。其思想根源是出于对资产阶级价值观的憎恨和对第一次世界大战的绝望。法国画家杜尚为其先驱和领导人。他们的主要表现方法是将照片报纸剪接拼贴在一起。这种追求偶然性的创作技巧后被超现实主义与抽象表现主义者所采纳。

者们剪碎报纸，将这些碎纸片撒到一顶帽子里，然后再掏出来，非常偶然地排列组合成一种奇怪的文字时，他们是那样地激动。

当我写完《新生活》这本用深呼吸即一口长气写出的书时，我意识到斜线瞟读的实质：意识到在斜着窥视书页时眼睛和心灵都不需要标点符号；意识到不仅我，而且千千万万读报纸和长篇小说的人都会一目十行地快速翻阅纸页，只有当高一层信号系统告诉你说这里值得读者多加注意，这里可以放慢一点读一会儿时，我们的眼睛才会警觉起来、用心起来……然后又接着一目十行斜线地浏览下去。我允许自己（敢于）享受这份奢华，并不像乔伊斯不带标点符号写成的莫莉太太[1]的清晨独白，也不像《土地》中的内心独白，既不需要标点符号也不需要文法。我只斗胆享用这一目十行的斜线浏览，因为当我从我生活的那些已渐隐没的画面中进行挑选，用语言将这些画面移到一行行文字里时，我过去曾经用这个方法阅读过。我认为我用这种斜线窥视自己的潜意识做法，就像巴朗德先生在布拉格附近建造铁路时，在峭壁结构的倾斜层面里，在对角线的层面里发现让人意想不到的古生物甲壳虫化石一样，让读者通过斜线阅读看到自己本人的印模。

---

① 莫莉太太为乔伊斯的长篇小说《尤利西斯》中的一个人物，犹太广告推销员利厄波尔·布卢姆的妻子。

这个春天特别美，因为沃拉吉米尔来到我家。他是我丈夫的朋友，关于他，我听过好多介绍。他是一个高个子男人，样子像打过篮球或排球的。他一见到我便感到有些不知所措，管我叫年轻的太太，立即向我丈夫说：“博士，我们还去散步吗？然后还去哪儿喝点儿啤酒吗？您太太会放您去吗？”我丈夫说：“哪能不放呢？沃拉吉米尔，把她也带上吧！好让我们身边有只漂亮的小猫咪。”我马上看出来，沃拉吉米尔并不高兴这样做，他更愿跟我丈夫单独去，可是我已经拿出我的外出衣服、雨伞，还有那双红高跟鞋。我靠那敞开的衣柜门扇遮挡着换衣服。我丈夫和沃拉吉米尔站在院子里，沃拉吉米尔在小心翼翼地掰着掉下来的灰泥块儿，他用指头把它夹起来，然后放到手心里，一边还认真地跟我丈夫讲述着什么。他们站在院子里望着那堵高墙，这堵让我睡不着的墙，因为墙后有个研究所，那里面有座重型机器轰隆响着，活像一座巨大的锯假牙的车间在磨牙，这些机器的嗞嗞声把我们炉灶上的小锅震得哐啷直响，有时那声音高得连我的耳朵都在嗡嗡叫。我们那张四条腿上有小轮子的青铜床也从墙根儿移动开了。我对这声音仍不习惯，可我丈夫他恰恰相反，一听到这声音就兴奋，半夜里从床上爬起来，挨墙站着，将耳朵贴到墙上去听墙那边大概在干什么。当我打发他去隔壁看看，去抱怨一下说我们受不了时，他却拒绝说："这么一来我不就失去秘密了吗？我要是去看，回来再给你讲那里在干什么，这不就没什么秘密可猜的了吗？"等我来到院子里，他们俩仍旧站在那儿望着那面大墙，望着那面至少有十米长六米高的墙。这两个爷们儿表情严肃，连眼睛都不眨一下地望着这面已经露出了砖块的墙壁。我丈夫还将指头贴在唇边，继续瞧着。对，现在又有一块灰泥剥落下来，掉在旧板棚上，立即扬起一股像擦脸粉一样的米色尘雾。我们连忙躲进敞着门的洗衣房里。灰泥被风刮向门槛那儿，沃拉吉米尔激动地流出了眼泪，说："博士，这面墙简直是一幅行动版画①，我住在这里的时候，足足有半年之久，打它旁边走过，可从来没有注意到这份奇特的美。博士，直到如今我才看到，我从这幅版画里已经找到了通向平庸的钥匙，也只有我能用这把钥匙达到形而上学的效果。"我则耸耸肩膀，已经站到第一级台阶上。我第一次地瞅了瞅这面大墙，也第一次地按照沃拉吉米尔眼泪汪汪地所谈到的这样来看这面墙。我丈夫却

① 行动版画，是20世纪50年代，在抽象主义表现中占有重要地位的一个画派，他们追求冲动性的狂放笔触和在画布上任意泼洒颜料所造成的偶然效果。此处则指这种风格的版画艺术。

像一个乡下老大爷那样站在沃拉吉米尔身旁，而沃拉吉米尔此时此刻俨然一副帅哥儿的风度，他所说的话使他自己得以净化，他手心里一直放着那块跟教堂里给的圣饼差不多大的灰泥块儿。有一次，我到教堂里接受圣饼之后又将它吐到手心上，夹在祈祷书里带回了家。后来我们一起走到我们这座破楼的过道上。沃拉吉米尔和我丈夫又回过头来瞅着那块相当破旧的天花板，它也在褪色和掉灰泥，上面满是脏兮兮的圆点儿，像鸡腿上的疙瘩点儿。略呈蓝色的灰泥渣儿像绵绵细雨静悄悄地落成一堆堆像油酥面团似的东西。灰泥还从天花板上掉到这两个男人的脸上。他们邀我出去散步，如今却死活都离不开这块潮湿的天花板。它的潮气喷到灯泡上，顿时变成水点像在溶洞里一样滴到镶着石块的地板上。谁走进我们这个过道都冷得打战，恨不得立即跑到街上或我们院子里去暖和暖和，用手指头拈起那些像从犹太教堂洋槐树上掉下来的落花似的灰泥块儿扔到地上。当我们终于离开了这座楼房，得以在我们巷子里的太阳下暖和暖和时，沃拉吉米尔还在为这面米黄色的墙壁和我们过道上方的蓝色天花板而激动不已。直到现在我才注意到他来的时候还拿着一个提包，如今他正双手拿着它放在身前。我立即明白，沃拉吉米尔不知将他那双长胳膊摆到哪儿是好，他之所以拿着这提包只是因为他不知怎么摆弄他的这双手。我对他微微一笑，重又看着他那个提包对他说："我明白，我也常爱带个小手提包什么的，只因为我不知道把我的手摆在哪儿好。您以为怎样？我如今拿着一把伞也是因为不知把我的两只手往哪儿放好。”沃拉吉米尔像个做错事的小男孩一样不好意思地对我笑了笑，如今他又不知怎么来收起这笑容了。我暗自高兴能看出他的心思，在这方面我可多少算得上是个内行，在这一片刻我的心情豁亮。多谢沃拉吉米尔使我们那糟糕的过道仿佛成了林中井边的小教堂，仿佛成了有些教堂的天花板。雨水和融雪从屋顶流到它那里，再从拱形圆顶冒出水珠，就像拌着天花板面颜色的灰泥块那样嘀嘀嗒嗒往下掉。当我们已在沿着罗基特卡小河向前迈步时，我伸出手来，看着我的袖子上这里那里闪烁着从我们天花板上掉下来的、并不比我的小手指甲大的灰泥块，当我抬起眼睛、不得不抬起眼睛时，发现沃拉吉米尔已回过头来瞅了我一会儿，然后点点头，重又像个知错的男孩一样笑了笑，因为片刻间我们互相有了些理解。这时我丈夫按他的老习惯又走到我们前面，然后回过头来，像一条猎犬一样往回走到我们身边。我们就这样一会儿分一会儿聚地走着。我觉得，沃拉吉米尔和我丈夫就像两个小男孩，我则像他们的保姆，我觉得沃拉吉米尔和我丈夫仿佛是波赫尼采孤儿院的两个孤儿，是我写了书面保证之后把他们接到我家来过礼拜天，第二天早上八点还要送回去的；我还觉得我是《小混混变大混混》一书中那个胖乎乎的齐林卡，正领着两只小狗在散步。我们就这样沿着罗基特卡小河漫步。这两个男人像孩子一样跑到小河水边去，他们对那里的一切都感兴趣。他们把在小河里找到的所有东西都捞到岸上来，把一辆嘀嗒着水的破儿童车拖到小路上我的脚跟前，又把一些破罐子和玻璃碎片从这条臭水沟的烂泥里掏出来搁在我面前，总而言之，这两位爷们儿把他们所找到的一切破烂都兴高采烈地捡上来，诸如里子朝外翻着的破雨伞，沾满了泥巴的大衣，湿透的草褥子和床垫……只有一个装满泥水的大沙发因为重得像块大石磐他们搬不动，只好让它留在原处。后来我们看到河边一棵大白杨树的枝干，大概是被闪电劈得歪向小河的上方。当我走到那棵树旁、拄着雨伞、穿着红高跟鞋的双脚又摆成一个舞蹈演员的基本姿势，瞅了沃拉吉米尔一眼时，沃拉吉米尔便张开两臂，沿着那根斜枝干爬了上去，一直爬到伸向小河上方的枝干顶端，还从这高处转过身来。我丈夫站在岸边，他那双罗圈腿还挺帅的，用手掌挡在眼眉上，像我一样瞅着沃拉吉米尔。我们的赞赏使沃拉吉米尔更来劲了，他像走钢丝的杂技演员一样继续往前走几步，终于找到他可能盼望已久的那一时刻，他一步跨到了另一根枝干上。沃拉吉米尔的体重压得枝干弯到小河对岸的地面上，他在枝干快要倒下之前连忙跳下来，脸吓得惨白地朝我们笑了笑。然后像沿着小独木桥似的沿着倒下的枝干跑到我们跟前，拿起他那个手提包，继续跟我们一道往前走。我丈夫一声不吭，我看出来他很不好受，沃拉吉米尔的表现使他自己感到羞愧难当，因为我丈夫并不是没有能力爬到那歪枝干上去，他有这能力，但却不是现在有，可能有时候，曾经某时有过，今天却没有了。他这么走着，膝盖有点不得劲儿，而沃拉吉米尔却俨然像位胜利者，昂着他那鬈发的脑袋，骄傲而灵巧地迈着步子。后来我们真的散起步来了。到了奥克罗赫利克时，沃拉吉米尔从一棵砍倒的树干的树皮上抠下来一块霉菌。我说这是梨树干，因为我爸爸曾经采购过芬兰白桦与黎巴嫩雪松这类珍贵木材，而且我对两个爷们儿说，我爸爸还有一帮职工将乡间林荫道上所有漂亮的梨树干核桃树干都买下来，因为我爸爸有远见，早就将整个摩拉维亚的还没伐倒的梨树核桃树都订购下来，所以我爸爸还是维也纳及布尔诺的木材顾问，他是一位熟知所有能做成漂亮家具木材的专家。沃拉吉米尔对我讲到的这些表示感谢，我丈夫的下巴也翘得高高的，为我而感到片刻的骄傲。沃拉吉米尔蹲下去，从手提包里取出一张硬纸卡片和一管糨糊棒，将那一小块从伐倒的梨树干上抠下来的树皮贴到上面，像端着一本打开的书一样将那张贴了树皮的卡片端到我眼前说，他的行动版画就跟创造了这块树皮这块霉菌的大自然一样。我丈夫这时大声嚷嚷，可笑地蹦跳着喊道："第二自然——亚里士多德[①]的工具论！"沃拉吉米尔也欢呼着："对！亚里士多德的逻辑、工具论？博士，要是我们这位年轻的太太允许的话，为了纪念我们这次散步，咱们做一块凹模板，然后印一套版画。年轻的太太，您让他做吗？您大概不会让他跟我去做的，或者您让他去？"我说："我让！只要他乖，我会让的。我干吗不让啊？"沃拉吉米尔小心翼翼地将那块贴着老梨树皮的卡片放进提包里。这时跟我并排走着，对我说："您知道

---

① 亚里士多德（Aristotle，公元前384—前322），古希腊哲学家、逻辑学家和科学家。后人将他逻辑学方面的著作总名为《工具论》。此处为赫拉巴尔以此来讥笑沃拉吉米尔的话。

吗？年轻的太太，等我结了婚，我一步也不离开我妻子，她在思想上也一步都不许离开我，因为她只要在思想上离开我一步，我就从她那儿跑开，然后去上吊，解下领带去上吊。”沃拉吉米尔很严肃地对我说。我丈夫在挥动着双臂，仿佛想将沃拉吉米尔刚刚谈到的那些画面驱散掉。山坡上有些小果园。我丈夫又来精神了，用手指着那一棵棵矮小的果树，说出这棵那棵叫什么名字，结什么果子。他将手伸进篱笆里面，抓一把刚被铁锹翻过的土，像捧咖啡末一样地捧到我们面前。我们不仅必须闻一闻这土，而且还不得不用手指头抓一点儿像搓盐一样地搓一搓，仿佛在检验用来做衣服的本色粗布的质量。而沃拉吉米尔对他的回报则是从我们走进的一座小林子里一些松树的背阴抠了几块树皮下来，然后从提包里掏出一本写生簿，在其中的一页抹上糨糊，掰出一块树皮和霉菌，还揪下一朵花，捉了一只粉蝶，贴在这张纸上，然后捧到我面前来让我欣赏。“哟！”我高兴地惊叹了一声，撑开那把蓝色丝面阳伞。我丈夫也走过来看，沃拉吉米尔微笑着。我丈夫说：“沃拉吉米尔，这就是整个的您呀！您净整这么些小画，那上面既没有素描也没有人像。这倒好，您压根儿就用不着会画树和那在鲜花草地间像地毯般包围之中的小溪，您也用不着讲述风俗趣闻轶事寓言与田园景色，您现在做的这东西乃是您伟大的抒情诗这根链子上又一链环的延续。沃拉吉米尔，是时候了，我跟您说，我的老天爷，别再弄您这些小片儿微型画了吧！弄些大幅的，更大一些的版画！”我丈夫大声喊着，边后退着走边捶胸顿足的。尽管有太阳，弯曲的小路穿过白桦林，我们一点儿也挨不着晒，可我还是拿着那把张开的蓝伞。我看见沃拉吉米尔像一匹怒气冲天的烈马一样缩紧着耳朵。可我丈夫没有注意到这一点，还在继续对着沃拉吉米尔吼叫，让他开始新生活，让他放大他的版画，即他的那些小块画、微型画。这些小画是个什么样儿我想象不出来，但我知道，沃拉吉米尔在使劲地克制自己不把我丈夫推到白桦林中的壕沟里去，或者把他的牙齿敲个粉碎。可我丈夫大概认为自己找到了对沃拉吉米尔说出一切的最有利时机，他倒不是要反对沃拉吉米尔，而是认为有必要向沃拉吉米尔指出一条什么新道路，让沃拉吉米尔超越自我，成为顶尖的大师，不仅是布拉格的、欧洲的，而且是世界级的，就像我丈夫想象自己那样，以为再过几年突然一下会划破天空横空出世，成为了不起的天之骄子。如今我丈夫就在预言什么也阻挡不了沃拉吉米尔开始创作出大手笔的巨幅画来。我却在小白桦林中漫步，布拉格就在我们的下方闪着光芒。随后我们走在浓密的小橡树林中，我转动着蓝伞，微笑着，仿佛自己是在印象派画家们的画上漫步，仿佛自己也有了印象派画家的情绪。我有一种幻觉，仿佛自己在迎着自己往前走，我看见自己多亏那把蓝伞成了印象派画面的组成部分，因为当我随便瞟上一眼，便能看到连我的鼻子也是蓝色的；当我收紧下巴便看到我的胸脯和拿着伞把的手都是蓝色的。我还觉得我那两个从波赫尼采孤儿院领出来的彼此喊叫着的孩子也属于这幅印象派画中的人物。在这幅画中我们缓缓登上林木茂盛的山坡，我那把张开的蓝伞也跟我们一样在漫步攀登。尽管沃拉吉米尔在冲我丈夫大声吼叫，我仍然微笑着。他在嚷嚷道："博士，您该继续去当您的列车调度员，要是这样，今天您带着您的这些观点也许当上了站长，在哪个小火车站上当个站长，夏天穿上白色制服裤，纽丝特尔①的上衣，下午您可以去花园饭店、站旁饭店打打保龄球。您太太也就成了站长太太，您们也许有了孩子，因为您太太准会给您生下两个大胖娃娃，您的体重也准会有一百公斤！"沃拉吉米尔就这样对着我丈夫大声喊着。我丈夫胀着脖子瞪着眼睛说不出话来。可是我却出了林子来到草坪上，那里有一个小湖，旁边耸立着天文台的圆屋顶。那里还有一辆被遗弃的邮车。我登上踏板，纵身跳到这辆蓝色旧邮车赶车人的座位上。曾几何时，这辆邮车曾四处分送包裹、情书、讣告以及挂号邮件，可如今却扔在拉德维山顶上的天文台旁。我坐在邮车上望着这两个爷们儿，这两位未来的顶尖人物、世界冠军，他们俩实在令人觉得可笑。其实我也何尝没想出人头地呢？我曾经学过跳舞，想要当个芭蕾舞蹈家，如果当不上头号芭蕾舞蹈家，至少当一名像拉·杨娜一样的舞蹈演员，可如今我却是巴黎饭店的一名女出纳员而已，下场大概跟这两个爷们儿一样。他们仍在彼此冲着对方大喊大叫，现在甚至面对面地站在那里，眼睛瞪得老大，紧握着拳头，眼看就要抓破对方的眼珠子、大打出手。可是我知道，即使这两个人打

① 纽丝特尔，一种带丝光的毛织品。

起来，他们也不会互相抛弃。这两个人彼此爱着，谁离了谁都没法活。他们可以各自待在布拉格的另一端，然而他们在思想上还是相通的，因为他们两人都有个摆脱不掉的念头，即他们都是最出色的。现在正是为他们这两位最棒的人物而在大喊大叫，现在正是为他们中要成为世界冠军的人在彼此嚷吵。他们吵得压根儿就没法注意到这时我看见了什么：在天文台旁边有位女教师带着一群孩子，他们在一张圆桌旁围成一圈，这块圆桌面跟我们家餐厅里的圆桌一样大。孩子们正用小手指头指着这张桌面的边缘。我从那辆被丢弃的邮车上走下来，拿着张开的蓝伞走近这群孩子，我越过他们的肩膀扫一眼这张桌面，几乎没法相信自己的眼睛，因为我看到在这块大得像个大磨盘的石头桌面上，就像大钟楼上的钟一样，有箭头指着的一根根刻度线，上面标着欧洲城市的名称，以及各个城市离这块石桌面中心的公里数。女教师帮一位小女孩站到桌面上。小姑娘用手捂着眼睛喊道："我看得见，看得见华沙！"然后转过身，弯下腰，等她读了石桌上另一个地名之后，又用手掌捂住眼睛嚷嚷道："我看得见，看得见柏林，我一直能看到莫斯科！"然后小姑娘跳下来，换了一个小男孩上去，他也读了一下地名，然后用手捂着眼睛喊道："我看得见，看得见维也纳，我还看得见罗马！"我丈夫和沃拉吉米尔这会儿也走过来，他们已停止争吵，两个人都看着我。我将指头贴在抹了口红的唇边，于是这两个爷们儿感动地看着一个小男孩和一个小女孩，看着这些孩子怎样跳到桌面上，捂着眼睛朝着越过所有国界的远处喊叫。按着圆桌面上的箭头所指，在离这儿几百几千公里的某个地方，每个孩子都能看见一座欧洲的首都，每个孩子隔着这么远都看得这么真切，从拉德维这儿一直看到那个遥远的地方。等所有孩子都轮着看了一遍，老师用下巴向他们一示意，自己便带头朝着恰布里采走去。这时我们身后的布拉格像一幕晃动的印象派的舞台布景在闪闪发光，沃拉吉米尔和我丈夫用指头触摸着摆在拉德维山顶上的这张石桌面，读着上面的城市名称和距离这里的公里数。我拿着张开的蓝伞跳上去，站在桌面中心，用伞指着维也纳那个方向喊道："我看得见、看得见、看得见毕辛卡姑姑正走在马利亚希尔—费尔街上，现在她正走进德蒙咖啡厅。我看见了，看见了！"我转过身来，又用伞指着海德堡①的方向喊道："我看得见！我妈妈正牵着一条小狗走在施韦特辛根街上，现在正朝施洛斯卡登走去。我还看得见我的姐姐湖翠刚采购回来。我的三个侄女正在谢杰街2号的小房子里翻她们妈妈的采购包，挑出来可馋嘴的东西！"说完便跳下来，在我的红高跟鞋踩到草地上之前，我靠蓝伞帮了一下忙。沃拉吉米尔放下提包，一个侧腾跃跳到石板桌上，遮住眼睛喊道："我看见了看见了！那儿是华沙，我看见那里的斜轮展览厅和为我举办第一次隆重展览的波古谢馆长！我看见了看见了！在大海的那一边迈阿密②的戴维斯③先生，他为我

---

① 海德堡，德国一城市。

② 迈阿密，美国一城市。

③ 戴维斯（Stuart Davis，1894—1964），美国早期抽象美术家。

举办了在美国的第二次展览。我看见了，现在我看见巴黎了，那里的马蒂厄[①]正如我在一块小小的硬铝板上制作行动版画一样拿着他的笔刷在他的巨幅画布上舞动！向您致意，马蒂厄先生！您在巴黎就像我在布拉格一样是最棒的！您听得见我说话吗，马蒂厄先生？我还看见巴黎的赛伊法尔先生，就是那位写文章说抽象抒情版画是我的一大发明，我的行动版画我的暴烈主义！我看见在美国，波洛克[②]正登着他那些恐怖的大教堂和他用滴溅颜料的方法创作出来的画、行动绘画，我从布拉格向您致意，波洛克先生！整个世界只有两个顶尖大师，波洛克先生您和我！这同一个椭圆上的两个圆心……”沃拉吉米尔跳下来，得意洋洋地望着我丈夫。我丈夫变得开朗起来。他瞅我一眼，我看到我丈夫这时有一双漂亮的眼睛，孩子的眼睛，刚哭完的孩子的眼睛，他不是跳到而是先靠膝盖爬到桌面上，还得靠双手支撑着才站立起来。沃拉吉米尔看着我，笑得直摇头，意思是说我嫁的老公已经有点儿体力不支了。可我丈夫如今挺直了腰板儿，站到石桌中心，那上面朝着各个方向的箭头指着世界各地的城市及距离。他遮上眼睛，不是朝着他面对的方向而是朝着下面沃拉吉米尔的脸喊道：“我看见了，沃拉吉米尔！看到了我已经知道的：波洛克已经不在人世了，波洛克在‘雪松’街5号的酒吧要了最后一杯威士忌，他在这短暂

---

① 马蒂厄，法国画家。

② 波洛克（Jackson Pollock，1912—1956），美国抽象表现主义绘画的主要代表，以在画布上滴溅颜料作画著名，是行动绘画派艺术的首创者。

的一生中肯定已经喝了好几大罐这种酒，当他吸完最后一支烟，便坐到他的小轿车上，有人跟他撞了车，他死啦！沃拉吉米尔，注意！他是在四十四岁的时候死的。他妻子丽·卡拉斯涅罗娃，他滴溅颜料作画的能量，乃至他忠实的小狗都没能帮上他的忙。沃拉吉米尔呀！波洛克先生已经死啦……”我丈夫蹲下来，鞋底踩在桌面正中心，直视着沃拉吉米尔这么说。沃拉吉米尔不再微笑，他脸上的笑容冻结了。我放下伞，望着这两个爷们儿，不禁打个寒战。我丈夫说：“我看见了，看见巴黎的安东宁·阿尔托[①]也已经死了，我看见了他写的一句话，沃拉吉米尔啊，注意！这句话也是针对您的……‘有一天我们也不得不对自己的过早死亡而负责’……”

五一节是爱情的时光[②]，我和我丈夫都穿上了节日盛装。我从来没有去看过五一游行，也从来没想到过要去看。我丈夫也从没去看过五一游行。恰恰相反，就像我婆婆说的，我丈夫在宁城那时经常在五一节那天上午往外运送家畜粪水干草，惹得宁城居民老大不高兴，我婆婆还不能说，因为我丈夫那时正靠运粪水干草来写他的鉴定。可是今天他却怀着过节的心情，

---

① 安东宁·阿尔托（Atonin Artant，1896—1945），法国剧作家、诗人、演员和超现实主义理论家。他企图将“资产阶级”古典戏剧取消，代之以他的“残忍戏剧”，试图将人的潜意识解放出来，并将人的本质向本人显示。

② 源于捷克著名诗人马哈的一句诗。

像个小男孩似的盼着这个游行。于是我们便走出我们在堤坝巷这个家，我丈夫挽着我的手，对我嚷道："小姑娘，其实你也可以当作家呀！你听着，我只能告诉你我所相信的。是这样，小姑娘，一切都始于赞赏惊羡，只要你一开始对什么表示惊异，你就会发愣；一开始变得很消极，可这不要紧，这只是一种充满着热切期待的恭顺，这是处在宣告某种什么之前的一种状况。你睁开了眼睛，敞开了心扉，你的这种消极会突然转向它的反面，你不仅愿将这一切，而且还不得不将这一切记录下来。作家就是开始把他所见到的、闪光的东西抄录下来的人。这不是任何别的，而是来自对你之外的某些东西的极大欣喜……"我丈夫叽里咕噜地在唠叨。我高兴的是他没像往常那样总是走在我的前面，今天终于像个体面的丈夫与我并排走着，甚至还挽着我的手。他这样挽着我的手也许是我们结婚后的第一次吧！于是我们就这样走在赫拉夫尼街上。雪花纷飞，我丈夫对着我的耳朵大声喊道："最主要的，小姑娘，你必须学会提出一些愚蠢的问题，比方说，要费多长时间才能将你那杯发酵的饮料变得只剩下纯纯的葡萄酒？你必须学会自己问自己。喂，小姑娘，你知道你先往前走，再走回到你起步的那个地方要费多长时间？还有！你自己朝着与自己相反的方向走，让你的未来成为过去，这又要费多长时间？你何时失去生命而回到那美丽的空无、非存在？何处没有始与终？何处的切线与弦混淆在一起？何处平行线一根挨着一根地流淌着？何处的水、火、空气与太阳混为一体？何处是地下小河的终点站？何处一切都会冒出来？何处的一切都达到了时空的顶峰？”我丈夫实际上没在问我而在问他自己。帕莫夫卡这儿刮着风，下着雪，还有一股过堂风。游行的旗队从维索昌尼那边走过来，然后是少先队员像一群达克斯狗一样涌过来，接着便是我至今仍望而生畏的民兵队伍，后面是乐队和举着那些活着的以及死了的国家领导人和政治家肖像的队伍。从卡尔林、从火车站、越过犹太墓地的围墙刮来一阵阵凉风，举着横幅标语的人被吹得歪歪倒倒，帕莫夫卡区的整个游行队伍都有点儿像喝醉酒的人，标语牌和旗杆一晃而过，游行队伍缓缓向前，可这五一游行队伍真有点儿松散踉跄。一支进行曲已在什特拉斯堡演奏结束，第二支曲子在接近巴拉本卡的地方开始奏出。观众们站在街边人行道上望着游行队伍，也许每个人都在队伍中寻找他的熟人。可是仍旧刮着风，下着雪，而且越下越大。我丈夫抓着我的胳膊，他探着身子，眯缝着眼睛，想看到那越走越近、从麦尔古尔的大风雪中过来的大小厂子的队伍排头。他搓搓手，向站在街边人行道上的人们点头致意。所有这些从他常去的小饭店小酒馆里结识的熟人也都只为看看热闹而来到这里，他们可没这勇气跟着游行队伍一直走到布拉格市中心去，只是这样站在帕莫夫卡街边上，向游行队伍招招手而已。当国旗、党旗和领袖像经过这里时，有些人摘下便帽和礼帽，这里那里偶然有顶礼帽被风刮走，而从火车站又刮来了啤酒罐和餐巾纸，大风还刮来小摊上出售的装芥末炸香肠的纸碟，那些摊位的帐篷被风抽打得噼啪作响。突然，我丈夫喊了一声：“他们来了！”

这时，一列游行队伍已走过去，消失在莫尔卡拉西五金商店。如今来了一排大的游行队伍，走在队伍前头的是举着国旗的沃拉吉米尔。他走路的样子，仿佛根本没有风的干扰，他显得那么自豪而庄严，手中的大旗杆插在他腰间绑着的帆布带里，大旗像一个被急惊风折磨的小孩在拼命地撕扯抽打着，可是沃拉吉米尔将它抓得牢牢的。我丈夫敏锐地看到沃拉吉米尔，也实在是有可看的，因为沃拉吉米尔步履轻盈，没戴帽子，理了发，即使在这大风中他的鬈发也显得很有弹性。他穿件高领衫，外面套件蓝短外套，走路那神气俨然像个什么代表。帕莫夫卡街人行道上的所有观众都注意到了沃拉吉米尔，没法不注意到他。只有他在按着音乐节拍健步走着，而其他那些标语牌和画像不是朝后仰着，便是被风刮得朝前倾着，或者音乐节奏一停止，画像与标语牌便互相磕磕碰碰的或倒下去。唯独沃拉吉米尔一个人走得稳稳当当，仿佛既没下雪，也没有刮起那有节奏地拍打着他那双穿着烫有挺缝线灰色裤子的腿和膝盖的风。如今他也看见我和我丈夫了，他用眼睛向我们致意，他继续健步朝前走着。他知道我们在看他，如今他也在为我们迈着大步，使劲让自己比在看到我们之前走得更神气些。实际上这五一游行是沃拉吉米尔的游行，是他准备了，也许在维诺堡坟地某个地方练习了好久的游行。就像我丈夫说的，沃拉吉米尔经常夜里去坟地围墙那儿给亡灵唱歌或者拉提琴。我丈夫对我说："可是小姑娘，这还只是利本尼这一段的游行，你知道等沃拉吉米尔领着这帮切卡德[1]的工人走过波希奇，然后再扛着那面大旗走过瓦茨拉夫广场，最后经过检阅台意味着什么吗？我都害怕接着往下想。”我丈夫这么对我说。沃拉吉米尔的身影如今渐渐从莫尔卡拉西附近的小山坡上走下去，但他还是比距离更远的游行队伍中所有的背影高出一头，他这满头的鬈发在晃动着的标语牌中闪着光亮。那些头像脸面冲前，一直朝布拉格市中心的方向走去。“你今天成了一项特殊事件的见证人，”我丈夫一本正经地对我说，“沃拉吉米尔将会整整半年沉醉在这次游行之中。可是小姑娘，我刚才说的那种消极、那种在做之前的倾诉和赞赏还不是全部。小姑娘，到你开始写的时候，你要特别注意，那写作突然会开始给予你一种完全不一样的、你从来没想过的东西，如今流出来的就是那真正的香醇，一种你以后渐渐得知而你以前从未设想过的东西，如今这才是你真正的东西，完完全全是你的东西。这东西大概好比在工厂里有部机器突然开始生产废品。对！在厂子里这就得马上停止生产，因为生产出来的是废品，可是在写作中这废品恰恰是真正你要的。真正的作品就需等待开始写作这废品的那一刹那出现……这就是酿酒的时候全家都等着的那正在发酵的葡萄酒酿，等到把葡萄渣儿挤出来，那汁儿又开始升温、发酵，变成一种浓汁儿，像白咖啡一样的这废品，于是全家都会争先恐后地来品尝这好比盘尼西林的发酵液，它有一种治疗作用。起

---

① 切卡德（ČKD）捷克布拉格一家机器制造公司的代号。

这种治疗作用的实际上是一种有组织的废品，像盘尼西林一样是一种霉菌。这就是这发酵液与写作的真正相似之处。小姑娘，在摩拉维亚那地方每一个葡萄酒地窖都有一座小阁楼，阁楼上有一个小房间，在葡萄发酵的时候，维也纳的犹太人就到这里来，整个星期都喝这废品、这盘尼西林、这发酵液，什么别的不喝只喝这发酵液，用它来清洗内脏。因为犹太人的肝、肾都不好，那发酵液能管点儿用，等他们回到维也纳时，又可放开肚皮吃鹅、吃烤鹅肉和鹅肝，大吃大喝过周末，然后再盼着到摩拉维亚酒窖上面的阁楼小房间来喝发酵液。”我丈夫一个劲儿地说着，我在他身旁却边走边想着沃拉吉米尔。他那种游行时举旗的方式让我吃惊，他根本不在乎那天气那风和雪，仿佛在梦中迈步领着那五一游行队伍，可是却像走在所有复活的茫然的人群前列的基督，沃拉吉米尔在整个这一游行队伍中就是这么个形象，似乎只有他一个人是圣人，仿佛他是共产主义那早已逝世的前辈的长子。我看到沃拉吉米尔在为他代表他们工厂举着旗帜而骄傲，甚至还因这面旗子而感到荣幸，简直因为工厂恰恰选中了他扛旗、领着队伍走过布拉格市中心的检阅台而幸福至极。我真恨不得能到瓦茨拉夫大街那检阅台下去看看他是不是在那里也昂首阔步，是不是在那里也这么一副神圣而茫然若失的面孔。因为沃拉吉米尔此刻在帕莫夫卡街上给我的印象俨然像个真正的理想的共产主义者，他乐意上班，乐意工作，像其他人中的一员，什么也不图地做着自己的事业，平凡而又谦虚，同时又为自己既是工人又是艺术家而感到骄傲。他连画室也不需要，像我丈夫说的，只想晚上有几根香烟抽，以及用六十个哈莱士[①]买张去日什科夫的电车票回家。实际上这个沃拉吉米尔请我和我丈夫到帕莫夫卡来参加五一节，是想让我们亲眼看到他站在哪一方、在什么立场上、同情谁，对沃拉吉米尔来说谁比我丈夫和我更重要，所以他才摆出那副冷峻同时又很得意的面孔，所以他的眼睛才像看我丈夫时的那模样。我丈夫与我并排走着，我看出他也有着同样的想法。他看了我一眼，微笑着，耸耸肩膀，举起一个手指强调地说："我是一个小城市的市民，自始至终是一个小城市的市民，但我从来不是一个小市民。"他推开门，用手使劲拉开红色帷幕，邀请我到热尼什基来喝一杯。我坐下来，环视一下酒店，这家酒店我没来过，我丈夫要了啤酒，给我要了格罗格酒[②]。他悄声对我说："这里曾经是教会高层和市长先生、市政府官员及其夫人们光顾的地方，这只是供利本尼的高层人物享用的酒店。如今仿佛一切都翻了个个儿，如今是一家早上六点钟就开门的小店，那些早上不喝杯郎姆酒干活手就哆嗦的人常上这儿来……哪里是六点开门呢?"我丈夫自己问自己，一摸额头便回想起来了，"那是在林哈特酒家，然后是铁路王酒家，再后是卡莱恩都酒家，不是科学院旁边的那一家，而是正对着码头的滨江道上的那一家，然后是铁铺酒家，再往下是波多里酒

① 捷克钱币中最小的单位。
② 朗姆酒或其他烈性酒加糖和水熬成的一种饮料。

家，还有叫什么名字来着？”我丈夫在绞尽脑汁、摸着脑门子说，“喏，它旁边就是铁货铺……对，叫啤酒厂酒家，当然还有马利扬图画酒家，在马利奇卡对面，而在这家酒店对面则是巴索夫斯克酒家，是在哈夫利切克广场上。可是我最喜欢的还是那家拉·巴罗马小酒店。常去那里的有……”“我知道，”我打断了我丈夫的话，“我已经听说过拉·巴罗马小酒店了。士兵们常到那里去玩妞儿。”我说过之后，心里的一块石头落了地，便开心地笑了，笑声大得使高层人士常去的热尼什基酒家的所有顾客都朝我看。有人从外面打开门，接着他用手撩了好半天那红色帷幕，可总也撩不起来，他只好作罢。有人从街上往这玻璃门上猛击了一拳，门前挂着的就是这块靠人手才能撩开的红丝绒帷幕……

我在照着图样纸绣画。而我丈夫却视我那些图画如眼中钉肉中刺。我可是最喜欢照着样子用彩线绣这些图画了。他的朋友们来我们家时，所有这些未来的顶尖人物都抱着极大的反感看待我这活儿，还带着同情的目光瞧着我丈夫。我把我那些尚未绣完的画图纸摆到他们面前，请他们出出主意，请他们帮我挑选彩色绣花线，可是这些未来的世界冠军们却耸耸肩膀，坐得离我远远的，继续讨论当前被诺维·乔克和巴黎所震撼的艺术，谈论抽象的表现主义[①]，谈论粗犷派艺术[②]、抒情的抽象，谈论加缪[③]、萨特[④]，谈论爵士乐演奏家、桑德堡[⑤]、弗林格蒂[⑥]和凯鲁亚克[⑦]，还谈到老庞德[⑧]的病……我一边听着，一边继续挑选彩色线准备照着样子绣一幅布拉格宫。我丈夫的朋友走到我背后瞧看，而我故意装得非常欣喜且精力集中的样子，把紧绷在绣花框子上的麻布取出来。那上面已经绣了蓝色的布拉格宫轮廓……朋友们在周围嚷嚷着："跟毕加索比怎么样？像达利[⑨]的？要不像劳申伯格[⑩]的？"我仍在挑选彩线，从已显图样上的颜色来配色，将线穿进针鼻眼里，画面慢慢地、但肯

---

① 20世纪初一种强调自我表现、反对艺术目的性的文艺流派。

② 现代英国建筑流派。注重材料和基本结构的直接表现，是一种未加装饰的巨型建筑。

③ 加缪（Arbert Camus，1913—1960），法国小说家、剧作家、伦理家和政治理论家。其主要著作涉及人在异己的世界中的孤独，个人与自身的日益异化，以及罪恶问题与死亡的不可避免等。准确地反映了二战后知识分子思想的迷乱与幻想的破灭。

④ 萨特（Jean-Paul Sarter，1905—1980），法国哲学家、剧作家、小说家，法国存在主义的首创者。

⑤ 桑德堡（Carl August Sandburg，1878—1967），美国诗人、历史学家、小说家、民俗学者。

⑥ 弗林格蒂（Lawrence Ferlinghetti，1920— ），美国诗人。20世纪50年代中期在旧金山发起"垮掉的一代"文学运动。

⑦ 凯鲁亚克（Jack Kerouac，1922—1969），美国诗人、小说家，"垮掉的一代"文学运动的领袖和发言人。

⑧ 庞德（Ezra Pound，1885—1972），美国诗人、评论家，对英美现代文学发展作出了重大贡献。

⑨ 达利（Salvador Dali，1904—1989），西班牙超现实主义画家。

⑩ 劳申伯格（Robert Rauschenberg，1925—2008），美国抽象表现主义画家，波普艺术代表人物之一。

定在一步步显现出来。我已学会从边上往中间绣，当画面东一下西一下颠三倒四地逐渐显现时，我觉得最有意思了；当这彩色画面还看不出是个什么东西时，我觉得它非常美……我丈夫跟他的朋友们在继续进行着他们那机敏的讨论，这都是他们从一些专题论文里看来的材料。我丈夫以为这样就能制服我、贬低我。当我拿我的绣花图案装腔作势地给这些未来的顶尖人物、这些冠军们看时，他们在我的画旁走来走去，根本没有察觉到我在蔑视他们，还一个劲儿地拿我取乐，出主意说应该把我的画剪成碎块儿来做拼画；说我该往这幅画上钉上一颗钉子拿来挂破闹钟；还说要在我这幅尚未绣完的画上挂一块怀表的表盘……我把已经绣成的吕内堡的帚石南丛拿来给他们看，他们大家都捂着眼睛或堵着耳朵、跺着脚，大演其戏，说看了这幅画心里不好受，可能得挨个儿从窗口跳出去，说我们要是住在四楼上……我摇着头、弹了弹太阳穴，按摩了一下眼眶，以便看清这些小丑。我就用这些画来报复我丈夫这些从来不让我对他们的讨论插一句嘴的朋友。当我想对他们的讨论说点什么时，我丈夫甚至在我头上一挥手，大家随即打断我结结巴巴说出的几个字，禁止我发言，因为他们认为我不够格参加他们的讨论，其实他们争论的时候，谁也不听别人在说些什么，只等着让自己的观点，仅仅是仅仅是自己的观点占据这个讨论，以捍卫自己的自卑，我却清楚地看到自己一点儿也不比所有我们的这些客人差。我故意把我那张刚开始绣的画放在两个窗子之间那块上面耷拉着常青藤枝子的卧式镜子上，让它再映照出来一份。我用两个拳头做成两个观察孔欣赏着我的这作品，还后退几步，为我这双巧手感到自负，感到自我得意，因为只有我还正正经经干了件实实在在的事情。而我丈夫的这些朋友们，仅仅掏出他们的针织运动衫，只等着他们的时运一到，便都成为第一号种子……别的时候，我也把《金色布拉格》一书拿来给他们这帮人看，这是我丈夫给我从焦街废纸回收站带回来的。我浏览着书上的插图，为了给他们添点乱，我像打开弥撒书一样翻开这本书，将它塞到他们的眼皮底下。可我丈夫看我的那神气就像我压根儿不在这儿，就像我是透明无色的。我可不买他们的账，偏把《金色布拉格》摊开放在桌上，大声读起波赫达·卡明茨基的诗来。大家不相信自己的耳朵，不相信自己的眼睛，他们听我读一会儿，有两人跑了出去，两人同时钻进院子里那个敞着门的厕所，同时装作在呕吐；其他人对我丈夫表示同情、慰问，我却坚持把卡明茨基的诗读完了……

当我把我结婚时的照片寄到德国我妈妈那里时，我妈妈回信开玩笑说她很高兴我嫁了一个俄国佬。她说从照片上看，我丈夫根据他那高颧骨该是乌拉尔山脉一带的人。她说对了，因为我丈夫自己也说他和他的前辈们都有一副高颧骨，说这些摩拉维亚人反正有一半是类似阿瓦尔人、鞑靼人和马扎尔人的人种。我注意到，连我丈夫的表妹米拉达也有着一副高颧骨、歪脸盘和短下颚。米拉达常常拿着一本大相册，像翻弥撒书一样一页一页地翻着，不仅将她的父母而且将她的兄弟姐妹指给我看，整个一群人都是一副目光严肃的、旧奥地利乡下人的模样，连我丈夫也弄不清谁是谁。他跟我说，他只能根据高颧骨来认出他的亲戚，因为他的那些七姑子八舅子肯定有上百人，于是我丈夫只得放弃向我介绍谁叫什么名字，谁的命运如何的念头。只有米拉达给我介绍了一些人的名字，可是到头来我还是没法将名字与面相联系起来。我只知道一点：这些照片上所有的人都庄严得跟皇后和国王们一样。从他们脸上的表情可以看出，生活在旧奥地利一点儿也不轻松，从这些人身上仅能看出辛勤劳动的痕迹，仅仅能看到握得紧紧的累坏的手，所有男人都显得过早地衰老，他们的眼睛仿佛都有白内障，而且两只眼一高一低，似乎总在瞅着某个遥远的地方，那些男人看什么东西时就像瞧着那永恒，连那些女人也大概如此，手里抽搐地捏着祈祷书，仿佛那天主教的歌本上的圣母歌流进了她们的灵魂和眼睛里。当我们坐在宁城家里，外面下雨出不去时，我丈夫也拿出一本红丝绒加金粉点封面、跟米拉达那本几乎一样的相册。我婆婆像米拉达一样努力将各个家庭成员以及那些亲戚们的相片和名字联系起来告诉我，她这么一页一页地翻着，不但那些名字一过就忘，那些彼此近似的相貌也记不住。就像我丈夫说的，他使劲将这些脸、身材与名字联系起来，从十岁左右就努力记。他还特别喜欢翻阅这本外婆摆在两个窗子中间桌子上的相册。当外婆在啤酒厂仙逝，当圣母玛利亚在啤酒厂上空弯下身来将外婆拽进天堂时，就像我丈夫说的，他便上百次地翻着这本相册，可只能记住外婆和外公的脸，还有米拉达的几个亲戚。我只知道，旧世界对我丈夫来说是个可怕的东西，他说他只要回想一下旧奥地利时期这些男人的目光，恐怕就得从窗口跳楼或去卧轨，因为那时候的生活有它的规矩、有它的苦难，也有它的欢乐和意义。他指着相片向我介绍说，米拉达的父亲曾经是纺织厂的一位先进工人，跟她母亲一样，也跟我丈夫的外公外婆一样，都是上班的普通老百姓。当布尔诺的第一批鹅仔上市，他们总要在星期天烤上一只小鹅。在犹太人开的纺织厂的工人，星期六从来不干活，因为他们在星期五就已干了个通宵，以便星期六能分道而去，有的回家，我那些远亲便到乡下去看望他们的兄弟姐妹。我们在米拉达这儿回顾了那时候人们一周的菜谱：比如说，吃熏肉时总要配上黄瓜；吃小扁豆和豌豆也少不了黄瓜，星期五通常是带馅儿的小甜面包配鸡蛋面糊黄蒿籽汤；星期日吃猪肉必得配上圆白菜；吃卷心菜则配上熟牛肉；晚饭是面包抹黄油夹干酪，奥洛莫乌茨的干酪，一罐啤酒，面包加细香葱、奶渣、灌肠和洋葱片，用半公斤牛肉熬成的汤。这种汤今天已吃不着了，因为没有从前那种肉了，就像我们再也吃不到炖牛排骨一样，还冒出一粒粒的牛油，黄澄澄的。今天烤猪肉时也不像过去那样满屋香喷喷的，还透过窗户散发到街上……我丈夫喜欢回忆，但不是回忆胡德茨姨父如何如何是兹布罗夫卡的出色工人，而是讲他如何如何喜欢他的朋友，星期六总跟他们一块儿待在小酒馆。胡德茨姨父离了他们简直就不行，因为他合群、喜欢喝啤酒，也喜欢唱歌，整个星期六一直到星期天早上都坐在那儿喝啤酒聊天。我丈夫跟他这位胡德茨姨父可说是一体化了。他爱回忆，每个月都讲述着同样的东西，总也讲不完一个故事：即他姨妈和她妹妹如何穿着节日盛装，拿着祈祷书冒雨到胡桃林教堂去，正当她们和其他人快到教堂时，胡德茨和他的朋友们从小酒馆里走出来，他醉得不亦乐乎，可是当他一看到他老婆穿的衣服有点像古代匈牙利骑兵穿的紧身短外套，下巴底下系块丝巾；当他看到这些上教堂的人那副幸灾乐祸看笑话的样子，让他难受得扑通一下跪到雨水泥巴里，跪在他老婆和小姨子以及一个小男孩面前，摊开双手喊道："孩子他妈，饶恕我吧！"可是姨妈继续往前走，拿着她的祈祷书，没理睬他。这时胡德茨姨父朝天摊开双手跪在泥水里哭着……好，好得很！我继续绣东西，绣我的吕内堡帚石南丛；我做得好，把我的布拉格宫图绣完了，我做得不错，在我丈夫这帮人面前读了《金色布拉格》上的诗，因为我丈夫这些朋友不仅开始躲避我，而且不再经常上我家来。碰上我在家时，他们只让我转达一下问候，找出各种各样理由尽快离开。下午，为保险起见，我拿起那绣花绷子和装着彩色线的筐子，跟莉莎坐在外廊上，从那里越过院子能看到我们那敞着门、窗的房间。因为我丈夫连夜里也不闩门，这就是他的所谓"让门户开放"。我开始绣一幅名叫《祈祷》的新画。莉莎织她的彩色毛线手套，她在继续着她那没完没了的独白，她总也不能、也不想明白德国人打了败仗这一事实。最近这个月她总在说都是希特勒的错，不是指他在煤气室里熏死了六百万犹太人，说什么这一切都是对的，但说希特勒错在跟苏联交战上，说他在战胜波兰、法国、比利时和荷兰，占领奥地利和捷克斯洛伐克之后，只该注意他所取得的胜利，巩固它保持住它，以便在他归天之日能被宣布为祖国之父，说因为民族社会主义是个很了不起的东西，它唤起了整个欧洲所有日耳曼人。只因为希特勒跟苏联人交了战，才引来了对德国人可怕的报复……我挑了些蓝色绒线，照着样子绣到绷在框子上的帆布上。突然听得走廊上有脚步声，根据这脚步声可以听出是沃拉吉米尔。他走起路来跟我丈夫一样，我丈夫从来不是一步一步上台阶走到我们院子里，而是一迈三步那么走。果然是沃拉吉米尔，他那大高个子，他那一头浅色鬈发正朝我家奔来。后来我又听见他喊："博士，您在家吗?"我放下活儿，从外廊窗口探出身子说："不在家，沃拉吉米尔，他到科希什去了。"沃拉吉米尔抬着头走到外廊跟前，然后站在外廊窗口那儿问道："年轻的太太，您的夫君何时回来?"我叹了一口气说："我可不知道。邻居家的母猫在闹春，他便拿个兜子装着它找公猫去了，还一直要到科希什。"沃拉吉米尔吓了一跳，"什么?"我说："对呀，他给马尼亚斯先生家的母猫配种去了!"沃拉吉米尔挥一下手，一只手弯着顶在墙上，将提包放在膝盖上，再把一个白纸本搁在提包上，扶了扶眼镜，写起来，并大着嗓门儿地把他写的内容说给我听："亲爱的博士：

我又开始做我的行动版画了。科拉什①先生告诉我，卢齐艾·丰塔纳②怎样把一块涂了油彩的布一剪开，然后啥也没干就在上面签了个名。我如今也要把我的模板弄破、砸个洞……我创作的新纪元即将出现。现在我全身心地知道我那些小玩意儿是被动消极的，只能算是一种拼凑，只能给精神病患者当作一种精神疗法玩玩。可是现在我在清扫我身后的作品。今后我的版画将具有新的规律。一切都不用拼凑，我要像卢齐艾·丰塔纳剪开画布一样砸坏我的铜模。现在我要在街上开始新的行动，让人们大开眼界，他们要是不想看见，我就强行掰开他们的眼睛，哈哈哈哈……”沃拉吉米尔念完了。我居高临下俯视他那卵形的漂亮脑袋。沃拉吉米尔随后也出神地瞅着我。我连忙将我刚刚开始的《祈祷》图给沃拉吉米尔看，我说：“同样，沃拉吉米尔先生，现在我也要省去些颜色，破坏一些形状，留出一些空白……这样我的画面就像塞尚③的一样透气。我丈夫是这么给我出主意的。”沃拉吉米尔跳到矮墙上，将手一直伸到二楼把他那张写好的字条递给我，我探出身子接下他的信。沃拉吉米尔跳下矮墙喊道：“年轻的太太，请您转告博士，我

---

① 科拉什（KolářJiří，1914—），捷克当代诗人、美术家。早年写诗，后来弃诗从画。通过打破诗画之间的界线而跻身于世界现代造型艺术权威之列，从1976年起，定居柏林和巴黎，在全世界举办作品展览。

② 丰塔纳（Lucio Fontana，1899—1968），意大利画家，现代派空间艺术的代表人物。

③ 塞尚（Paul Cezanne，1839—1906），法国画家，印象画派之后的代表人物。

又到街上去了！您转告他，让他只管继续等待下去，直到有人承认他。让他继续领着马尼亚斯先生的母猫到科希什去找公猫吧！请您转告他，让他去买块小地毯和一个书架来装修好他的住宅！让他继续去谈论凡·高①和蒙克②吧！去谈论他的遭诅咒的诗人吧！可您也转告他，我在科斯特尼茨克广场的那间地下画室，已经给了我一位没有地方安身的朋友住，我又回到街上去了。我将在我们厂子里继续做我的行动版画。请您转告他，我人在哪儿，哪儿就是我的画室，我把我的小画片儿塞在床底下，即小阁楼的小斗室里……我说，年轻的太太，您说的要破坏这些用彩线绣的画面结构，这使我感到惊讶，年轻的太太，说不定您将来会比您丈夫更有出息。”沃拉吉米尔微微一笑，一抬手掌，嘟哝一句什么，仿佛像我曾经见过的，他的牙又在疼，嘴唇又在肿胀着，现在他的脑袋沿着台阶渐渐消失，后来完全看不见了。我只听见他走过走廊的脚步声，随后狠狠的一下抨门声。莉莎已经等不及我再坐下来干活，可我却在读沃拉吉米尔给我丈夫的信。我发现他的字比他的版画更像他本人。甚至那“哈哈哈哈……”也写得活灵活现，像沃拉吉米尔嘴里喊出来的。莉莎已经等不及，想继续进行关于希特勒的那段独白，说希特勒如果不跟苏联交战，如果现在死去，那会死得光彩耀目，像祖国之父一样。可结果呢，帝国的士兵勇敢又管什

---

① 凡·高（Vincent van Gogh，1853—1890），伦勃朗之后，荷兰最著名的画家。

② 蒙克（Edvard Munch，1863—1944），挪威著名油画家、版画家。

么用？德国人几乎打赢了所有的仗又有什么用，帝国公民的牺牲与忍耐又管什么用？结果一败涂地输掉了整个这场战争……

今天我丈夫干活累得像从悬崖上掉下来似的，两手摊开躺着，哼哼唧唧，他白天装出来的那股快活劲儿让我感到害怕，到了半夜他又睡得那么死，一丁点儿声音也没有，我连忙打开灯，还以为他已经咽气了！我使劲推他，等他醒过来时我才松了一口气："你把我吓坏了！"我说。他却对我说："小姑娘，我的生活就是住医院、坐牢房，我的指头跟我在园子里干活那般僵硬，我想在钢琴上演奏我喜欢的李斯特，总也不成，就像今天我想到打字机上写作，手指头根本不听使唤，无法在键盘上打出我心里想要写的字来……"随后，我丈夫，我那位未来的顶尖人物躺下来，他一翻身又哼哼开了，像从翻倒的儿童车里勉强站起来，艰难地走去看钟。我已经知道，他若是走去看钟，总是可笑地希望已经是早晨五点，可这时才三点钟。于是又失望地勉强走到床边，转过身滚到床上仰躺着。尽管一片漆黑，我也知道他的眼睛睁开着，等待天明。他又艰难地走去看钟，然后慢吞吞地煮上咖啡，像喝麻醉剂似地呷着它，还抽了几支很厉害的美国烟，只好这样来提神。我这一天轮休。所以接着睡，让他去上班。他离开前总要弯下身来瞅我一阵。我尽管没睡着，也装作在睡觉，因为每当他对我弯下身来，我透过闭着的眼睛也能知道他爱我，像我妈妈那样俯身凝视我，像我还是个孩子那样……等他走了，我便沉沉地睡去。等我醒来，心里总是惦记着我丈夫。我认为我丈夫不能再去上班，我丈夫必须开始集中精力写作。眼下我在饭店挣钱，我丈夫必须自己审视一下该不该把这写作坚持下去，不仅他自己而且他的朋友们还有他妈是不是弄错了。她曾坚信她的宝贝儿子能有出息，不是说她希望这样，而是说他必须这样，因为她曾梦想过她自己有朝一日能出人头地、世界闻名……我躺在床上，心想为了这目标就得有所付出，因为要靠我一个人挣钱养活两个人。我将宣布由我丈夫主持家务，让他去发现这个深渊，知道自己搞写作成不了大气候，只不过是过过未来的作家瘾罢了。他要是不再上班，到那条焦街去，那只是因为受不了那过堂风中的辛苦劳累。他一累就拼命地喝啤酒，下班以后还跟温查、多乌恰到布拉邦特王酒家去喝烈性酒，然后就说呀，说呀，总讲那些简单而又无意义的事。如果不去上班了，就可坐到家里的打字机旁写他那唯一的一本包罗万象的大书。

“你那丈夫啊，”我宁城的那位婆婆骄傲地说，“今天要是让他去上小学，那还得先转到预备班去上课。因为我这宝贝儿子从三年级起就得请家庭教师给他辅导，因为他的成绩单上通常有好几个 4 分[①]。从前有位退了休的驾校教员克拉伊斯基先生常到啤酒厂来，大个子、一脸大胡子跟只海象一样，可是他有风湿病，从他的住处扎拉比到我们这儿本来只有一刻钟的

① 按捷克学校记分制，1 分为优，2 分为良，3 分为及格，4 分为不及格，5 分为劣。

路，可这位驾校老师要走一个多小时。他来到啤酒厂，便倒在啤酒厂办公室窗子下那张长椅子上。我那宝贝儿子便飞快爬到这驾校老师的膝盖上，还招呼小狗姆采克快上来。那小狗一跃而上，前腿抱着驾校老师的膝盖，脑袋歪到一边撒起野来，仿佛那膝盖是只母狗。驾校老师臊得脸都红了，因为他受过奥地利教育。我的宝贝儿子放声大笑，谁也没来。我的小姑娘，我这宝贝儿子是拿这姆采克和膝盖寻开心哩！因为他自己也常常把姆采克抱到膝盖上，姆采克也把他的膝盖当作母狗来寻欢作乐。他挨了一顿揍。我儿子和姆采克都挨了一顿揍。你别看他门门功课得 4 分，可还真有不少鬼名堂哩！现在跟你讲点儿更开心的事情吧，我的小姑娘，我为什么要讲呢？是想让你知道，我把谁托付给了你……当我爸爸在日德尼采死去时，为了不让你外婆感到寂寞，便让我这宝贝儿子去那里上了一年中学，可他到期中，德育得了个 3 分，还有六门功课不及格，留级了。这个德育 3 分是怎么得来的呢？因为他们有位名叫克纽乌列克的德语老师，长得像皇帝身边的宰相，我儿子当时因受罚而不得不坐在第一排条凳上，前面是带有插入式小抽屉的小课桌，课桌上有个墨水台，克纽乌列克老师在教室里走来走去，给学生们讲冠词的变化及用法。我儿子发现从老师那没扣上的裤子前开口露出了一根白带子。老师走着走着，在我儿子的座位旁边停了下来，我儿子想：要干就得快，过了这个村就没有这个店了，他悄悄拽开一点儿抽屉，将白带子卡在里面然后关好抽屉，用膝盖顶得死死的，等着那克纽乌列克老师拿着那本打开的德语课本再往窗子那边走去。可是走不了啦！刹那间，那老师用全身的力气一拽，裤前开门撕破了，扣子绷到了窗子口。老师站在那儿，望着我儿子那顶着抽屉的膝盖和那根牢牢卡在课桌里的带子……于是我儿子的德育便得了3分。当然，小姑娘，今天听起来觉得好笑，今天我把这事儿看做是你那位从小就有不少花花点子的丈夫的一种好预兆。可在那时候，当我兄弟波普有保留地告诉我这件事时，我都急哭了！那时候我把心都操碎了哩！可如今，你也看得见，我看他变好了点儿。喏，小姑娘，我儿子就这样在布尔诺上了一年学，他外婆宁可一个人过着孤独的日子也觉得比跟这个外孙在一起好。他跟街上的孩子玩在一起，用干菊苣根粉的包装纸把孩子们的脸蛋儿染上彩色。有时又把那些孩子关到刚完工的新楼房里而把房门把儿扔掉让他们出不来，结果吓得他们得了急惊风。他有时还把外婆的玉米粒弄出去、实际上是偷出去撒得前厅满地都是，惹得看门的人想跟外婆告状。万灵节①那天，他拿着一个燃着的火把站在敞开的窗口，烧着了外婆的窗帘，他还开心极了……可是他上完学回来却没有成绩单，说是还没弄好，以后会邮寄来；后来又说这份成绩单跟别的成绩单一起遭火灾烧掉了，因为他们的化学教室发生爆炸，着了火……弗朗茨因②便给他们中学的校长办公室写了一封信，说他儿子的成绩单丢

---

① 天主教纪念亡灵的节日。

② 弗朗茨因，赫拉巴尔的继父。

了，请求他们补发一份，好让他回到宁城可以继续去上中学，于是在新学年开始的前夕，学校寄来了那份成绩单的副本，上面写着我儿子有六门功课不及格，操行分也不好。这时，我丈夫突然想起，那份成绩单准在我儿子从布尔诺提回来的那口箱子里，于是我们便有了两份成绩通知单。”我婆婆给我讲这些情况的神气，仿佛他儿子、我今天的丈夫得了什么奖励似的。我丈夫在向我讲述他的事情时，也跟他妈妈讲他一样；总是讲的一件非常糟糕的事情，总是讲的一个干了很不光彩事情的人！可是他们俩，不管是我丈夫还是他妈妈给我讲述时那神情，只差点儿没欢呼起来。这大概是因为在布尔诺、在日德尼采当时那些孩子还夸奖了我丈夫的缘故。他们总是用最好的言词来谈论他：“哟，上帝啊！你可真够损的！”我丈夫在向我讲起这些时，可骄傲啦，为他的朋友们对他的夸奖而激动得热泪盈眶……

我终于下定决心，有生以来第一次集中洗了一大堆衣服，我丈夫用一天备用假，不是说我病了，就是说我们又有一次婚礼，或者家里在打离婚或死了人。我甚至很高兴他帮我浸湿了衣服，帮我在院子里拉上晾衣服的绳子，一大早便帮我生起了洗衣房的锅炉，这是他最拿手的，他怎么也看不够洗衣房锅炉下的熊熊焰火。我先将我的衣服放进了瑞典洗衣机里，我丈夫穿过院子，走进我们的住房，把那里的炉子也生着了，我真高兴他成了我的司炉工。他微笑着，对我、更确切地说是对他自己讲述着，给我介绍经验，竭力向我说明写作实际上一点也不难，只需要有决心写出那最初的几行字的一股子鲁莽劲儿，然后就像拆旧毛衣一样快得很：“你知道，我亲爱的，”他站在我上方，消失在从大锅里冒出的蒸汽之中，“我没有写作室，沃拉吉米尔没有画室，可是我们俩有勇气将我们所在的一切地方都当作工作室。我要是有勇气，也可能将我的打字机搬到小酒馆去写作，我甚至可以在电车上写作。可是我跟沃拉吉米尔一样有把握地认为我要写的内容跑不了，它一直伴随着我，我走到哪儿都在写作，只不过我是先将一切写进脑子里，然后给人们讲述一遍，让我验证一下，看看我写的东西有没有分量，能不能抓住人们的心。要是在那洒满酒水的桌子边有人表示出对我讲的东西并不感兴趣，我便暗自说：‘啊呀！小伙子，这大概不对味儿！’”我丈夫就这么一个劲儿地说着。我已经用大木勺把我的那些背心裤衩内衣什么的掏了出来，我丈夫兴致勃勃地在冷水里踏着踩着这些内衣，同时还有点邪乎地微笑着，在蒸汽水雾中继续唠叨，水蒸气从敞开的门口钻了出去，飞快升上天空。我丈夫往锅底下添些柴火，拧干我的内衣，将它们扔到筐子里。我则将衣服拿到院子里，晾到绳子上，一心想我的事：我固执地认为，作家或者画家必须有间工作室，必须有个安静的地方干他的活儿。就像爱神降临那一瞬间必须有灵感。这样的话，沃拉吉米尔必须有画架、有白大褂，最主要的是绝不能去上班。因为我从来没见过哪个画家还到工厂里上班的。光在星期六星期天画画的人倒是有，但他们只是些业余画家，他们画画就跟有人收集邮票、采集甲虫、捕捉蝴蝶一样。一位真正的作家总不能跟我丈夫一样整天泡在小饭馆里聊这聊那的，或没完没了地散步吧！真正的作家想些什么呢？他得成天成天地写作，以便写出点什么名堂来，而我丈夫大概永远也成不了作家，因为像他这样的作家在早上，我们起床的时候，只见他神不守舍地在那儿喝咖啡、抽烟、望着窗子外面那斜坡屋顶、那一块天空。我看得出来，要是跟他说句话，他恐怕会把那杯咖啡泼到我身上，恐怕会把那根点燃的香烟按在我手上，恐怕要敲掉我几颗门牙，只因为我打断了他的思路，打断了他这绝对的疏远隔绝。到后来我就习惯于他的这种状态了。当我和丈夫喝咖啡时，我也学会了心不在焉。于是我们对这种早、午休都已经习以为常了，我们彼此敬重，彼此留给对方一个安静的片刻、一刻钟。在这一片刻里也许我们在心底里作的交谈比我们能交谈的多得多。还在我新婚时我就曾经想，吃早饭时跟我丈夫聊聊天是我的义务，可是只要我问他点儿什么，只要我说了点儿什么，我就会被他吓一大跳。直到现在我才明白，是我使那些在他面前浮现出来的画面变得模糊不清了，把它们破坏掉了。只要我跟他一说话，刹那间，他总是停止吸烟，气恼地在烟灰缸上把烟掐灭，也不再碰一下咖啡，嘟哝几句什么，恶狠狠地瞪我一眼，仿佛我是个陌生女人、仿佛我是他的房东，没有敲门就闯进了他租住的房间。我又提着空筐子回到洗衣房，我周身弄得相当湿了，我的鞋子已经湿透，我丈夫的裤子和帽子都湿了，但我们继续在大洗特洗，我和我丈夫都双手拽着一张特大的床单，仿佛屠宰场的一张巨大的牛皮。水慢慢流着，重又滴到大木盆和浴池里，床单的一端已经放进洗衣机里，而另一端还老在冷水里泡着，直到最后我们把整个床单都塞进洗衣机里，关上盖，站在从锅中沸水里冒出的蒸汽云雾中，直到现在我们才注意到屋角落里放着一部烘干机，也是瑞典产品。我丈夫将它打开，烘干机的响声比洗衣机还要大，我们俩并排站在那里，湿得像淋了一场大雨，当我们相互看一眼时，彼此看到对方的眼里仿佛在说：我们本可以去散步、去宁城的，这实际上比洗上这么一大通衣服要好得多。而且面前还有一大堆没洗的衣服，还得一直洗到下午。下次我们一定将一大堆脏衣服送到洗衣店去。我自己只洗洗我的小裤衩。我丈夫又高兴地开始给我讲述起来："我说呀，世界上已经出了千千万万本书，如今突然来了一位作家，他自认为是个穿着 1 号背心的种子选手，全世界的读者都在盼望着他的作品问世，他是能够写出震撼读者惊天动地的头号作家。可是，小姑娘，听我说，只需写出一本小书、一扎相当小的信函，这么薄薄一本《少年维特的烦恼》、一本类似《新生活》的小薄书、一本类似《地狱中的一季》[①] 的小诗集、一本类似《啊，大海在沉默》薄薄的小说就足够了。我知道，每个作家都要找到他的那块沿着它走到彼岸的窄木板，走过去时带着他的文

① 《地狱中的一季》为法国诗人兰波的一部散文诗集，是他失败经历的记录，诗集于 1873 年完稿，曾在比利时付印，但因他无力支付印费，全部束之高阁，到 1901 年才被人发现。

稿，仅仅是他那富于个性，又有其生动结构的文稿。我说，小姑娘，我和沃拉吉米尔，我们两人都知道我们正处于这种人们的期待之中，在这种伟大的期待中，直至见到可以称之为最佳的我的作品和沃拉吉米尔的版画为止。小姑娘，为了这个而做的尝试是值得的。我为什么要提高文化素养？那只是为了别再写出人家已经写过的东西，仅仅为了这个，我才读这么多东西，为让我能找到这个裂缝、这么块空地。沃拉吉米尔？他也在寻找别人没能做到而只有他成功了的办法。小姑娘，没什么客气可讲，要么弄出点独一无二的佳作来，要么就不成功，就是这么回事儿。实际上搞艺术最美就美在谁也不必非搞不可。"我丈夫就这么在朦胧的蒸汽烟雾中高谈阔论。我走出去，满院子几乎都晾着他的短袜、衬衫和我的内衣。如今锅里在煮着我们结婚时得到的漂亮窗帘，我丈夫打开了烘干机的盖子，将那几乎快烤焦了的床单取出来。我和我丈夫一块儿把那装着衣服、被单的筐子抬到院子里，太阳早已晒到金属与塑料延展性能研究所的那面墙上。我们一瞅这面墙，便都发愣了：要是研究所恰恰在这个时候锯断那根又大又重的金属管，震得掉下来一块灰泥板，轰隆一声掉到板棚上，尘土飞扬再慢慢落到我们这些宝贵的衣衫上，那怎么办？心想，再也不在家里洗这么多衣服了，宁愿送到洗衣店去洗。可是真的要在这一刹那开始掉灰泥渣怎么办？我们担惊受怕地将床单晾到绳子上，又用夹子夹紧。我丈夫还在继续指点我，实际上也谈不上指点，只是这么唠叨着，免得老去想掉下灰泥怎么办。"小姑娘，你要是乖的话，我就教会你写作，这根本不是什么你学不会的东西。你瞧，每个热恋中的男女青年都写情书，这种情书实际上是指名道姓的信函，每一个写了好几十封情书的人在一定意义上也已经是一位诗人了，因为在这样的情书里他会写出好多好多傻话来，有的还真像文学。你给你那位伊尔卡肯定也写过这类书信型的小说，虽然不同于歌德的《少年维特的烦恼》，但是你毕竟曾经是或许现在仍然是这个样子的。这就是精彩写作的萌芽，这类情书、连载的书信、爱情故事，这些信甚至还用丝带捆扎起来放在一个什么地方哩！小姑娘，这事儿将我们大家都联系在一起。当我们还是孩子的时候，便已经写过一些小情书塞到干了的坟头裂缝里，夏天我们便将这些书信塞到裂了缝的地里面，因为这是不能让任何人读到的真正的书信，这是真正写作的开始。我也写过这样的情书，但已经不是写给女人的，已经不是表达我的性欲情爱的东西，而是写给美国的树木、动物、楼房以及我的小酒店饭馆的信，就像给一个漂亮女孩写的，就像一个热恋中的理发匠、热恋中的车床工人写的。因为每一个在若干年之后找到这些信的人都不相信自己的眼睛，怎么能在这里面描绘出这么美丽的画面，而且能够表达出如此美好的情感！作家只不过是继续给全世界写情书，把自己整个的一生写成情书而已。”我丈夫这么说着。我的膝盖已经累得发软，鼻子也痒痒，想打喷嚏，腰也开始疼起来。洗衣店对我来说简直成了救生圈，仿佛是我未来的如意计划，因为再要洗这么一大堆衣服已经非我力所能及了。我宁可放弃讲究的穿戴也不愿再干这西西弗斯[①]式的劳役，干得连便鞋、拖鞋都丢了。我洗衣服时还穿着我那条最好看的裙子哩！因为我曾傻乎乎地以为，洗衣服就像推销洗衣用具的广告上说的那么轻松、舒服，或者像我们巴黎饭店洗围裙、洗厨房里戴的帽子和餐巾的意大利牌子洗衣机说明书上说的那样容易。我们还没洗完，我都不敢去想，还有多少脏衣服等着我去洗。我又想象着自己如何拿着雨伞和购物包，在一个天气不错的上午走到洗衣店去，我丈夫与我同行。我们两人都穿得干干净净，面带笑容，然后走进洗衣店，等轮到我们取衣服的时候，我们将条子给营业员，她走进里屋去取出漂漂亮亮的一大包，我们该付给她四十克朗，我给她五十，那多出来的钱算是留给他们买杯咖啡喝的小费。然后我跟我丈夫再一道去瓦尼什达先生的小酒馆去喝杯白兰地，为“洗衣妇”公司为我们把这一大堆衣服洗得干干净净而兴奋得容光焕发。可如今我们仍旧待在洗衣房里，水蒸气埋到了我们的膝盖上。如今我和我丈夫感到高兴的是只剩下最后两大块窗帘了。我们将它们从煮锅里捞出来，扔到洗衣机里。我丈夫还在接着讲他那个主题：“小姑娘，另一项将我们大家联系在一起的是日记。过去人们是时兴写日记的，这却是很隐私的内心独白，因为大凡写日记的人，都不乐意让别人知道他在日记里所写的内容。所以说这是隐私的，要保密的日记。他一天接一天地写着，只能给他的女朋友看，写

---

① 希腊神话中的暴君，死后下地狱，被罚做无休无止的苦役。

得很微妙，连写日记的人也感到惊讶，他怎么敢写这些东西，这只是自己写给自己看的书信集啊！只是有段时间人们不再写日记了，而作家恰恰是继续这种秘密推心置腹写作的人，他整个一生都在写着自己的内心独白。因此说，小姑娘，当我们写情书写秘密日记时，一开始我们大家都是有天才的。只不过作家是谁呢？是那个坚持这样的写作直到出了书的人，他会认为，他写的东西不只与他有关，而是能被所有人阅读的情书和隐秘的日记，即一开始如此主观的变成了客观的。这是一份手稿，仿佛是与读者达成的一份契约尝试。”我丈夫在洗衣房里的蒸汽中讲述着。我使劲扶着那抖得厉害的瑞典洗衣机，装着窗帘的洗衣机里面轰隆响个不停，我眼前浮现出给我们洗那大堆大堆衣服的洗衣妇，那还是在霍多宁和布拉格住着我们一大家子的时候，所有这些洗衣妇都是在搓板上洗衣服。那是我们穿脏的，由洗衣妇替我们洗。我想起她们那一双双磨破的发红的可怕的手。她们洗衣服就像我现在这样将手泡在洗衣盆里，她们的命运就是给所有向她们订活儿的人洗衣服，一天接一天地洗，到了新的一天又是同样湿淋淋的繁重苦役。我记得她们的孩子们也跟着她们来了。我妈妈还给这些孩子午饭吃。我还记得，这些洗衣妇离开这里时，累得像患了坐骨神经痛或者严重的风湿性关节炎一样步履艰难。我现在只是体验过一次这种洗大批衣服的滋味，直到现在我才明白，这是一种什么样的累活儿。我丈夫还接着讲他的。他也洗够了，已经在自己对自己唠叨，大概也在幻想着等把这一大堆衣服洗完该有多美。他将到他那些暖暖和和的酒家去喝他可心的啤酒，再到离巴尔莫卡不远的小酒店呆一呆。“小姑娘，你看沃拉吉米尔怎么样？他也在通过他的模板和版画继续写他的情书，在他的车床和工具车间继续给所有被抛到切卡德机器制造公司的这些车间里的人印刷他的书信，用他的版画给所有这些人以爱的勋章，继续对所有那些不被关注、平凡如水的人表达他的爱。谁也不会去注意城郊那些水洼里的水、排水渠里的水以及深渊和沼泽里的水。小姑娘，我再重复一遍：真正创作的本质就是持续的爱恋关系，是对自己的爱意浓浓的憎恶以及对光明的探寻，借着这光亮我们可能找到自己来到这世界上的目的和意义。所以对于我们乃至沃拉吉米尔来说不存在未来、幸福的未来。我们根本不去操心有朝一日我们是否会有一间画室或者一张写字台，是不是能靠这艺术来挣钱糊口，因为实际上我们所做的也不是老式含义上的艺术，因为我们的艺术是以这一天的非艺术为依据，产生自这些奇数钟点的残骸碎片，我们再将它们组成偶数的有创造性的拼画，这跟我们自己期盼的也有点儿不一样。于是沃拉吉米尔的每一张版画、我的每一页文稿，绝不是任何别的什么，而只是、也只想让它是对我们在工作时、去上班时和下班回家路上，或在小饭馆喝啤酒时的美好东西的一种眉批旁注式的说明。我们将继续写什么样的情书，我们将把那持续不断的隐私日记写成什么样的作品连载。”他猛地一击，关掉了洗衣机，仿佛作为他这一番让我听得很费劲的谈话的句号。我打开洗衣机盖，一股滚烫而愤怒的蒸汽一冲而出，当我好不容易弄出第一块窗帘，那股恶狠狠的热气又冲出来。我连忙将头歪到一边甚至转过脸去，我丈夫帮我把第二块窗帘捞到盛满清水的盆里，等到窗帘在清水里慢慢松开摊开，我简直不相信自己的眼睛，我丈夫也不相信自己的眼睛。当他卷起袖子，从清水里捞出窗帘，他像我一样，发现窗帘仿佛在盐酸里泡过，又仿佛被一只疯狗咬过。我已经从洗衣房的蒸汽中跑出来，我刚洗过的衣服中冒出的热气紧紧追在我身后。我朝晾衣绳上一瞧，看到了我害怕看到的最不愿意发生的现象，我的两张快要干了的床单全像被狗啃了似的破了一个个小洞，而且像图案一样破得那么有系统有规律，仿佛是故意用枪弹打出来的一个个洞。我的第一个反应是血往脑袋上、头发丝上冲，第二个反应是立即环顾一下邻居们的窗户，幸好哪儿也没见到一个人。我立即拽下这两条床单跑进屋里。当我身上的蒸汽已经散完，当我那无地自容的眼睛已经平静下来时，我看了一眼其他的衣服，深深地吐一口气。这时我听到烘干机在浓浓的蒸汽中空转着嘎嘎响，我丈夫正在甩干那两块窗帘。他将窗帘举高，大概正在细细观察那些破洞，然后又放到水里去清一遍。我又听到轰隆隆的声音，于是快步冲进洗衣房，当我用手像挥去烟雾一样挥赶着蒸汽时，便又看到我丈夫在兴致勃勃地欣赏那尽是洞眼的窗帘，还美滋滋地说：“这太美了！等到沃拉吉米尔看见这窗帘，他准会嫉妒得要命……可是，小姑娘，你得对他说，是我们把这窗帘故意弄成这样，弄成一种艺术作品的！懂吗？故意把它做成的艺术品！”我的心事一下子没啦！恐惧和羞耻感也烟消云散，我突然什么也不在乎，只希望这档子事儿赶快完结。我丈夫这时走进我们的房间，往已经熄灭的炉子底下添了些柴火，又把火生着了。我把我爸爸从老家带出来的、后来又送给我当结婚礼物的旧窗帘挂上，然后将洗衣房里的火浇灭，打开窗子，擦干净洗衣机和烘干机，又擦了地板，倒掉盆里的水。天快黑时，斯拉维切克太太出去买煤回来，她在院子里磨蹭好半天，就为了欣赏我的窗帘和床单，我每次碰到她都要向她道声晚安。我丈夫已在黄昏中亮起了灯，他打着口哨，买啤酒去了。看着斯拉维切克太太迈步，我连忙抖动着窗帘，欣赏它的花纹，让斯拉维切克太太摸一摸这织物料子，反复骄傲地说："这质量可好啦，您只管摸摸看！如今已经不做这种窗帘……"已经是晚上了，我们家的炉膛燃着熊熊烈火，我又到洗衣房洗了个澡，这里的水一直很热。我丈夫买啤酒去了。他也已经换了衣服，床也铺好了。等我洗澡回来，倒觉得被这一大堆衣服折腾得硬朗了些，大概是理解了我们所有的洗衣妇。还是在我小的时候，当姑娘的时候，我为她们往洗衣房送过午饭，可是从来也没有什么感受，直到今天我才亲身体验到洗一大堆衣服是个什么滋味。只是我再也不会洗那么多衣服了。可是我们的那些洗衣妇是靠洗衣谋生啊！她们那时候不能靠洗大件东西来养家糊口啊！后来我和我丈夫并排摊开躺在床上，我丈夫和我谁都没想要那个，连一点儿想那个的心思也没有，只希望静静地躺着，体味这一身的酸痛，关上灯，瞪着双眼，懒散地望着天花板，望着这里那里闪动着的光景。我闭上眼睛，身子紧紧挨着我的丈夫……

我从巴黎饭店下班回来时，我丈夫总要到电车站去接我。有时没有来，我马上能想到他在家里、躺在床上，因为喝得太多了不好意思。这是他的特点：每次喝醉都感到难为情。我回来时，他干脆躺着，免得我看见他那踉踉跄跄的样子。今天他又没来接我，于是我独自一人走在堤坝巷这条偏僻的小街上，一个人也没有。当我已经拐弯到了家门口那条巷子时，看到了照着我们那栋楼房的煤油路灯。我松了一口气，从手提包里掏出大门钥匙。突然，从旁边卢德米林纳街冲出一个男人来，他敞着裤子前门裆，一只手还抓着他那玩意儿。我撒腿就跑，两只脚却发软，那家伙已在我身后跑起来，近得几乎冲着我的头发呼气了。我只听得他哑着嗓子在喃喃着，说要跟我如何如何，难听至极，可怕的是我丈夫有时也讲过这类话，他在干那种事时，说话也很粗野。实际上所有的男人，包括我以前的那个对象伊尔卡在内都这么个德性，在那种事之前，先得跟我说些粗野的话，跟头野猪一样淫荡，也许这一切都属于我们所说的爱情吧！可如今我身后这家伙在对我嘟哝着什么，我已走到大门前，可我恐慌得没法将钥匙捅进锁孔里去，那手老是在颤抖。那家伙紧紧地站在我身后，在可怕地手淫着，继续对我重复着那几句脏话，还说我不从他就要揍死我，我吓得紧靠着门，抓紧门把，幸好把门打开了，我连忙钻进那漆黑的过道，等我转过身来正要把门关上，那流氓已在对着门射精。我还听到他用手将精液甩到门把上。我使尽最后一点气力，抽出钥匙，关上门，然后靠在门上。那家伙似乎想到了这点，他紧贴着门板，重复那些下流话，并威胁说将来强暴我之后还要把我杀死。当我用手扶着过道的墙，走到院子时，我已经很虚弱了，只好四肢着地爬上楼梯，来到我们那第二个小院，已经看见了我家亮着的窗子。我扭动一下门把，进到屋里，果然瞧见我所预料的情形：我丈夫满脸堆笑，躺在床上，被子一直拽到下巴颏底下，高兴地对我讲述着有谁托他给我捎好来着："沃拉吉米尔让我替他向你问好，斯坦达和瓦沃拉也向你问好。"他还说小酒店老板瓦尼什达，还有贝比切克也向我问好。等他说完了所有向我问好的人的名字之后，当他看见我瘫在椅子上的那副惨相，看到我的手提包和钥匙都掉到了地上，看到我如何在发抖时，他一下子清醒过来，噌的一下坐起。我只求他拿着钥匙、带块抹布到大门口去将门把上那恶心的东西擦掉。我丈夫已经在穿鞋，我大概稀里糊涂和衣躺下了。炉子里的火烧得很旺，我却颤抖得牙齿敲得哪哪响，我丈夫踉踉跄跄走出去，后来我听到钥匙在大门孔眼里转动的声音。一会儿我丈夫便回来了。他慢慢地从我嘴里问清了我在街上遇到这事的所有细节，然后坐在床沿上，跟往常一样对我许诺说再也不让我一人这样深更半夜地回家了，说以后要像往常一样去车站接我，然后便老那么坐着。我知道，他又开始在责备自己。"喂，小姑娘，我的生活究竟是什么呢？我每天都得想法对付它。我要是不写作的话，要是不写那些推心置腹的日记和眉批旁注式的说明的话，我恐怕真的只有上吊一了百了。因为，小姑娘，即使现在我也一星期几次地惨遭失败。我为这美好的生活兴奋不已而贪杯喝酒，这让我直线下滑，我只得将我那破碎而七零八落的四肢、残肢断片收集到一起。即使在今天，我也坠在最底层。我一直有着那种从学校里带回坏成绩单，操行分数总是两分甚至三分的感觉。我已经不知道拿我自己怎么办好，我肚子老疼，恐惧感在搅拌着我的肠子，我有的不是胃而是啤酒泡；就像泥瓦匠的水平仪。我求你宽恕我。不过那追在你后面的小子不会是沃拉吉米尔吧?”我丈夫在说着酒话，我和衣仰面躺在床上。我怜悯我自己，也许只为找个住处而嫁了人，也为保住我那倒霉的职业。有多少男人向我求过婚，而且好些年来都这样。他们有别墅，人也不错，可是我那时已经有伊尔卡，我那位爵士乐吉他手。我曾经爱过他，实际上到现在我还爱他。只要在收音机里或别的什么地方听到他演奏吉他，顿时我就仿佛看见他穿着晚礼服同他的乐队在哪个娱乐场所演出。伊尔卡还会弹钢琴，水平已到有时不弹吉他而为观众演奏钢琴的程度。这期间尽管他也去找别的女人，但他总还是有一副好胃口，能好好吃饭。怪我爱嫉妒，因为我有时在家里要等好久好久才能等到他从他那些女追星族那儿回来。关键是伊尔卡从来不喝这么多酒。他总知道，什么时候该喝点儿咖啡，跟意大利人一样。这些意大利人虽然也喝酒，可他们要是跟我丈夫那样喝得醉醺醺的，那他们就会感到羞耻，因为伊尔卡同所有意大利人一样羞于把自己灌醉。我这么仰面躺着，我丈夫捶着胸口继续向我求情说："好了，小姑娘，请原谅我把这房子当成了酗酒者收容所。如今当我坠到了底层，我即使为自己朗读精神病医院的健康守则，它就像我的家庭教师，可是又有什么用呢？明天只要我觉得难受了，便又来上一杯，免得我的手发抖。我只要喝上第二杯，便又成了世界冠军，为生活而自我开心。小姑娘，我的生活究竟是怎么回事呀？是那永恒的小小片断？"他双手捶打着胸脯，嘴里呼出那股难闻的啤酒味儿，嘴边一圈黄色，活像那酒鬼汉嘉，那人很令人讨厌，他不刮脸，仿佛吃了好几个蛋黄，弄得嘴边一片黄色，就像坐在我身旁的我丈夫这样。可是我的伊尔卡每天都穿着干净衬衫，打扮得漂漂亮亮，干净得像水晶糖一样。他的头发也很美，他每次去理发店回来都让你看不出来他理了发，他对他的头发小心得跟个姑娘似的。他有两套晚礼服，一套银色的，另一套是黑色的。他不带他的乐队演出时，便总是穿着那条灰裤子，黄色皮夹克、衬衫、毛衣颜色也都跟袜子的颜色相配。总而言之，伊尔卡穿得都很合适。而我这一位呀，即使穿上婚礼服，也跟现在一个样，仿佛他是躺在壕沟里。现在又开始对我进行他的独白了："我说，小姑娘，我的生活究竟是什么呢？只不过是铁匠铺的鼓风机，吸气吐气而已，只不过是一种兴奋症，然后便是日夜轮回式的酒后头疼，晴天一过便又乌云密布大雨来临。因为我知道，如今我知道，我是一个不得不生活在中欧这个国土里的人，在这里一年有八个月刮着冷风、阴雨连绵，因此我跟沃拉吉米尔一样就像苏台德人和瑞典人所说的那种'天气晴雨表’，所以我才这么多地喝，这么多地自我谋杀，如今连我自己也知道，我遭这气候的损害。我总是忍不住对人说些令他不愉快的事儿，我每天得触犯好几个人，还满不在乎。如今我知道，最主要的是我不得不触犯我自己，这并非我想要这样，我总是从我的过去拽出一些我以为早已被埋葬的事件来，就像僵尸复活。面对所有那些在家里不得不总由我去弄死的猫儿，我无力自制，面对那些我触犯过、被我抛弃的女孩们我无力自制，最主要的是面对我上学的那些年年月月我无力自制，那时候我的成绩单坏得使我全家人都急得哭，为我而操碎了心，不知我长大还能有什么用。”我丈夫在一个劲儿地埋怨自己，压根儿就不去想我对这一切究竟是怎么看的。我转过身去背对着他，因为他那股酒味太难闻了，尤其他还没完没了地说着这些酒话。他那张脸像所有可能见到的酒鬼，唯独不像他自己所想象的那位有朝一日要成为作家的人。他还以为他现在就已经是传播聪明才智的畅销者，仿佛他已经出了好些本书，整个一套著作，只需专门去给别人出主意怎么才能轻而易举地成为一位作家、怎么可以轻而易举地成为一位艺术家哩，而我却同他躺在同一个房间里、同一张床上，共着一个炉子和院子里唯一的一个厕所。对我来说去那儿上厕所简直是灾难，因为夜间院子里有穿堂风，冷飕飕的。我躺在这里感到耻辱，仿佛街上那汉子真的像他所要挟的那样怎么的了我，仿佛他侮辱了我强暴了我，也许这样倒还强过我现在的境况：我丈夫平日谈起自己来像个国家奖得主，而实际上在焦街废纸回收站上班，有点时间便去泡酒馆，到处都可以待，唯独不愿待在家里的打字机旁，写出他那些胡扯淡的东西。伊尔卡却是个很重专业的人，当他没跟自己的乐队去演出时，便每个休息日都坚持练习好几个小时。他练习还弹钢琴，努力编曲子。如今我却躺在这个没有他的地方，就像躺在胡斯特火车站的哪个候车室一样，躺在这里还不如躺到胡斯特火车站去哩！因为要是无论何时开来一列火车，那我肯定会坐上去，去哪儿都成，只是别躺在堤坝巷这个醉鬼生活的房子里，这人就是我的丈夫。当我靠肘子撑着坐起来，就像看见那只压在我们院子里的石头底下和翻倒的砖头底下的甲壳动物一样厌恶地盯他一眼，他被我的目光吓了一跳。我丈夫抓着脑袋嚷嚷起来："实际上我的生活只是炼狱般的受苦受难，我就是那个总是被载着责备的长矛与所有镜子击中的人，一个永远被镜子团团围住的人，我害怕这些镜子，可我又从来都忍不住去照照自己，我已经善于去照镜子，已经能从事情的另一面看到自己；我也从久无人居的房间门上的钥匙孔里去观看自己，我看见自己像一个不敢回家的小男孩；可是如今更糟糕的是，我看到自己已开始彻头彻尾地孤独一人，谁也不为我感到高兴，主要的是谁也不对我生气，谁也不为我而哭泣，已经没人骂我，没人为我而难受得崩溃。因为我已经是被注销的人，大家仿佛都知道谁也不指望我还能变好，因为我大概已经过早地耗尽及浪费了我的才华。"我直打寒战，全身冷得发抖，立即盖上被子。我丈夫不声不响地在我旁边躺下，他也没脱衣服，也没敢挨近我钻到我们的被子里来。他大概知道我容忍不了他跟我在一床被子下面，担心我会将他推下床去。说不定我会宁可跑到街上去，宁可去跟那个追在我后面、做着手淫，甚至将精液甩在堤坝巷 24 号我们大门上的疯子待在一起……

我可干了一桩蠢事，可真干了一件傻事！我丈夫对我肯定地说，他是一名天生的手艺人，没有任何他解决不了的问题。于是我请他在小而高的窗子底下安装一个隔板架，窗子照样可以朝外打开，隔板架上可以摆放餐巾包上的面包、猪油罐、黄油和罐头之类的东西。于是我丈夫领来了一个叫什么贝比切克的什罗扎克[①]人当助手。这位贝比切克便画了一张隔板架的、也就是我们未来的贮放柜草图。我丈夫割下一块装面粉的口袋片，铺在地板上和贝比切克画着写着。我丈夫还说贝比切克中学时成绩不错，说老师们教会了他几何、数学。他和贝比切克一边画着一边喝着罐里的啤酒，等他们刚画出一根支撑梁和一块小横板来，便又喝上一通以示庆祝。我还得给他们用皮尺量出这个窗子与墙壁间的尺寸，什么都得让我量。我只用眼睛瞟一下他们两人趴在地板上画出的那张图，便断定他们画的东西狗屁不通。我有好几次差点儿被贝比切克绊倒。他这人很特别，首先是他不管什么时候只要一考虑问题就非得蹲下不可，他坐的姿势也很奇怪，像一只大鸟。那个贝比切克个子特别

---

① 捷克杰津地区的少数民族。

小，他要是跟非洲南部有些黑人那样弯腿坐在脚后跟上，那个子高不过一把小椅子和小方凳。他从来不摘帽子，他那顶帽子是丝绒料，像是上个世纪的，贝比切克把这顶帽子戴得压到了眼睛那儿，可他总在微笑着，说得更确切一点是一种知过的笑容……这一来，我就倒了大霉了，因为他们俩总有时间去干他们这木工活儿，老是到哪个木材厂去锯板子。到回家的时候，没见他们买来板子，两个人却笑眯眯的、一股子酒味儿。我丈夫还在干活儿，贝比切克便已经坐在我家门槛前抽上烟了，肘子支在膝盖上，抽着烟。他这样坐在门槛前，帽子大得如果在下雨天可以拿它当伞给他全身遮雨。酒店老板瓦尼什达有一回遇见我便一本正经地问我们的房子在搞什么翻修工程，是不是要在我们小房间里再隔出一间房来，或者加一角厨房。我听了大吃一惊，问瓦尼什达先生为什么会有这样的问题。他对我说，贝比切克上他那儿来吃午饭、晚饭已经有好些年头了，是他这里的老顾客，可是他最近一段时间显得格外兴奋，喝啤酒和葡萄酒的账也都记在博士即我丈夫的头上。他们悄悄谈论的正是他们俩在我们房间里进行的一项巨大的土木活儿。差不多一个月之后，我丈夫和贝比切克才扛来四根与我们窗子一般高、准备用来做我们未来贮藏架的细木条。当他们发现这几根木条正合适不长不短时，便高兴得用罐子热了些酒、煮了些咖啡来庆祝一番。贝比切克一跃跳到椅子上，像坐在地上那样用脚后跟垫着屁股，还一直戴着他那顶大礼帽，一直抽着烟、微笑着。我丈夫祝贺他说这样的手艺人是上天亲自派来的。随后我丈夫去借了一把榔头来，还买了一些长钉子，一去就好久好久不回来，从兜里掏出来的又是啤酒。这时贝比切克像一只水鸭或兀鹫，蹲在椅子上，胳膊撑着膝盖，像在打盹，像一把收拢的伞。我丈夫并没有开始将这些木条安装到未来的贮藏架里。可他的老毛病又犯了，突然心血来潮，说先得清扫干净炉子上堵塞的烟囱，说炉子已经通气不畅了，所以必须把烟筒清扫一下，把烟灰直接扫到垃圾桶里去，趁贝比切克在这里，可以两人一起干。我已经提前料到了，这又会是一部美国的怪诞作品。因为在我嫁给我这位宝儿爷之前，为了使小房间暖和一点儿，他便在房间一个角落安了座炉子，因为原来锻造车间的烟囱是在另一个角落里，于是他买了整整一套烟筒，横贯整个房间，为了不使它折断，便用铁丝拴着钉到天花板上。贝比切克说没有必要把烟筒管搬到外面去，让我丈夫搬架人字梯来就够了，说站在梯子上将绑着铁丝的刷子捅到烟筒管里搅和一下就得了，说不过要一直捅到弯头管那儿，因为那儿有股子风可把烟灰吹到烟囱里去，因为这栋楼房原先有个锻铁车间，这里曾经有个打铁炉。为了验证这里的通风情况，贝比切克从椅子上跳下来，将烟筒管与烟囱相接的那个小盖儿掀开，可是连他自己也没想到，他刚一掀开小盖，便噼里啪啦一大堆烟灰掉到厨房里。贝比切克站在那里，美滋滋地微笑着，说既然烟灰都掉到厨房里，那还扫个什么劲呀！我站在那里羞得面红耳赤。可我丈夫却兴高采烈连忙跑到院子里搬来一架人字梯，一架很高的人字梯，将它竖到烟筒管旁。这时他已经将这管子从通向烟囱的口子里拽出来，将钉在天花板上的铁丝拴着的烟筒管歪到了一边。我丈夫下了梯子，抓了一张报纸和一盒火柴，将报纸塞进黑乎乎的烟囱口里，一点燃，果然，那抽气力大得使烟囱和它的穿堂风呼的一声便将报纸吸进去。贝比切克和我丈夫听着这呼呼声，直夸我们这个烟囱的抽风如何地有力，为保险起见，我跑到屋外窗口观察他们清扫烟筒管，因为直到今天我丈夫干什么，什么不成，大概跟他锯椅子和小桌子腿的情况差不多，本应与那屋顶的坡度取平，可他锯多了，够不着那斜坡屋顶，结果又得重新量尺寸，再到诺瓦街买一把新椅子和一张小桌子。当我丈夫要给我锯一块木板搁到我鞋柜里时，他又是画又是量的，说他上中学时学过数学和几何，可是等他喝完一罐啤酒之后，锯出来一块板子，什么用场也派不上，因为这块板子比我那鞋柜短好多。我丈夫和贝比切克突然又有个主意：要把拴在烟筒管上的铁丝拆掉，说最好是将那些烟筒管插进烟囱下面那个孔里，然后往这长长的烟筒管里塞进一块沾上煤油的破布，点燃它，说烟囱的穿堂风便会将所有的烟灰吸走，通过烟囱喷到屋顶上方直上青天。贝比切克则揉皱一张报纸，我丈夫为这绝妙的主意而高兴得像发烧一样，又将烟筒管插进烟囱孔里。他搬来人字梯，将插在炉灶上方弯头管里的烟筒取出来，贝比切克到外边去了，按照我丈夫的吩咐从厕所那儿拿来一瓶酒精倒在揉皱的报纸上，又快步走到我丈夫站着的人字梯旁，举着报纸，踮着脚，可他即使踮着脚尖也够不着我丈夫弯下身来伸出的手，结果我丈夫一个倒栽葱摔在贝比切克身上，两人一起滚倒在地。我丈夫重又站起来，手里已经拿着那张沾着酒精的报纸往梯子上爬，两腿分开跨在人字梯上，然后将沾着酒精的报纸塞进烟筒里，点燃纸角，用绑着铁丝的烟囱扫把一直将燃着的报纸捅到四截连在一起的烟筒管的最里面，贝比切克在听着，我丈夫也在听着，我则站在我家窗外的走廊上，也听着。我丈夫还将那些被固定在天花板上的铁丝拴着的烟筒挪到自己跟前来瞅，想观察一下里面的动静，可就在这时，烟筒管里发生了爆炸，管子晃到拴它们的铁丝够得着的地方，而从我丈夫手抓着的、挨他的脸很近的那根管子口喷出一大堆烟灰来，正好打到我丈夫的脸上，撒到他的白衬衫上。反正我丈夫总是这样，即使当我们一块儿回到我们宁城老家，他穿的一条干净裤子、一件干净针织衫、一双新鞋，可等他一开始在园子里干活儿或者给菜地施肥浇水就完了，直到周身脏透，他才去换一身劳动服。今天又是穿的干净衬衫和一条灰色长裤，因为他只要和贝比切克出去找木条来做我们的贮藏架，那就得穿得漂漂亮亮，因为他总要同贝比切克在拉·巴罗马小酒店喝上一杯。如今我丈夫满身都是烟灰，这倒不要紧，可他满脸都是乌烟瘴气的煤烟灰，他的眼睛几乎都看不见了。他从人字梯上下来，贝比切克得把手递给他。我连忙端盆水跑过来，我丈夫洗了洗眼睛，可只是眯了几下而已，他周身黑乎乎的、沾满了煤烟灰，沿着梯子又跑上去听煤烟灰果真已从烟筒管里清除了，他又连忙下来，带上一盒火柴，撕一块报纸，当他在烟筒管的起端点燃一小块《红色权利》报时，烟囱的抽风大得痛痛快快把这张烧着的报纸吸走了。我丈夫站在人字梯上，表演了一个戏剧性的动作，连忙从梯子上下来，又同贝比切克彼此祝贺一番，然后再爬上梯子将那一串特制的烟筒管插进弯头管里。贝比切克从炉子旁边一直到烟囱底部的房间地面上铲了大概四桶煤烟灰，这都是从烟囱里出来的。他还用铲子把积在烟囱里的一切都堆在一起，可他还嫌少，又跑下来，手拿着铲子一直伸到烟囱里面去捞了一通。也许从这车间停止运转的那一天起就没清扫过煤烟灰的缘故，这煤烟灰已从烟囱的出口堆到了烟囱的底部。轰隆一声巨响，从宽大的锻铁车间烟囱里猛地坠下一大堆煤烟灰块，把贝比切克连同他的帽子压在下面，连我丈夫也吓了一大跳，他小心翼翼地走到这堆煤烟灰前。贝比切克从煤烟灰堆中爬出来，先露出来的是他的帽子，然后是手。我丈夫将手伸给他，将他从这堆煤烟灰“山洪”中拽了出来，然后两人跺跺脚，围着桌子绕圈儿走着跺着脚，溅得满屋都是煤烟灰，在灯泡底下旋转。我仿佛透过黑色的亚根地纱、透过寡妇戴的黑纱看着我们的房子。这两位在互相道贺，又决定要到瓦尼什达先生那儿喝上一杯，不过先得去热尔多维酒家，说那儿总有过堂风，让它刮掉一点儿他们身上的煤烟灰。我丈夫然后求我打扫一下这些脏物，让我把炉子生上，烧一锅热水，还说让我把洗衣房的炉子也生上，他得洗个澡。我知道为什么非让我现在打扫我们房间不可，因为我得以此向我丈夫还“债”。因为昨天，当我发现我们家连一点儿胡椒粉和辣椒粉都没有了时，便请我们旅馆的厨师们给我一点儿。厨师们给我往四张餐巾纸里倒了至少有四分之一公斤的胡椒粉、辣椒粉。我在家里将胡椒粉、辣椒粉倒进罐子之后，因脑子里在想别的，顺手将餐巾纸裁成小一点的块儿放在我们的厕所里。到了晚上，我丈夫去上厕所时，我已经躺在床上，在优哉游哉读言情小说。院子里传来喊叫声、咒骂声，我连忙坐起来，瞪大眼睛，然后匆匆跑到院子里去，打开灯，只见我丈夫的长裤掉在地上且已撕破，他还在跑着、跳着、叫着、抱怨着，开头我还以为他发生了什么可怕的事情，也许在便桶上坐着被裂了缝的桶盖割破了屁股，说不定还伤着了那玩意儿哩！可我丈夫叫得斯拉维切克夫妇都只着内衣便跑到阳台来探头观看，对门莉莎家的窗子也打开了，借着灯光可以看见莉莎和斯拉维切克的身影。我丈夫使劲嚷嚷："谁把胡椒面和辣椒粉撒在厕所用的纸上?"可这是昨天的事儿。我丈夫并不存心想要这样，今天却回报了我。他是无辜的，就像我把那些还沾了点儿胡椒面和辣椒粉残渣的餐巾纸搁在厕所里一样也并非存心使坏。就在我耸耸肩膀准备收拾屋子的这一瞬间，窗口出现了沃拉吉米尔。他兴致蛮高地浏览了我们房间里这脏乱景象，站在敞着的窗口旁。我丈夫看到他那惊讶不已的目光，便招呼沃拉吉米尔说："只管来呀，沃拉吉米尔！您进来呀！好让您知道我是怎样一个小市民。就像您说的，只会穿着晨衣便袍，只会拖着拖鞋！只管进来看看吧！我跟我爱妻在这里有了桩惊人之举。您懂得，什么叫惊人之举吗？其实也就是我和贝比切克在这里玩了一会儿，如今正穿戴完毕，准备去拉·巴罗马小卖部去，不过这种小酒店是不适合您去的。这个小卖部在巴尔莫夫卡下面，那儿有位标致女郎，士兵们常带着他们的妞儿们去那儿。小卖部后面是一个名叫干草燕麦的围场，没有钱住尼特拉旅馆的人便上那儿去过夜，士兵们带着自己的妞儿到那里去过夜睡觉。可是沃拉吉米尔这不是您去的地方。您要是乐意的话就来帮我妻子干点活儿。”当大个子沃拉吉米尔走在我们巷子里时，几乎跟我们那盏煤油路灯一般高，他眼下看见我们房间里这般情景，仿佛一下子变小了，而且很恭顺地轻声叽咕着什么，绕着屋角落那一堆煤烟灰走来走去说：“我从来没有想过博士会把这里弄成这个样子。可是，年轻的太太，我曾经在这里住过呀，我曾经在这里写我的日记写到深夜啊。不可能，年轻的太太，连我都不可能把这儿弄得这么乱七八糟的。这乱得太美了，太美了！这些煤烟灰，您看看，有多美啊！年轻的太太，您见过比这煤烟灰更美的东西吗？您知道吗？为了留个纪念，我将做一幅煤烟灰版画，我要做一组版画来纪念我现在看到的情景……您别管，您只需打个帮手，我自己来收拾和搬走这些煤烟灰。年轻的太太，您拿着罐子打啤酒去吧，让我来欣赏一下这些煤烟灰。”沃拉吉米尔喃喃着蹲在这堆煤烟灰前，伸手去摸摸那些像鬈发一样柔软的灰末，“它软得像咖啡，像草场上鼹鼠打洞拱出来的土堆。”我愣住了，起初是希望谁也别来看沃拉吉米尔跪在煤烟灰前的我们这间房子。沃拉吉米尔深深地吸一口气，连鼻翼上也沾了些煤烟灰。等我回来的时候，正看到沃拉吉米尔还是原来那个姿势将煤烟灰捧到手心里，凑到眼前，现在他从提包里取出他的眼镜，又一次细看着这些煤烟灰，且面带微笑。我倒希望斯拉维切克太太到我们窗口来，希望莉莎也来，让她们看看我们这里乱成什么样子，瞧那沃拉吉米尔是多么有感情地谈着这些煤烟灰啊！仿佛他在寻找恰当的词句来形容这些煤烟灰对他来说意味着什么，他将用这些煤烟灰来干些什么。后来终于发生了我所期盼的事情：正当我跟沃拉吉米尔跪在煤烟灰旁，每人拿着一个桶小心翼翼地将灰装到桶里时，莉莎突然站在我们家门口，惊讶得将手指头插进头发里说："我的上帝，这里出了什么事啊！"我正等着这一出哩！便说："我正跟沃拉吉米尔在这儿玩哩，我们正为煤烟灰有这么好看而感到惊讶不已，是不，沃拉吉米尔？"我站起身来，提起一桶煤烟灰，莉莎连忙闪开，生怕弄脏她的便袍。莉莎埋怨说："幸好你爸爸没有看见这境况。你丈夫在哪儿？"沃拉吉米尔看了我一眼，大概只因为我跟没事儿似的说："跟贝比切克上拉·巴罗马小卖部去了，到士兵们常去玩妞儿的那个地方去了。""什么?!"她吓了一跳。我说："玩妞儿的地方呀！"说完，沃拉吉米尔会意地看了我一眼。莉莎觉察到他那赞赏的目光。我则闭上左眼，故意俏皮地对他们眨巴了一下眼睛……

我丈夫喜欢孩子，我们只要一出门，我就觉得我丈夫很招惹那些孩子。孩子们老远就瞧着他，他也对着他们微笑。有一次弄得我都觉得很丢人，因为我丈夫无缘无故给一个孩子扇了个漂亮的小耳光，无缘无故敲了一下他的脑袋。当我们沿着罗基特卡河漫步时，他常问孩子们："喂，想不想要一个小耳光?"如果那小孩表示同意，他就轻轻地给他一个温柔的小耳光，这样一种友善的耳光。每个挨这耳光的孩子都闭上眼睛，甜滋滋地微笑着。因为我丈夫喜欢孩子，他之所以温柔地打着他们，是因为他爱所有的孩子，习惯于他们，成了他们中间的一员。也许正因为这样，他才能以孩子的眼睛看世界。我们每星期一次地迎接午后的阳光出去散步。实际上我这位丈夫也是一个这样的孩子，他总是离我跑开去，我像位体面的女士在小道上迈着步子，我丈夫却总要跑到罗基特卡河边的太阳底下；我像其他人一样，选在阴凉的栗子树下、菩提和白杨树干影子底下走，我丈夫却蹲到河边去哗啦啦地用河水洗脸，不一会儿又跑回到我这儿来。他通常习惯走到我前面去，跟孩子们打招呼，给他们来个小耳光。有些孩子突然跟我丈夫一道跑开了，跑到什罗斯堡下面的草坪上别的孩子们中间去了。这里有很多挺漂亮的小路，他们往上走，忽而消失不见，忽而弄得满身沙子出现在树林与灌木丛以及花圃之间。草坪上有个大沙坑，零乱散着几把长椅子，上面坐着妈妈们、奶奶们和负责照看这上百孩子的人。他们或用手牵着孩子，或推着儿童车将孩子们送到这里。我丈夫最喜欢儿童车上的这些孩子了，趁妈妈们不注意的时候，他便对孩子们做鬼脸，孩子们都要被我丈夫吓出急惊风来。他们或从儿童车里对我丈夫探出身子来，一不小心就掉到车子外面，幸好有根帆布带拴着，结果常常这样头冲下地挂在车外。有一次被我丈夫碰见整个车子都翻倒在地，他正好在旁边，连忙帮着将车子扶正。他还安慰那妈妈说，他小时候也曾从儿童车上掉出来过好几次，或者保姆不留神让他的脑袋挨着了石头地面，可什么事儿也没出。有一次我丈夫还丢人现眼地将一个孩子抹好了果酱黄油的面包拿走，还没等人明白过来，便狼吞虎咽地大口吃掉了，我只得去给那位妈妈赔礼道歉，可我丈夫在那里窃笑，一边翻着口袋，找出五克朗给那哭着的孩子，有时甚至给十克朗，算是赔偿费，因为他吃了人家抹了黄油的面包。实际上我带出来散步的也是这么一个淘气的大孩子。而我眼下没有孩子，大概也没法有，因为我们在干那个的时候，我丈夫从来不注意，总是急匆匆的。我没怀过孕，也从来没怀过孕。因此我对孩子也没多大兴趣，我对孩子从来没有过像我丈夫对孩子的这种关系。实际上我丈夫就成了我的孩子。可我丈夫观察孩子还不同于一般人：当他看到孩子们玩胶木猎枪、自动长枪和胶木手枪时，他简直痛不欲生。当他看着这些孩子在这样一个漂亮的宫堡花园玩耍，他们如何上树互相射击、靠肘子匍匐爬到灌木丛里，另一方也有这么一帮孩子这么爬过来时；当他看到小姑娘们也分组藏在树干后面用胶木玩具枪朝着对方射击时，他便咳嗽起来，四下里顾盼那些妈妈们，可她们却安安稳稳坐在长椅子上注视着由她们照看的孩子们，她们压根儿就没像我丈夫那样想到要制止他们玩这种游戏。我丈夫对着我的耳朵轻声说："你瞧，这上百孩子都是从电影上看来的，你瞧这些小东西多会隐蔽！你只管瞧瞧看那些野小子多会配合。当他一被击中，便会立即倒下，而射击的那一方便大摇大摆地朝那倒下的孩子走去，手里还老是端着那胶木枪，尽管那躺在地上的只是装着被击中的。你瞧，整个这美丽的花园都装满了玩打仗的孩子啊！这些野小子可鬼哩！那儿！你看见没有？那顶上，在演集中营哩！他们在挖坑埋人，他们拖着一个孩子朝灌木丛后面走去。这些无辜的孩子都是从电影里学来的党卫军那一套哩！我亲爱的小姑娘！”我丈夫悄声对我说，“你坐在电车上也能见到有的孩子莫明其妙地掏出胶木手枪，躲在妈妈的肩膀后面瞄准我，一扣扳机，‘砰，打死他！’我因这个无辜的孩子仿佛就该死掉。可我们这些孩子，这些可爱的孩子，这些小不点儿们只是在闹着玩呀！‘上帝啊，就让他们玩去吧，既然天气又那么好！既然是孩子，现在不玩还等什么时候玩？’妈妈们和那些负责照看孩子的人这样对我说。要害是孩子演什么角色，将来就可能成为什么角色。小姑娘们玩娃娃，玩娃娃的小房间，等她们长大成人，真的有了孩子，这还能管点儿用；而这些孩子从他们很小的时候起就扮演士兵、宪兵、小偷，这一代人将来会有什么结果呢？你瞧这些孩子，在进行毫不留情的对敌斗争，那些孩子在演集中营的那一套，大人们却在那儿聊天、坐着打瞌睡，或看着他们的小宝贝们玩得有多欢。谁也看不到这些孩子在玩这些游戏时想得很认真，以这么大的热情在进行着战争，就像他们现在作为孩子所演习的那样。”我丈夫说着，微笑一下，耸了耸肩膀，摊开着双手。我没理解他想要说明什么。然后他又站在儿童玩耍的沙坑那里，这是逝去的时光的一片绿洲。只有几个小孩子拿着小桶小铲在玩沙子，他们把沙子挖出来堆成一堆；另外有几个小孩在修花园，没有篱笆便插上一些树枝、小树干。我丈夫定睛地看着他们，然后坐到我身边来，轻声对我说："你瞧，我现在就可以告诉你，这些孩子长大了会是个什么样儿。那个小姑娘，等她长到十七岁，也就能给人送送奶，乖女孩一个；那个男孩也是，成不了大气候，只能当个机关职员，他胆子小，窝窝囊囊的，你瞧他，站在一边，不知干什么好；可是那边那个，故意从这根树枝跳到那根树枝，还一直举着胶木手枪在射击的男孩，将来会不简单，不管在生活上或者在政治上。"我丈夫这么说着，我才第一次地看了一眼，第一次地注意到孩子们在怎么玩，他们热情高涨地互相射击着，跟真的一样。瞧他们的脸有多凶，带着多大的敌意啊！当他们这样彼此地瞎打一气时，我看得都发抖了。因为在我小时候，那些男孩也是这么玩的，他们甚至还戴着纸做的军帽，拿着玩具武器，我认识的所有那些男孩，先毕业于希特勒预备军校，然后编入武装部队，最后丧命于东方战线某个地方。我就这么和我丈夫坐在那儿，那天下午天气很好，太阳已经落到罗基特卡河上，栗子树成行的阴影投射到我们身上。哪儿有阳光，哪儿就闪烁着穿着五颜六色衣服的孩子们。五颜六色的儿童车像小船一样散落在草坪的绿色港口上。草坪上有株高大的白杨树，它的旁边有口泉水井。有几个人站在那里，有个人正弯下腰来，他的红毛衣鲜艳夺目，远看只见毛衣不见头。过了一会儿穿红毛衣的人直起身来，她挺直身子，提走一壶泉水。而所有这些孩子们的监护人都在慢悠悠地散着步，与正在玩耍的孩子们的那气氛形成鲜明对照：所有灌木、矮树和树枝树干上都是往上爬或朝下跳的孩子，整个这小山坡都是东爬西跑、行动迅速的孩子们，他们只是愣上一小会儿，然后便伸出他们的小手，眼睛藏在树枝树干或椅子后面，从胶木武器中射出看不见的子弹，被射中的那一个便从树枝上摔下来，摊开来躺到地上。劳动者们的美好休息场所、这宫堡花园却到处在打仗。我站起身来，边走边观察着所有妈妈们、所有男人们、所有爷爷奶奶们的脸，他们都在微笑，或者固执地望着自己前面那一小块地方，或者在美滋滋地打盹儿，却谁也没有像我丈夫那样担惊受怕去想过什么。实际上他也没受什么惊吓，只是翻来覆去老对我说他的所见，说他毫无办法，因为所有人对他们亲爱的小宝贝们玩这游戏表示宽容，只有我丈夫双手叉腰、站在草坪上杞人忧天地望着这幅孩子与成人的巨幅画面。等我走到他跟前，他用手指着一个孩子说："这个将来会拔尖，那边那个也同样，谁也挡不住他们成为出类拔萃的人，因为现在从他们身上就能看出苗头。"到第二个星期周末，我丈夫下班早了一点儿，我们又出去散步，那次我们去的什洛斯堡。我丈夫又走到我前面去了，然后再走回到我跟前来。他性急得很，逼着我走快一些，老朝宫堡塔尖上的钟看，就这样我们来到一块美丽的宫堡草坪上。还有林阴道开始的地方，已经密密麻麻站了很多人，这些人都很激动，都充满一种伟大的期盼之情。宫堡附近的这些观众大多穿着节日盛装。我丈夫继续往前挤，继续在人群中望我，对我抬手，让我只管快些往前走，往前走。我已经不想往前走了，当我被人挤得要命时，我就会害怕起来。电车上太挤我也受不了，只要人们互相或者冲我挤来，嘴里朝我呼出烤香肠和肉饼的臭气，我就无法忍受。扩音器里播放着管乐。我丈夫等着我，然后紧紧抓着我的手，拖着我跟他走。等我们挤出来，便清楚地看到：美丽的草坪上尽是小孩，每个孩子背上别着一个号码，那边站着他们的妈妈和照看他们的人。孩子们手里扶着双轮踏板车。在林荫道的栗树干之间横挂着一个条幅，上面标着“起跑线”几个大字。主持者们正安排第一批参加双轮踏板车比赛的孩子们准备起跑。起跑线旁挤满观众，主要是这些马上就要比赛的孩子们的妈妈和亲戚。我看到，还没到时候，大家好像还开开玩笑什么的。可是我也看到，有的妈妈已经弯下腰去对着自己的孩子又是吼又是指责，还对孩子强调些什么。我从她们的动作和手势可以看出，这些妈妈开始在较劲儿了。她们赌咒发誓地要求他们的孩子别错过机会，要争取当一名双轮踏板车的优胜选手。起跑的瞬间快要到了，大家都变得很严肃，观众们鸦雀无声地盯着那面小旗。我看到，那些妈妈们看那小旗的神情是那么严肃。小旗一挥，孩子们便蹬着双轮踏板车开跑。我丈夫抓着我的手，严肃得要命地望着他所看到的，我所看到的，所有其他人也都看到的：有的孩子已善于不顾一切地往前冲过去，毫不犹豫地用胳膊撞开挡道的人；有的孩子压根儿就没有开跑，放弃了比赛；另外一些则留在一群运动员中。当双轮踏板车赛手们拉开距离，我看到那些跑在前面的选手们的妈妈也在跟着他们跑，以给她们的孩子加油打气，呼喊他们。实际上这些孩子的妈妈们也跟着在比赛，也许比她们的这些孩子们，这些未来的头号种子更来劲；而那些只能得第二、也许第三名的孩子的妈妈甚至已经开始在彼此大喊大叫、骂娘，只因这个没让另一个跑到前头去。整个这场孩子们的比赛充满了喊叫声、加油声，甚至这里那里冒出的咒骂声。我同我丈夫之所以也在跑，是为了想听这些妈妈都在说什么，对她们的孩子们喊些什么，好让她们的孩子能够获胜。直到白悬崖下，耸立着布洛夫卡医院的那儿，罗基特卡河面宽得变成了湾，然后从马宁纳旁边缓缓流进伏尔塔瓦河的那地方才算终点。我的丈夫已经站到那里，像那些期盼着胜利，跟参赛者一起跑着的人一样鼓着掌。第一名到达了终点，紧跟着是第二名，而第三名连人带车倒下了，他的妈妈跪在他身边，对着他直吼。那个气喘喘的孩子蹭破了膝盖，在他妈妈的强劲鼓励下终于作为第三名爬到了终点。妈妈拥抱着孩子，幸福得哭了。我丈夫轻声对我说："冠军就是这么产生出来的。优胜者就是这么诞生的。我和沃拉吉米尔就这样竞赛着，我们并不比他们强。"后来举行了五岁儿童双轮踏板比赛，然后是六岁的比赛。我回到起跑线那儿，在那里我用自己的眼睛，实际上是我丈夫的眼睛，因为靠我自己恐怕永远也注意不到这些，是我丈夫赠给了我一点点他的眼睛，因为直到现在我才看到，这些孩子来参加这双轮踏板车大赛时本来显得很平静、正常，可突然，一等主持比赛的人给他们戴上号码，便立即变得严肃起来。现在那些妈妈一走过来，把号码又重新别了一番，让它显得更漂亮。孩子们从得到这个号码的时候起仿佛一下长大了十岁，每个号码就仿佛一种涂油式[①]，一种天主教的坚信礼。有些戴着这号码的孩子开始心慌意乱，眼珠子直转悠，我真担心他们晕过去，得急惊风，不是因这号码，而是因为他妈妈怎么看待这号码。忧心忡忡的妈妈的目光在问：我的儿子你将来能有什么作为呀？我丈夫抚摸了一下这些孩子的脑袋，从他们的脸上看出，他们压根儿不知道为什么要来跑，他们没理由非赛不可。孩子们先拉开距离，缩着肩膀，一副无辜的样子，实际上这些孩子实在太小。可是我倒看见了那些大一点的孩子们流里流气的眼神，他们的双轮踏板车很讲究。他们甚至还穿着赛车手的运动衫。他们的妈妈对他们满怀希望，认为他们通过这种双轮踏板车赛的胜利就能开始未来赛手的好运，有朝一日真能当上个冠军，甚至世界冠军。我丈夫越看这些娃娃赛车就越发变老了，眼睛下方有了黑圈，直喘气，摸额头，张开几个手指在眼前甩动了几下，仿佛要将糟糕的幻觉带来的梦魇驱走，仿佛无法相信他所看到而别人也许没有看到的事情。等到所有比赛都已结束，当有几位妈妈感到受了冒犯居然互相揪着头发打起来；当有几个孩子挨了妈妈一顿揍，吓得直发抖；当有几对夫妇为他们的孩子跑在最后名次而吵起嘴

① 封赐职位或表示祝福的一种宗教仪式。通常由神父来举行。

来，说是星期一要去提出离婚、起诉；当那些得胜的孩子们的妈妈带着他们幸运的孩子上糖果店，而那些没有得胜的孩子们的妈妈领着孩子悄悄地从偏僻的小胡同灰溜溜走回家时，我丈夫则一回到家便拉开被子蒙头躺下，只好由我来生炉子，由我拿着罐子去打啤酒，而我丈夫从孩子们的双轮踏板车比赛观看回来后，不吃不喝，只是蒙在被子下面轻声地悲泣……

我开始不知不觉地常到小画家依尔卡·什梅卡尔的画室去走走。他住在热尔多维酒家的地下室里。他那画室大得几乎可以打网球或冰球。人们从地下室的窗前经过，你只能看到他们的一双脚。依尔卡·什梅卡尔的厨房里还生着炉子，从屋角落的那一堆煤取燃料。依尔卡穿件白大褂，他笑得神秘莫测。他有一个秘密，那就是他的一幅名叫《父亲的梦》的巨画，一幅从去年就开始创作的画。画布上躺着在睡觉的依尔卡的爸爸，在他上方有只蝴蝶在飞舞。依尔卡将一本全世界的蝴蝶画册翻给我看，还轻声向我透露说，他要将所有这些蝴蝶画到《父亲的梦》那幅画上去。说等他干上二十年，最后要以他的这幅巨作给观众一个惊喜。不过眼下依尔卡在这个地下室里有台巨大的压力机，跟一间电车车厢那么大。除此之外，这地下室里别无所有。可是依尔卡已经看到了未来，说这里不仅是他的画室，而且将是他的私人画廊。他和沃拉吉米尔一块儿在此干活，他们将石灰抹到墙上和天花板上。抹石灰时，依尔卡得用人字梯，而沃拉吉米尔弯着手就能轻而易举地往天花板上抹。依尔卡似乎出神地凝视我一番，我对他倒不是抱什么同情，只是受不了沃拉吉米尔和我丈夫看依尔卡的那副神气，好似瞧不起他，蔑视依尔卡所干的活儿。不过沃拉吉米尔还是喜欢依尔卡的，因为他们一同在版画学校上过学，后来每当沃拉吉米尔需要做一些大幅的铜版画或铝合金的模子，就可以拿到依尔卡这儿用压力机压出一张张版画来。依尔卡这时正给《大自然》和《宇宙》两家杂志干活。他很热情。有一次亲自给我演示他是怎么做成那些蝴蝶版画的。我一直惊讶地看着依尔卡如何将一张小小的铜版塞到那台巨型压力机里，在那块铜版翻面的时候依尔卡按一下电钮，哐当一声巨响。依尔卡站在那里微笑着，不禁使我想起《摩登时代》里的卓别林，个儿小小地站在许多机器的巨型齿轮组旁边，就像一名小个子司机站在那大型机车旁一样。依尔卡正在对我微笑，他高兴得像个孩子似的。而我丈夫和沃拉吉米尔却在拿依尔卡开心，但依尔卡心里有底，他知道未来属于他，等他完成那幅《父亲的梦》之后，他将一举成为佼佼者。现在依尔卡只为我而表演，让我看他那巨型压力机如何产生给《大自然》和《宇宙》杂志的小蝴蝶来。哐当巨响之后，他从一个巨大的轴辊下面取出一块面积不比火柴盒大的小板儿，揭下丝绒小方块，然后用镊子从模子上揭下那张小不点儿的版画，搁到我面前。那张小版画的确不比一张邮票大，上面有只很美丽的蝴蝶。“这是什么?”依尔卡问。我丈夫说：“我不想赶到你前面去。可你是未来的人民艺术家!”沃拉吉米尔提议说：“我说依尔卡，你寄一组蝴蝶到华沙《歪轮》杂志上去怎么样？要不寄到迈阿密的戴维斯那里去？让美国人也少要点威风，让来自欧洲来自捷克的一个穷孩子来揉揉托比[1]、罗斯科[2]和威莱姆·德·库宁他们的眼睛，依尔卡，现在我一看到你这一艺术品，就想我大概得放弃我那行动版画了。”我坐在椅子上，用眼睛扫一下这两个“世界冠军”，这两条自己宣称为世界冠军的汉子。依尔卡的蝴蝶我就是喜欢。我站起身来，观看依尔卡挂在墙上的一幅油画，这是他怀着深情画的他妈妈。我转过身来背对着那两个爷们儿。沃拉吉米尔走进厨房，拿来他的提包，然后同我丈夫将一张桌子抬进画室里。依尔卡直乐，友善地骂他们：“你们这些野小子！我不怕你们泼冷水！你们等着瞧吧，等我把我那《父亲的梦》弄完……不过，博士！一切都会顺利的。”我一转身，看到依尔卡·什梅卡尔直瞪着我丈夫。他握紧拳头，对着他们朝空中就这么一捶以增加自己的勇气。沃拉吉米尔则轻声对我说：“年轻的太太，现在我给您表演一样东西，是我和您丈夫还有艾贡·博恩迪[3]一起表演过的。我那时住在您现在住的地方，我睡的那张床，就是现在您和您丈夫那张床。这是‘沃拉吉米尔式的幻灯机’。”外面的天已近黄昏，沃拉吉米尔

---

① 托比（Mark Tobey，1890—1976），美国画家，其作品是富于节奏感的抽象书法画。

② 罗斯科（Mark Rothko，1903—1970），美国画家，他以颜色为唯一表现手段。此法成为日后大色域绘画先声。

③ 艾贡·博恩迪（Egon Bondy，1930—2007），捷克哲学家、诗人、小说家、剧作家。

关上了木板窗门，将电炉子的电线插上，白墙上立即出现了一幅仙客来花的图画，花上绕着几根彩线……我丈夫将手搭在我的肩膀上，我把脸转过来，望着墙上那朵大花和桌子上那部小幻灯机，灯光就是透过它射到墙上的。我一直看着那朵色彩灿烂的花，我丈夫握着我的手，直点头。然后我们一愣，不禁笑开了，因为那朵花突然冒出一个大泡泡，这泡泡一直在变大，像牛奶沸腾时那样，像有些花的叶子突然冒汁那样，像癫痫病人吐出的泡沫，泡沫涨大、爆裂，变成一种往下淌而又易蒸发的汁液。现在那花开始冒出另一个泡泡，很快开始发生变化，那些彩线因热气和液体而膨胀起来伸向四面八方。我使劲盯着看，可总也弄不明白，沃拉吉米尔这鬼名堂是怎么弄出来的。沃拉吉米尔在我旁边蹲下，一只手放在我的膝盖上，轻声对我说："年轻的太太，这是每个小孩都会做的普通玩意儿，连您也会弄，您可以在您那个堤坝巷的家里弄，不过不知您丈夫会不会允许。您把任何一种花搁在两个环套中间就全了，一加热，借着幻灯机的温度，它就会渐渐涨大，创造出前所未见的美丽图画。而且总在变化。"沃拉吉米尔解释着，他的一只手继续放在我的膝盖上。我在看，沃拉吉米尔也在看我丈夫是不是注意到他的手。可是我丈夫在望着墙上的画。现在，当温度变得很高时，那朵花仿佛要全力从这玻璃甲胄中挣脱出来，连同彩线一起膨胀起来，整个这画面似乎要爆裂，不过玻璃板没允许它这样，于是整个这朵花便渐渐溶化、变色，像果酱一样漫出，像李子甜饼那样流汗，像烤李子饼一样汁儿从烤盘流到烤箱里。沃拉吉米尔蹲在前面一点儿，他的鬈发几乎碰着我的脸颊，我看到了他轮廓鲜明、气度高贵的侧影和微微鼓起的嘴唇。我叹了一口气，又瞟了一眼旁边，看我丈夫是不是看到沃拉吉米尔那挨我眼睛很近的鬈发，是不是看见了那只老放在我膝盖上的手。这会儿我们大家都在盯着墙上看有什么变化，大家都为这画面和这朵被烤着的粗线绕着渐渐溶化的仙客来花而激动、心醉。后来，有人打开了从热尔多维街人行道通到这里的那扇门，可是依尔卡和我们大家都还在盯着墙上这幕戏，盯着仙客来花这幕不幸的悲剧，盯着绕线的这一命运。随后，过道门被打开，有两个人走进画室，依尔卡跟他们打个招呼，便将手指头搁在唇边，继续盯着墙上看。那两双眼睛也随着我们一道直看到那朵可怜的花完全屈服，变得模糊不清，从墙上隐没，只留下一块不动的溶渣痕迹，那几根线绳也在开始逐渐消失。依尔卡以手势示意，沃拉吉米尔连忙从我膝盖上挪开他的手。依尔卡打开灯，我们大家你瞅我我瞅你，仿佛我们看到的是一部最美丽的电影，连沃拉吉米尔都为他所看到的而吃惊，我想他更加惊讶的是我们大家都被他的幻灯片，他墙上的图画而激动。然后我们才注意到这进来的两个人。这是一个穿着牛仔服的青年男子，同他一道来的是一身空姐打扮的年轻女子，她剪了个男孩发型，提一口像小女孩装洋娃娃的那种箱子。沃拉吉米尔与那个男人握手结识，他是《美术作品》杂志的一位编辑，名叫布尔达，他向我们介绍这位姑娘。依尔卡请大家回到他的厨房里去，沃拉吉米尔收拾好他的幻灯机，连同桌子一起搬进厨房。那位编辑立即开门见山地说，这位年轻的斯洛伐克姑娘名叫黛卡娜·霍莱尼奥娃，她刚来布拉格，想到一个绘画学校去上学，最好是能上美术学院。她带来一些作品想请大家评价一下，然后再送到教授委员会去审查。黛卡娜打开她那口小箱子，像散发广告单一样将她的画一张一张拿给大家看，重又蹲跪在那个青年男子面前，双手按着他的膝盖，用钦佩的目光注视着他。这个青年男子接着谈到这位姑娘的巨大才干，说她现在不能，但几年之后一定能丰富我们的美术厅……随后让依尔卡·什梅卡尔说说他对这大约十五张水彩画的看法。依尔卡没把握地笑笑，然后用他那双诚实的眼睛看着黛卡娜说："我觉得，她天分是有，我想，我想她还需要学习素描、写生基本功，先只用铅笔画。"依尔卡喃喃地说，穿着那件满是颜色斑点的白大褂站在他那幅由画着些蝴蝶的框子框着的妈妈画像下面，然后补充说："小姐要是愿意的话，我可以帮她练练素描、速写。"年轻的编辑点点头，搓搓手，朝天花板上望一眼，像心中的一块石头落了地似的，叹一口气，然后友善地说："我知道，您就是那位著名画家依尔卡·什梅卡尔，大家都很赞赏您登在《大自然》和《宇宙》杂志上的那些蝴蝶。"他看一眼沃拉吉米尔，可是沃拉吉米尔却在为那位斯洛伐克姑娘、那位黛卡娜在受折磨。而那位姑娘一直跪坐在那里，两只手都放在带她来的那个人的膝盖上。我立即猜到，沃拉吉米尔对这位空姐一见钟情了。她穿着一件蓝色短上衣，体形丰满，使那衣服紧得快要绷开了。脚也很丰盈，小脸倒有点儿干瘦，像在节食，她笑的时候有只眼珠子上有个蓝色的斑痕。沃拉吉米尔放下她那些水彩画，凝视着这位年轻女子，他只是这么站着，凝视着，目光没法从她脸上移开。如今我丈夫将那些水彩画浏览了一遍，耸耸肩膀，说："作为一个开头这是好的，毫无疑问天资是有。不过我想，当我看到十七岁的凡·高最初画的那些画，恐怕也觉得，要是送到美术学院的教授那里去，肯定会将他连人带画撵出门外，可是，注意！到头来凡·高还是冲到前面，他的画不管是在博里纳日①还是在巴黎，最后在阿尔勒②都打响了，这我们毫不怀疑。您怎么看，我的太太？"我丈夫问我。我说："你们都疯了还是怎么了？对我来说都是图画图画，乱涂乱画！别的什么也不是。"黛卡娜站起身来，如今我看到，让我感到遗憾的是，这还是个蛮可爱的女人，是一个挺会招男人为她神魂颠倒的女人；更主要的是，她是一位立即让依尔卡和沃拉吉米尔都爱上的姑娘，黛卡娜也马上意识到这一点。名叫布尔达的那位青年，从兜里掏出一瓶法国白兰地，倒进一只既用来装酒又用来装咖啡的罐子里。于是大家为这位专程从斯洛伐克来到布拉格开始学美术的年轻女郎黛卡娜未来的成就而干杯。……然后便各显神通，彼此抢着说话，在热尔多维街这间地下室里高谈阔论、东扯西拉什么凡·高、蒙克、萨尔瓦多·达利，只有沃拉吉米尔默默不

① 博里纳日，比利时埃诺省的煤矿和工业区。
② 阿尔勒，法国南部罗纳河一省城。

语，凝视着脏兮兮的地板，同时用他的一只斜眼睛跟踪着斯洛伐克姑娘的一举一动。他不是直接看她，而是用一个男孩的整个心灵在注意她。我感到在他触碰到我的膝盖，他的鬈发挨着我的眼睛这一时刻，对我来说应该足够了，因为沃拉吉米尔，我马上就知道，这是他第一眼便爱上了的女郎，这姑娘将决定他的命运。黛卡娜仿佛突然从她的困境和烦恼中松一口气。她突然用斯洛伐克语说，依尔卡虽然有一头漂亮的头发，但如今不时兴这种发式了，她问依尔卡是不是愿意让她给他剪一个加拿大草坪式的发型。依尔卡笑开了，他抬起头对着天花板，眼泪鼻涕都笑出来，眼睛幸福地转悠着，他立即掏出剪子，黛卡娜便将一块毛巾围在他脖子上。坐在椅子上的依尔卡抬着头，可黛卡娜将它按下去。咔嚓几下将他的头发剪去一大截。沃拉吉米尔这时变得平静了些，而且有了笑脸，不过他笑得那么谨慎，仿佛他口里的牙齿有些破损不敢暴露似的，他看黛卡娜时也不敢正视她的眼睛，只是瞅着她的背影。她正弯着腰给依尔卡剪头，剪完之后，黛卡娜拿开毛巾，依尔卡站起来，挨个地看我们，仿佛在照镜子。我马上看出来，依尔卡成了一位很帅的青年男子，活像一位加拿大的专业冰球运动员。就像我所看到的，大家的印象跟我一样。黛卡娜从走廊上取下镜子，拿进来摆着，依尔卡看到的自己就像我们所看到的，特别是我所看到的他。他大声嚷着："咱们得庆祝一番!"说着跑进小贮藏室里拿来一瓶酒倒进罐里。于是我们大家又为依尔卡的发式而干杯。从这片刻起，依尔卡的确成了完全不同的一位男士，他过不一会儿就去照照黛卡娜挂在走廊上的镜子。那位美术编辑没少吃惊，他卷起袖子说："我马上得赶回去开一个会。喂，依尔卡，黛卡娜不仅没有地方过夜，压根儿就没有住处。我说依尔卡，我把你的那些蝴蝶登到美术专页上去，再写上几句话。你呢，就让她在这里待一个星期，在她租到住房之前，也就是那么一小会儿。"依尔卡乐了，感动极了，这种幸福简直是从天而降。依尔卡的高兴很正常，其他男人要是处在他的地位也会同样。他深感荣幸的是，有位女士将在他这里借宿，更重要的是他还教她画画，他可以向她诉说有关他不幸命运的一切，也就是任何体面的女人都不想要他。依尔卡连忙说："朋友，一切为了你，我这里不是还有一张行军床吗？她在这儿睡，我给她生上炉子，我在旁边那张行军床上睡，她可以舒舒服服睡在床上。"依尔卡·什梅卡尔简直是欣喜若狂。我们大家同时说："咱们一块儿走吧！"我们开始告别。沃拉吉米尔与那女士握手时，脸色苍白，他还是不看她的眼睛，已经深深地爱上她了。他要是看一下她的眼睛，准会晕倒过去。我丈夫说，有一次裁缝给沃拉吉米尔量裤子尺寸，她将皮尺插进他两腿之间去量，他便立即晕倒过去了……

我和我丈夫每个星期到他的表妹米拉达那里去游一次泳。她跟我丈夫一样也是布尔诺人，爱说一口摩拉维亚方言，也喜欢说布尔诺俚语。她出生在面包巷的一所公寓里。这公寓带有一个外廊，很像一座大监狱。布尔诺的德国人管这条卖面包的街道叫面包巷。现在她住在霍莱肖维采的巴特里饭馆旁边。我们去的时候经过利本尼桥，回来的时候还经过利本尼桥。河上的空气很好，透过栏杆可以瞭望布洛夫卡。特别是在傍晚，我丈夫边走边抚摸着这石桥的栏杆，呼吸着新鲜的空气。当他凝视着河的深潭，顾盼着周围的景色以及医院走廊的灯光映在河上的光影时，总是默默不语，我也只好默不作声。米拉达家很热闹，她的丈夫科齐扬特别能吃，从下午就给废品收购站的米拉达打电话，问她有没有忘了买这买那晚饭用，还叮嘱她别到卡车司机班去，免得在那里喝多了。要是米拉达没有按时回来，科齐扬先生便手里拿着表，先到他们公寓的走廊上去等着米拉达。我经常遇上他一脸不放心地在公寓门口盼着他老婆回来，我于是同他一块儿等。等到我也有些惊奇了时，米拉达才拎着提包走下电车。科齐扬气得脸发青地走在米拉达旁边。他大喊大叫，骂个不停，还指着手表给米拉达看："你在哪呢？都能闻到你的李子酒味！"在我们走上通向他们房门的楼梯之前，我的脸也吓得刷白。科齐扬脸色发青，米拉达哭着说，她下午只吃了三块罗姆酒巧克力糖。来到家里，米拉达还在哭。科齐扬先生便成十遍地说他救了米拉达，把她从大街泥沼里拽出来。等到米拉达去烧晚饭，我洗澡时，他便已平静下来，一刻钟之后便太平无事了。科齐扬先生居然用走了调的嗓门儿唱起了歌剧中的咏叹调："亲爱的玛尔达……啊，亲爱的玛尔达……"我很喜欢在科齐扬家吃晚饭，赶上有卤味什么的，科齐扬先生总是大声嚷嚷，因为米拉达吃得太猛了，她总是将卤汁洒在衬衣上。“看得出来，你就是在面包巷出生的!”科齐扬先生吼着。他曾经是卡贝什暖气公司的代理，每年都要去外国，这是他最得意的了，每逢节假日便出去旅游。他根据旅游的地点决定戴什么帽子：去北欧，他便戴海军帽；要是去地中海，他便戴上热带遮阳帽。他一直将帽子放在纸口袋里，过了边境才戴上。他有兴致时便给我讲述他的旅游经历，他还乐意告诉我说，他是玫瑰园朗斯基伯爵的私生子。每逢星期一他都要特别穿着打扮一番，到演员们、从前的政治家们以及其他头面人物常去的地方参加社交活动，那只是男人们的天地，女士们只能稍微开一点儿门挥挥手帕而已。科齐扬的一位朋友甚至在这里每周做一次世界大事的政治评述，那人名叫雅罗乌舍克，曾任驻玻利维亚领事和一个什么新闻评论员。这个星期一的傍晚，他又在刮脸，其实一大早就已经刮过脸了。然后染头发、摘下压头发的网帽、擦粉、擦皮鞋、挑选领带。他容光焕发、笑容满面，还在洗澡间高歌他的“亲爱的玛尔达……啊!亲爱的玛尔达……”唱得深情满怀，可却走了调。有一回，我去他们家的时候，肯定是发生了什么不幸，科齐扬先生摊开双臂躺在沙发椅上，眼睛发直；米拉达在抽泣……原来是她忘了买红菜头，因为晚上要吃熏肉末，而熏肉末少了红菜头就很难吃。米拉达只得跑到赫拉夫尼街去买，可是商店这时已经关门。等她哭着回来时，科齐扬又在翻老账说是他把她从泥坑里救出来的。米拉达哭着对他说，让他待在她屁眼儿里亲嘴去。科齐扬先生气坏了，于是躺下了。我来的时候，他嗓音微弱地对我说，他老婆让他待在她屁眼儿里亲嘴去，而不是按照捷克说法钻进屁眼儿里①，竟然让他、玫瑰园里的朗斯基伯爵的私生子待在她的屁眼儿里亲嘴……

我喜欢米拉达，因为我们常爱在一起玩一种这样的游戏，即先说出一个捷克语词，然后找出其相对的布尔诺方言。比如说：午饭、卷心白菜、钱包、财迷、心、说谎、面板、星星、风筝等的布尔诺语都有另外一种说法。又比如：我们到布尔纳河去游泳的河，也不叫河。还有姐妹、花束、警察、王国、秃顶等的布尔诺方言都有另外一种说法。我丈夫一来，我们便可以这样说一个捷克语词，对上一个布尔诺方言地玩上好几个钟点。我丈夫和米拉达会的一般多。我丈夫总是提着罐子到巴特里去打啤酒，有时走得更远，一直到海员酒店或者哈英卡酒店，他说那里的酒最好。那时候我丈夫大声说着他的梦想，说他的未来是仅出版他终日梦想的一本书，等有朝一日这本书一问世，他就要穿上他那套婚礼服，跟我一块儿走到布拉格的民族大街②上去，傍晚去瓦茨拉夫大街③，那里的橱窗将会陈列着他的书，上面还印着他的名字，我们则假装只是在漫步布拉

① “在……里面”和“钻进……里面”的捷语中只是一个前置词之差，此类粗鲁骂语，大概相当于汉语中的“滚你妈的蛋”，“见你妈的鬼去吧”。常常由于对方的言行极不耐烦和不能忍受而说出这类骂语来。

② 布拉格的一条传统文化大街，国家剧院、作协、作家出版社、科学院等重要文化单位都在这条街上。不过如今作协、作家出版社等都已搬家。

③ 布拉格最繁华的一条街，其中有瓦茨拉夫形象群和瓦茨拉夫广场、国家博物馆和许多书店橱窗。

格，每个书店橱窗里将会陈列出那给我丈夫带来荣耀的第一本书，因为这本书将是最棒的。结婚后那段时间，我常见我丈夫作深思状一本正经地练签字，就像人们在报纸边沿、节目单上，在吃饭喝酒的账单最后一页上故意写着横七竖八、十分潦草、让人看不懂的那种签名，我丈夫就在这种毫不掩饰的片刻里练习着签字。半年之后他把他的姓练得定型了，然后拖出一长道与他的名的第一个字母连接起来。于是在所有报纸，甚至在杂志的边边角角上我老能看到他最后确定下来的签字，娴熟的签字。我不得不承认这是那种只在银行支票上才有的签字……

连紧挨着我们小房间的那个研究所也不像我家那台贝尔克牌打字机那样叫人心烦。它像一架录音器，有两个滚筒，一个个像龇着牙齿的按键，只有德文字母，因为是一台德国牌子打字机。我丈夫已经能十分熟练地用它打字，即使天黑了，他也能用他那有点儿肥大但又皱曲不平的指头敲打它，仿佛要敲掉它那些龇牙。可是那台打字机能承受一切对它的狠命敲打。我丈夫打字的时候有点儿怪怪的：他卷上纸，眼睛仿佛望着窗外，好像在弹钢琴，十个指头都在动。他打字快得叫我没法相信，于是过去瞅他一眼，他果然在打字，而且有内容，只是错误百出，不过只是因为这台打字机既没有长音符号也没有钩形①。他简直不是在打字，而是在演奏，这打字机仿佛一个人工肾和心律监测器跟他长在一起。他常对我说，当他琢磨一篇什么文稿时，便在脑子里书写着这篇作品，在他的眼睛里便有着这台打字机，而这双眼睛又在他的脑子里，而且这台脑子里的打字机又同他的手指头联系在一起。当他在想着一篇未来的文稿时，他竟能看见打字键如何将字母打到纸上，而这些键又如何像音符一样地散在那里，由某些个打字键来敲成一个字。他看到这些字一方面已经写出来，另一部分散在键盘上。他对我说，他有时简直害怕往下想，这玩意儿是怎么从一种状况转到另一种状况的。这些思想先是流出来，他则用如下办法将它抄写出来：先用十个指头将它们打到键盘上，经过键盘一个个字母串成一行一行字再串成一页一页，这些打满字的页一直摞到他累了，到他这些思想已经全写到纸上或者已经消失为止。我丈夫说艾戈恩·博乌迪把这台打字机叫作原子打字机。我丈夫去克拉德诺时曾经给他读过自己的打字稿。我丈夫总是选在我上班的时候、我去米拉达那儿游泳的时候、我在莉莎家织手套或者用彩线绣图画的时候写作。我要是提前回来了，他只接着写一会儿，示意我别跟他说话，我便得自个儿坐上一会儿。

① 符号捷文字母中除普通的 A、B、C、D……之外，还有上面带长音符号的 á、é、í……及带钩形符号的 č、ď、ť、ě……德文字母上没有这些符号，故这台德国打字机上也没有。

我恨这台打字机，因为它整个儿地与我丈夫合为一体了。要是没了这打字机他恐怕就傻了眼！因为他已经完全不会用手写字，就像那些骑兵一样，一下马，走起路来便趺趺撞撞，跟踩着棉花似的腿不得劲儿。我丈夫有时给我在一小片纸上写点什么时，就像胡纳切克，还有以前的多莱伊什这些小孩写的字一样，东倒西歪的，而且写出来的句子也结结巴巴，从来也没有用手写出过一句像模像样的话来，只能写个简短的消息或通知什么的。可是只要他往打字机前一坐，一幅幅画面便滚滚而来。他就这么一个劲儿地写呀写呀，有时我站在窗子外面听着他拼命地赶着写，以便在我进来时放慢速度。只要我向他提出第一个问题，他的思路就断了，气恼地盯我一眼，再敲上那么三两下按键，仿佛打上几个点儿，便放弃写作，揉揉眼睛，又回到了我们房间这人间地面。那些往空中一个劲儿地流泻出的句子、那些曾经在他的天上某个地方闪亮的字行熄灭了。他耸耸肩膀，便提着罐子去打啤酒，把他的写作再挪到别的什么时候。可有时候他又能接着玩儿命地往上写，我可以对他说话，可以有人来串门儿，他继续写他的，冲着这些他看得见的句子微笑着，谁也打扰不了他。他一个劲儿地写呀写呀，必须一口气写完。因为，他后来说，当时要不写以后就永远也写不出来了，画面就会一股脑儿永远地从他眼前消失掉。我在结婚后的第二年给我丈夫买了一部打字机，也是德国牌子的，叫托尔贝多牌，是韦特罗产的。我把它摆在桌子上，他那台贝克尔牌老打字机的旁边。奇怪的是那台老机子还显得新式、简单一些。

托尔贝多牌的打字机有个套子，贝克尔牌的打字机也有个箱子，不过博士把那箱子扔掉了，只用两根带子捆着搬来搬去的，就像小学生常那样捆着学校的课本一样。那台贝克尔牌打字机仿佛是永远也损坏不了的，他到河边去也常常带着它，将它往那儿一放便打起字来。有时难免会歪倒，有一次在堤坝上它甚至掉到伏尔塔瓦河里去了，可捞起来它还能用。就像那罗斯科普牌的奥地利闹钟一样，瓦尼什达先生将它扔到了装满水的洗碗池里，它在水里也一样丁零丁零地闹，而且还继续嘀嗒嘀嗒一秒一秒地走。就像贝克尔牌打字机，把它里面灌进的水倒出来，打起字来甚至比原先还顺溜。等我丈夫一来，当我告诉他买了一部托尔贝多牌打字机时，他看了看这两部打字机，然后坐下来，试了试那部新打字机，键盘好像不灵，它比较大，比较宽，还多出一行来，正好是那些长音符号、钩形符号以及带长音、带钩的字母。他得先练习，为了能在这部新机子上打字，他得先把那台老机子放到柜子里去，将它搁到被子底下，生怕它吃醋，觉得我丈夫喜新厌旧对它不忠，它可能会把在利本尼堤坝巷我们住房里出现的这部新打字机看作情敌。我丈夫第一次用新机子打他的手稿时，先在那台可爱的老机子上打了几下，然后像对待一只小动物一样地抚摸它，从来也没有像现在这样清扫过它，它里面全是灰尘，从它黑色的打字带上剥落出好多呢绒灰尘块儿来。按键字模上的颜色把字母里的缝隙都填满了，因此这些字母打到纸上也是黑乎乎的，只能看出个轮廓来。但我丈夫不在乎，因为他实际上是个很爱把屋子里弄得乱七八糟的人，他也爱整洁，但只打扫那最必要的地方。他爱把床底下扫得干干净净，可是却把一块台布盖在他的写作用品和稿纸上，就像往桌子上铺块赛采赛风格的红毯子，往床上盖块床罩一样。最要命的是他什么都离不开抹布，他洗完手用抹布，擦皮鞋用抹布，他甚至往抹布里擤鼻涕，还用这油乎乎的抹布来擦汗。当我没注意管他，他这块抹布太脏时，我便干脆把它塞进炉子里烧了。尽管我们在院子里有个厕所，可我丈夫鬼使神差晚上总爱在院子里那棵爬山虎底下的土堆旁撒尿。那棵爬山虎倒是长得枝壮叶茂，沿着墙壁横贯整个院子。夜里在院子里撒尿是他的拿手好戏，撒尿时跟所有正在撒尿的爷们儿一样眼睛傻呆呆的难看得要命。有一条不成文的规矩：只要我丈夫以为我不在家，便连白天也到院子里的一个角落去撒尿。我有好多次突然出现，我丈夫吓得连裤子都弄湿了。我气鼓鼓地打他身边经过，让他别以为我不知道。我装作在看他，装作为他这举动而要呕吐，而且我还真的做出一副呕吐的样子。他也想了一个报复我的办法：当我在屋里擦洗身子，当我例假期在盆里洗下身时，我丈夫便无缘无故闯进来，让我吓一大跳，我因为被丈夫看见而对着他一顿吼。他却借此回敬我：如今他也装作恶心，装作要呕吐的样子说他看到的事使他要疯了。于是立即跑出去，故意大声说得让我能听见："这一天可要倒霉了！一大清早就这么不幸，看到老娘儿们坐尿盆！"尽管我从来没在家里坐过尿盆，尽管我们房子里根本没有尿盆，因为我讨厌尿盆，即使下大雪，我也宁可走过院子，到结了冰凌的厕所去解手。总之，我丈夫是个很不爱收拾的人，对他这台贝克尔牌的打字机也是如此，我若遇上我丈夫在打字，就跟我碰上他在院子里撒尿一样，立即手忙脚乱，从这一刻起，若是撒尿便弄湿裤子、尿湿鞋子；如正在打字，便连贝克尔牌打字机的好几个按键也吓得卡在一起，而且还卡在色带走动的地方。可我丈夫硬是用两个指头把它们掰开。这打字机真是结实极了，任何别的打字机遇到这种情况那按键恐怕都要断掉，可是这部机子居然承受得了我丈夫的生掰硬拽，他把整台机器举起来，按键好像嵌进了他的指头，他气恼地站起来，将机子倒吊到悬空，还是松不开，我丈夫便使劲一摔，打字机掉到地板上，这才解决了问题。我丈夫再把它端起来，抚摸着它。几个指头被那些一直卡着难以分开的按键弄得乌黑。我丈夫打字的时候要是用手摸一下脸，那脸也准保弄得黑不溜秋的；要是机器摔到地上，我丈夫便把它扶起来，放到桌子上，接着打字，跟没事儿似的。这部打字机就像艾戈恩·博恩迪说的是部原子打字机，真的好像是用原子驱动的。不过我丈夫还是决定让这台贝克尔牌打字机退役。说要拿它当摆设。他这儿还有一根劈成两半的大松树干，这两半树干中间夹着一个野蜂窝。这树干，我丈夫说还是从俄国兵那里讨来的。那些俄国兵曾经在啤酒厂住过。我丈夫不管搬到哪里，都把这树干带到哪里。他最先住在老城广场那座屋角上有个罗马铃铛的楼里，还有那家肖恩巴赫殡仪馆也在楼里；后来他搬到雅希莫瓦街犹太学校对面的那条街上；再后来又带着这树干来到克拉德诺的义务劳动者们的集体宿舍；最后带到利本尼，如今竖在这儿，老树干里面已经破碎、腐烂，树干旁边是一个没穿衣服的洋娃娃，摊着两只粉红色的手，总是光着脑袋惊讶地站在这老松树干下面，望着那嵌在松树干上快要破碎的野蜂窝。如今这儿又添一架滚筒缩在里面，像一个紧咬牙关沉默不语者的贝克尔牌打字机，它挨着这光身子没头发的洋娃娃站在方凳上。谁来我们家，最吸引他的就是这台打字机，每个人都要摸摸它，像抱小动物一样抱在膝盖上，打开它，不知道这种型号的人都为这台打字机的小巧玲珑而惊讶不已，说它很漂亮，而且造型也很现代，因为它比一般打字机少一行字母。那时候，有个叫弗朗达的住在我们这座楼靠大门口那儿，他已经退休了。因为他有一颗大极了的心脏，解剖专家都有点等不及要解剖他的尸体，因为就像弗朗达骄傲地说的，他就是为这颗肥大的心脏而退休的，因为这是中欧最大的一颗心脏。这个弗朗达曾经是一名修理烤面包炉的工人，是修理炉口和炉门的能手，他往炉膛里铺上石英，浇上混凝土，还有点别的东西。在弗朗达原先住的那个曾经开过小铺的地方有一座特别棒的炉子，我丈夫去看过好几次，弗朗达就是按照这种炉子给我们家修的炉灶，炉口贴满小石块，浇上混合耐火黏土和水玻璃。那个弗朗达简直要了我的命，因为他老想谈那种事，老说他是干那事儿的行家，老说那种事一天可以干上两次，因为他有个大心脏。他只要一看见我，就谈那种事，这成了他的看家本领。我千方百计不让他张口，先是假装作呕，后来弄假成真，真的吐了他一裤子。

于是，他又去找我丈夫谈那种事，我丈夫不爱谈这个，不过并没反对听他谈。那个弗朗达还打定主意，要把他所知道的、他所注意到的有关他心脏的一切写出来，主要是要给大夫们写他的那种事儿，说他每天可以干两次，一点儿也没觉得有什么不舒服。我丈夫便将那台打字机、那架原子贝克尔牌打字机借给了他。我下班回来、或者去上班的时候，都听得见弗朗达像啄木鸟一样在那里敲打，练习打字。三个月以后他已经会打了，可让他伤脑筋的是错误百出。他说他写得倒没错，可就是缺钩少撇的。后来他便开始写有关他的欧洲最大的心脏这部作品，连沃德拉切克教授本人都在盼着他这部作品哩！可是，就像他所描述的，那种事他每天可以干两次，结果他什么毛病也没有，后来又提高了一步，那种事他有时一天干三次，结果出事了！这一天三次把他的心脏累坏了。于是他不再敲打打字机，而是躺着，躺着，不是躺在床上，而是躺在椅子上，躺在一把仰卧着的椅子上，也就是椅子扶手挨着地板，总之，他躺在一张翻倒的椅子上，这是他最好的姿势。我丈夫说，弗朗达这么躺在翻倒的椅子上，活像山羊在交配。他常去看望弗朗达，跟他开玩笑，用那把黄色的折叠尺子测量着弗朗达的个头，然后四下里瞧瞧，看怎么在这里安排他的丧事及摆放他的棺材。弗朗达笑得都发出了尖叫声。我丈夫总是这样跟他开玩笑，弗朗达把这看做是我丈夫对他表示的最大好感。他们拿这棺材的事儿开了好长时间的玩笑。我丈夫还拿弗朗达开心说，如今当他靠这椅子这么挂着，是不是一天能干一次或者三次那种事。到有天早上弗朗达的神经官能出了问题，大喊大叫起来，而且越喊越厉害。等我丈夫去看他时使尽了最后的力气对我丈夫喊道："博士，把那台打字机搬走吧！搬走吧快搬走！"可我丈夫将手搭在弗朗达的背上，他还一直躺在这把翻倒的椅子上，劝他说："只管把它放在这里吧，弗朗吉舍克[1]，加紧练习吧！你还练吗？还练？弗朗吉舍克，只有这样你才能学会用这机器打字呀！你还得把有你这颗欧洲最大的心脏的事儿写出来哩！你得提供这方面的信息。弗朗吉舍克，你不是胸有成竹吗？那你就快点儿开始吧！你将成为一位拔尖的打字员！你将成为顶尖人物，弗朗吉舍克！你要明白，你生活在布拉格，布拉格是欧洲的心脏，唯一的只有你能写出关于自己这颗中欧最大心脏的文章，只有你握着这扇门的钥匙，你有的是关于这一切的文件和你心脏的图表和透视图，为了这颗心脏，你退休了。上帝保佑你，弗朗吉舍克，别尖叫了，开始写吧！现在正好是开始从另一方面看到一切的时候，你现在不写还等何时再写呢？留下这台贝克尔牌打字机吧！我用它已经写下了我最厚重的书稿。弗朗吉舍克，你来在这座楼房里继续写下去吧！多想一想你那颗心脏。练吧！弗朗吉舍克，练吧！可是得练写作了，在写作的同时又练了打字。"弗朗吉舍克说，只等他稍微缓过来一点儿他便要开始练习写作，写他修炉工的一生，写他如何去医学院、教授们如何给大学生们讲课，通过声音和图片向他们

① 弗朗达的爱称。

讲解属于弗朗达的这颗中欧最大的心脏。作为这一报告的证明材料，也就是与大学的一个合同上规定，弗朗达不许游泳、不许坐飞机甚至不许坐快车，因为弗朗达还在活着的时候就已经把自己的心脏卖给了大学，沃德拉切克教授已经迫不及待地在等着开始解剖弗朗达，想亲自直接看到这颗大极了的心脏。这都是弗朗达说的。他接着又大声嚷嚷着，他心脏上的脉管一根根地在爆裂。他爬到他修好的那座炉门口贴着一块块小石砖，并浇上掺有水玻璃耐火黏土的漂亮炉子跟前……早上他的同居者来到时，他已经死了。死之前，他吼叫过，可是谁也没听见。楼上虽然有人听到，但却以为是贝朗诺娃太太，也就是那位每天都提水浇过道、往下水道里清扫的爱干净的太太在发梦呓，她躺在她那间黑暗的房间里，睡梦中常常打哈欠，响得成了呼叫声。也许楼上的莉莎夫妇，也许我们这边的斯拉维切克先生以为是住在那位爱干净的太太对门的太太在号叫哩！那是一个寡妇，当她想起她已经是个寡妇、想起她的丈夫真的已经死了、永远地去了时，她便坐在炉子旁边的小板凳上，就像一条到死都被捆在窝旁的狗一样久久地号叫，为自己永远也无法到村中心的广场上去遛一遛，永远也不能同别的母狗到后院去逛逛而伤心。出殡之后，我丈夫等到他本来住在日什科夫的同居女人来到他的住处时，便请求她将那台他曾借给弗朗达、让他学会用它来打字、成为作家的贝克尔牌打字机还给他。可是那同居女人说，她压根儿就不知道有台什么打字机。我丈夫一再求她，还拿出钱来，可她说，她一点儿也不知道这台机子的事儿，她甚至说她压根儿就没见过这台机子。我丈夫很难过，都伤心流泪了。还为这事喝醉过两次，因为他实在想念这台为他打出了成百上千页关于他的生活的稿子的贝克尔牌打字机啊！当他一瞅那分成两半、更多地被野蜂咬坏了的松树干时，当他一瞅那原来摆在贝克尔牌打字机前面的光头洋娃娃时，忍不住将那洋娃娃扔进了垃圾桶，又拿起一把斧子将他从苏军士兵那里要来的礼物劈成的松树干砍了个稀巴烂，连同原来在上面摆放着的那超现实主义静物的方凳也砍个稀巴烂。当他经常在睡觉时抽泣、哭诉时，我安慰他说："好啦好啦！别再去想那台贝克尔牌打字机啦！……已经这样了，再别想啦，别想啦！"

我们每个星期有一次在克尔科诺谢山脉吃饭，住在伊莱姆尼克小旅舍，这地方属于上米赛支基山区。因为我丈夫在念大学的时候常来下米赛支基住。就像他指给我看的那样，住在夏尔夫先生家的"三房舍"里，在夏尔夫先生家的下方一家住着多恩斯先生，再下面一家是贝拉乌尔先生，他们都在森林里干活儿，有很多小孩。我丈夫说，当他每年放期末假到这儿来时，夏尔夫先生这所房子里总要多出一个孩子来，原因是夏尔夫在森林里干活时，多恩斯先生便来他这里取斧子或锯子，多恩斯一头金黄色头发，而夏尔夫先生的两个孩子也是一头金黄色头发。我丈夫然后将那家装有绿色梁柱的瓦尔泰因饭店指给我看，每当他滑雪回来，总是在这家饭店吃晚饭。那里通常只有一两个顾客，大家都喝瓶装啤酒。我丈夫除了喝啤酒之外还吃黄油抹面包夹香肠。这里总是很热，一个特大的瓷砖铺台的炉子里烧着旺火……不过这都是以前的情景。一九四五年以后在克尔科诺谢山脉这儿已经连一个德国人也没有了，有的在战争中死去，有的被锄头打死，其余的被迁走。除开被迁走和死去的德国人之外，连牛也差不多灭绝了。我丈夫对我说，原先这些山上有六百头牛，现在只在贝茨上方的赛维尔卡还残存着四头牛。那里有个德国女人在经营管理，她要是挤了牛奶，在她的饭铺里还能喝到新鲜热奶和罗姆酒。如今几乎所有的小木舍都归了国营企业，作为职工们休假之用。可是我丈夫的思绪却停滞在这里还住着德国人的那个时期。那时几乎所有小木舍的德国人都能供应抹了黄油的面包和一种德国人常吃的“拼板”，也就是在这么一块小木板上放一小块熏咸肥肉、一小截香肠、一小段猪血肠、一小块熏肉，配上一瓶好啤酒。在这些小木舍里冬天很热，因为烧着木柴。我丈夫最感遗憾的是那六百头牛没了。那些粗脖子的德国胖妇没了，那些骨瘦如柴的德国妇人连同她们的方言也没了。当然我丈夫也补充了一句：“几乎所有这些德国人都是纳粹，他们都曾为捷克人打了败仗而欢呼，所以世界上没法为这‘一只眼睛要以一双眼睛、一颗牙齿要以一口牙齿来偿还’的法则而吃惊。因为播种风就得收获暴风雨。胜利者是不会向任何人询问什么可干、什么不可干的，倒霉的总是失败者。”当我们漫步在白雪覆盖但作了标记的路上，当我们已结束滑雪但还穿着滑雪服，背上背着背囊、拄着滑雪棍在散步时，我丈夫就这么自言自语着，而且讲着讲着便开始对所有在捷克和摩拉维亚的德国人生起气来。说实际上是苏台德问题引起了第二次世界大战。因为德国人出卖了我们的共和国，提出了“建立帝国之家”的口号，结果自己造成提前迁出的局面，确定了自己的命运，从而也确定了捷克人的命运。因为通过打败了的战争把胜利者请进了中欧，从而开始了新时代。在这个时期一切都与过去不一样。我们就这样走在标明记号的雪道上。我们最高兴下坡走到什宾德莱尔磨坊，我丈夫像在梦幻中一般地察看着这里的一切，因为这里所有旅馆、旅游者的小客栈的名称都跟过去不一样了。当我丈夫看到这些，看到旅馆、客栈后面堆着一大堆垃圾、烧暖气的炉灰渣，尤其当我们走进他以前住过的旅馆，当今这些只为他们自己的职工做饭的国营企业的休假屋，却得不到吃的时，我丈夫又将他内心的独白说出了声，他又骂德国人，说他们本来可以在这儿待着，我丈夫还可以继续与他们聊天，继续住到这些炉子生得暖暖和和的小木舍里来，喝他的啤酒的，可是克尔科诺谢山区的德国人却想要什么“建立帝国之家”，使我丈夫感到这些山都变丑了。他们活该！结果下场这么惨，因为是他们首先破坏了在这第一共和国的社会品行的准则，实际上他们为自己的罪责得到的惩罚还算是小的，他们最大的罪责是连同这些苏台德人一道不仅走掉了这六百头牛，而且失去了这山区的方言、这整个的美。由于这一背叛，不仅是布拉格的美丽的德语，而且连布尔诺、奥巴瓦以及伊赫拉瓦的美丽德语、方言都走掉了，斯毕什盆地的德国人以及赫普的德国人方言也走掉了。我丈夫为连同这六百头牛，用木柴烧得暖暖的小木舍和旅店消失了、两种语言意识消失了而抱怨。可又有什么办法？他们不会做人行事。他们带着他们的“卐”字旗、集中营和他们的纯人种走到哪儿就给哪儿带来毁灭、死亡和不幸，他们活该有这样的下场，论他们给欧洲带来的灾难，实际上他们得到的报应还太轻了。主要让他们受到点教训。想当初我丈夫曾非常喜欢他们，当他还是一个学生的时候常去米赛支基度期末假，一个星期花四十克朗便够了，花五克朗住在夏尔夫先生的“三房舍”里，那时他做梦也没想到、压根儿就没法想到会发生这种情况。一九三七年那会儿这些德国人便变了个样，在他们的顶层房屋的窗口便在黑板上画了个纳粹徽号。对我丈夫也变冷淡了，有的甚至不再跟他说话。那些森林工人突然变得傲慢起来，嗓门儿也提高了，眼睛扫向布拉格，大家都开始穿白长袜，那些粗脖子太太们便穿着德国民族衣裙，在饭馆里高唱战斗的德国歌，主要是“莱茵河上的卫士”。这些对我来说是一种耻辱，我为那些德国人而感到害臊，为他们坚信的那些社会问题、为他们中间的一切坏主意坏行为而感到羞耻，等到他们能实现他们的“莱茵河上的卫士”的伟大梦想，恐怕一切都会改变，所有捷克人、整个布拉格都会蒙受耻辱……我们沿着一条闪亮的斜坡登上了金峰。我丈夫停下脚步，透过被天气磨炼出来的云杉瞭望四周的景致。这是一个晴朗的日子，我们决定午饭后到拉贝河小旅舍去。于是我们重又走在云杉中间的滑雪斜道上，我们已经离开了茂密的森林，眼前路上横七竖八躺着倒下的云杉，上面覆盖着厚雪，从雪里冒出的枝桠也就不足一米高。我丈夫停下来，用滑雪棍指着前面说："我们曾经在那边找到一名来自赫拉德茨的冻死的女教师，在离她五米远的地方躺着她的冻死了的丈夫。两人手里还拿着个冻橙子。那是在一九三四年，我寒假来到这里，接连两天的暴风雪，在这四十八小时里，只要出得去，这地区便会派人出去寻找那些没有回来的人。就在离拉贝河旅舍三十米的地方发现两名军官，他们在暴风雪中绕着这小旅舍转了好久，直到倒在地上。在这金峰底下，我和其他人找到了缩成一团的女教师，手里还紧紧抓着个冻橙子，我们将她运到列纳尔，还有她的丈夫，两人僵冻得像一把椅子、一把沙发，像坐着的基督雕像，冻成了这个样子。因为在克尔科诺谢山区，赶上暴风雪，情况比塔达里山区还要坏。可是塔达里也有它坏的一面，好几十旅游者在那里丧命，掉进深渊或撞死在峻峭的悬崖棱角上。人们说，非自然死亡中数淹死最舒服。这些曾经很善良的德国人在战争中让两千多万人死在战场上，让六百万人在集中营折磨致死。等到他们打了败仗，人们以一口牙还一颗牙的办法对付他们，他们能感到有什么可惊奇的呢？对让那些在村子里干了这些罪恶勾当的人自己挖坑、挨枪毙后被埋掉能感到有什么可惊奇的呢？对把他们收罗进俘虏营、劳改营，在其过程中把他们迁到他们愿意去的地方还能感到有什么可惊奇的呢？对他们在战后仍有许多人被处决还能有什么可惊奇的呢？我曾不得已杀死过还没睁眼的小猫，那是出于必要；我在家里还宰过兔子，那是出于必要；出于必要，不得已我也可能杀人。我对德国人曾把有些人最亲的亲人谋杀于集中营或监狱，从而遭到以一整口牙还一颗牙的回报一点儿也不感到惊奇。有人对我说过这么一件事：在克鲁什勒山区一个什么地方，战争结束之后，人们把两名党卫军搁在平板大车上，强迫一个德国人将另一个德国人的四肢挨个儿砍下来，总是互相砍，先扎眼睛，然后砍手，砍腿，再一条腿，等到他们在那辆村民们用拖拉机拽的平板拖车上把什么都砍了之后，只剩下了两个身躯和一只手，只有其中的一个还有一只手，因为另一个已没有手去砍对方这只手了，可他们两人都还高呼：‘希特勒万岁！’”我丈夫又歇了一下脚，不是因为讲这故事的缘故，而是因为我们已经离开了树林，我们已在沿着一个光秃的斜坡走。我感到头晕，不是因为我丈夫讲这个故事，而是比这更糟糕；我还从来没有过这种感觉，我看这峡谷便感到要呕吐，当我一看那山谷，我的眼睛还能看见树干和松枝，那我还能在这山顶上找到个依靠，可我这时在顶峰上，树林和灌木丛都在离我们老远的底下，我不只是感觉而是实实在在地认为我站立的地方在旋转，我看到金峰和科特尔在旋转，往深渊里坠。大地像个大磨盘在绕着一根巨大的轴在旋转。在我对面下方的那些小旅舍、松树、云杉都在往上转，原来在我下面的现在都渐渐升到了上面。我看见它们在山顶上游走，捆在一个看不见的巨大圆轴上从我身边经过，这种幻梦和极大的焦虑感使我的膝部一软，倒在地上，我的指甲紧紧扣住地上的雪。现在连我自己也在旋转，我不禁喊叫了一声，因为我准确而实在地感觉到，我被一种什么魔力揪着头发甩到了空中，我那顶帽子只因我在旋转才掉下的。我又喊叫一声，我因为觉得自己在破碎散落，将要徐徐落到山谷里的一个什么地方，从这座因雪和阳光交相辉映闪闪发光的山上滑进这山谷。我丈夫站在离我不到三米远的前面，他将手伸给我，我却四肢着地，仿佛顶着大暴风雪慢慢地朝我丈夫爬去。我用四肢爬行着，我想让我丈夫伸出来的手抓着我，却又害怕抬起一只手来。他先是笑话我，像喊一匹受惊的马一样喊着我；可是现在，当他看到我如何用膝盖向他爬去，听到我那恐惧的叫声，仿佛我们在见最后一次面，即将永别的样子时，便立即朝我跪下来，搂着我。我便紧紧地搂住他，我的眼睛里布满了恐惧，我闭上眼睛，心都跳到嗓子眼儿了。我丈夫帮我站起来，可我又一次不得不摔倒在雪地里，我哼着哭着，我丈夫不得不走到我的面前，在他的手指能够得着我的地方，领着我斜着往回走。当我一睁开眼睛，大地还是在旋转，地面上的一切都在散落，我又一次体验到我和我周围的一切东西都捆在一个看不见的大磨盘上……直到我能摸到第一根棍，然后扶着第一枝倒下的树干，直到我抱住了又一棵云杉，这我才睁开眼睛，看到沿坡而下的灌木和树林，看到穿着五颜六色的衣服的滑雪者们沿着斜道往山顶上爬，看到黑森林中露出带烟囱的屋顶、从伊莱姆尼克小旅舍冒出的滚滚炊烟。这一切仍没使我平静下来，不过那种头冲下，刚不久前我还真的觉得在绕着一根大轴的旋转停止了。我大哭了一场，伤心地抽泣。由于这一恼怒使我的脖子鼓胀起来，甲状腺也大了。我丈夫也认真起来，他小心翼翼地领着我下山，搂着我的腰，拉着我的手，我们的滑雪棍这时就让它们插在既没有山松也没有云杉、通向山顶的那条路上。这条路晶晶闪闪地与蓝天连在一起，我瞅了一眼金峰的白雪只由一道细线与蓝天分开的地方，重又有了那种感觉，当我又想俯视下面的山谷时，又一次摔倒在地，我用手扶着他，因为地又在旋转，金峰转动得消失不见了，所有小木舍、所有小汽车、所有停车场上的大轿车都从下面绕着一个圆盘转起来，先是头朝上往下掉，然后一个大滚翻，所有滑雪者和他们身后的小汽车，仿佛一桌婚宴酒席都在倾斜，一切都朝着它们倾斜的方向飘落，我看到连我丈夫也在倒下，他的两只脚仿佛在结冰的溜滑的路上移动，被一种什么力量硬拽着从我身边离去，我觉得自己是在木舍里，突然，地基在往高处飞，屋顶下的梁柱仿佛在往地窖里掉，我打了一下滑，在最后一刹那我的眼睛从天地分开的那条线上又一次地看到了我丈夫的眼睛，我就这么紧紧地盯着他的眼睛，同他小心翼翼地往下走。我像喝得烂醉地走着，一步步地一直走到在我四周、前前后后都有我信赖的松树的地方。我四下里一张望，那里只有一条由白雪、滑雪板印和滑雪鞋印装饰着的道路……

第二天我们想到洒满阳光的雪地里去走一走，于是便朝着什宾德莱尔磨坊和糖厂走去。可是刚走到列纳尔那个滑雪道纵横的谢里山坡，我丈夫便停下了脚步，他发现那儿有大队滑雪人马，还有流动快餐部，小桌子、小凳子。上面竖着一块标着“起点”二字的横幅，另一头则挂了一块“终点”的横幅。所有滑雪者都像参加世界杯比赛的正式参赛者一样身上别上了号码，有些人在热身练习，转圈儿、活动肩膀、向前弯身，明显地是在准备比赛。组织者们非常严肃地核对参赛者的名字。原来这是分成两个组的老年人[1]滑雪比赛，六十岁以下为一个组，六十岁以上为另一个组。参加比赛的都是些上了年纪的老人，可恰恰这些孩子气的老头儿还相当认真地准备了这场比赛。有位组织者对我丈夫说，这种比赛每年举行一次。那些曾经参加过正式比赛的、所有每年参加州级滑雪比赛的朋友们都聚集到这里来，有的为参加这项比赛甚至每天都骑自行车和跑步锻炼，有些早已退休了的甚至进行两个阶段年龄的训练。因为参加这一老年人比赛要给予特别的几乎是生命攸关的考核，看看是不是还有能力不仅参赛，而且从这十项奖中获得一项什么奖……比赛之前彼此还有个笑脸，互相拍拍肩膀；在比赛之前大家彼此之间还是朋友，互相开开玩笑，互相询问一些日常情况：现在一天喝多少矿泉水，等等。同这些参赛者一道来的还有他们的妻子、亲朋好友，有的参赛者在赛前甚至还喝上一点儿燕麦粥，其他人或者吃了香肠蘸芥末，整个这一群老年人的参赛群表现得像一帮小男孩。我还从来没见过这么快活的老

---

① 原文为英文“old boy”。

人，从有些人的脸上马上能看出来，曾几何时他准拿过共和国冠军赛的某些奖项，不仅从他们脸上，而且从他们那套滑雪行头也可看出来。几乎所有的人都有着奥地利和意大利牌子的滑雪板。在组织者根据名单给参赛者们分发号码之后，他们的妻子和朋友便帮他们别到背上。从他们背上别了这个号码的这一瞬间起，彼此之间的交谈便骤然停止，玩笑也没有了；从这一瞬间起，这些参赛者好像已经互不相识，甚至彼此看对方的眼神也带有敌意。然后组织者掐着秒表将参赛者一个挨一个地放上跑道，沿着谢里山坡滑去。我丈夫牵着我的手，沿着旁边的一条小路一直跑到滑雪道拐弯的地方，这条滑雪道，一拐弯又回到了“起点”，然后是“终点”……这条滑雪道旁边站着不少观众，主要是参赛者们的亲属。参赛者们如今一个接一个地想尽最大努力滑快些。我从他们的脸上看出来，他们对待这场比赛认真得要命。有的参赛者摔倒了，他们艰难地爬起来，觉得很丢人，这些人肯定是些工程师、博士什么的，是滑雪俱乐部的成员，他们在派他们来参加这个比赛的城市里肯定被称为滑雪专家。电视里在转播这次了不起的、简直跟世界杯赛差不离的比赛时，肯定大家都会看见他们，并内行地评论他们。如今那些摔倒的人把这看做极大的耻辱，他们飞快地爬起来，努力去追那些滑到前面去了的人。我丈夫从他们耷拉着的满是汗水的脸上和他们的行动中读到了这一切。在这以后，我们曾见证了这么一件事：一个参赛者想超越另一个参赛者，可是那个滑在前面的人死活不肯让路，甚至故意阻挡着他后面的追赶者，于是彼此嚷了起来：“让我过去！”那个不想让他的朋友超越的人却回答道：“没门儿！”这场老年人滑雪比赛于是成了你死我活的竞争。有些参赛者已经滑到了我们下方的那一段路上，转弯的时候他们已经累得不行了。他们汗如雨下，脸上流露出恐惧的表情，他们已经精疲力竭了，大概参加不完这场比赛……可是这里站着他们的妻子，还有他们的朋友，他们跟着这些精疲力竭、在勉强挣扎的参赛者跑了一小段，冲他们大声喊叫加油，递给他们一塑料杯饮料让他们恢复精神。他们的妻子乃至朋友都已经不把这场比赛看做是老年朋友的一种友好会见，而把它看做影响到个人威望的问题。特别是当哪位参赛者滑到了另一位的前面时，只听得他们用嘶哑的嗓子彼此喊着、骂着、碰撞着……于是出现了这样一件事：一位参赛者正要超越另一位滑在前面的人，结果互相绊倒在一起，滚到云杉林中，柔软的雪花落在他们身上，尽管在“起点”处他们曾互相搭着肩膀、彼此友好地谈笑过，可现在双双躺在这里，两人的滑雪板、两双手、滑雪棍都搅在一起，甚至连两张脸都贴在一起，可他们互相气恼地吼着，那个被绊倒的无辜的受害者气愤至极竟然咬了一口他这位朋友的耳朵，顿时鲜血直喷。后来他们俩总算各自滚到一边去了。其中的一位继续去追赶前面的人，另一位，即被咬了一下耳朵的那一位仍然按原样躺在那里，大声嚷嚷着：“你这混蛋！我要告你去！必须取消你的参赛资格！”他就穿着那身漂亮行头跟个小宝贝一样仰躺在那里，后来翻过身来，靠滑雪板稍微活动了一下，可是谁也帮不上他的忙，因为他拒绝人家帮他这种忙。他一直想滑下去，至少滑到终点好立即去告那个人。我丈夫看了我一眼，我已经知道，我了解我的丈夫，没等他开口，我已经明白他想要说什么……我从他的眼睛里已经看到他对那次孩子们在什罗斯贝克山下的双轮滑板车比赛的回忆。那次比赛对于这些孩子、尤其是他们的妈妈来说也是一次性命攸关的比赛。我们沿小路蜿蜒而上回到终点。参赛者们这时正在终点线那儿开始最后的冲刺，的确使尽了最后一点气力，所有的人都快要得梗塞了……两个老头的距离挨得很近，他们的妻子和朋友们都在冲着他们喊叫，为他们加油，跟着他们一块儿跑，实际上成了这些妻子和朋友们的比赛，他们根本不考虑，他们的参赛者也许会倒在终点，因虚脱而一命呜呼。最后反正只能由其中一位老者得第一名。那第二位到达终点的弯下身来对着躺在地上的优胜者不友好地说：“你这废物，当时你要是放我滑到你前面去，我肯定会比你现在的成绩要好！”他也侧身倒下，急促地喘气做深呼吸，用雪凉一凉自己的脸。晶莹的白雪和灿烂的阳光普照着大地。参赛者们一个个到达终点，组织者们将他们到达的时间一一记录在纸上。前六名到达者的妻子和朋友们已经给他们披上了毯子。奇怪的是这些几乎要断气的优胜者如今他们那张难看的脸又舒展开来，而且有了笑容，他们的笑脸简直像洋溢着幸福的孩子们看到圣诞树上的礼物时那样可爱。……连第十名也跑到了终点，他倚着滑雪板向前倾斜，汗滴从他耷拉着的头上掉下来，即使只得了第十名，看他抬起头来那样子也显得很高兴，仍旧是老年人滑雪赛的一名骄傲的优胜者。他接受了人们的祝贺。前十名参赛优胜者彼此握手道贺，他们微笑着、搭着肩膀，感觉幸福极了。后来那些已经得不到任何奖项的老人也滑到了终点，他们面带愧色，其实很可能他们使出的劲儿比那前十名还大哩！可是这群人到达终点时没有人对他们表示欢迎，没有人为他们鼓劲，没有人冲他们喊加油，也没有人陪着他们冲刺。他们的妻子没有好脸，也没有好气地将毯子扔给他们，这些妻子一抬眼睛，从她们的眼神中就可看到，实际上是她们输了这场比赛。于是出现了两组人群：一组是那欢天喜地的前十名，另一组是那些参加了比赛，只是滑到了终点的人，所有这一群人都不高兴，像犯了什么罪过似的不好意思。有一个人甚至将小汽车停在林子边，当他作为第二十名滑到终点之后，便立即脱下滑雪板，跑向自己的小汽车，实际上是艰难地走到小汽车那儿，将滑雪板绑在车顶上，跳上汽车、关上门……组织者跑过去喊他："博士，我的上帝，您这是干什么呀！"那位博士几乎是哭着对他嚷道："您再也不会在这里见到我了！拜拜。"一踩油门，车轮立即在平坦的雪道滑动起来，然后开走了。组织者们从汽车两旁敲着车窗，可那位不幸的参赛者毅然开上公路朝下往伊莱姆尼采方向驶去。这时组织者从吉普车上端出那些奖杯摆在阳光下，把这十个奖杯放在一张铺着白台布的桌子上，一尊尊光芒四射。然后这十位老年优胜者站成一排，又一次接受祝贺、老年滑雪比赛主席的官方祝贺。那些只是参加了比赛而未得胜的人耷拉着脑袋站在旁边，他们因没有得到一个什么奖杯而至今没转过向来。我丈夫小声对我说："你要是看到那些诗人、作家是怎样嫉妒，相比之下这才算不了什么哩！小姑娘，他们可会骂娘哪，简直可以就此提出起诉。他们彼此嫉妒得不管走到利本尼的哪座楼，到处造谣中伤对方。当然你在这里看到的情景只能算是刚学走路的娃娃们的哗啷棒儿，小玩意儿。你没看到那些画家，要是有谁得了国家奖而另一个人没有得，他们是怎样互相吼叫或者彼此一辈子不讲话的吗？可是小姑娘，你注意！你在这里看到的，不仅是我们社会，而且是整个人类的一个象征性的画面。可根据黑格尔的学说，这就是历史的动力，是世界发展的动力。只有这个人，只有这个群体，一个善于变得年轻和取胜的群体才有权晒太阳。"我丈夫又在高谈阔论，我只是随便听着。我因看到这些而感到身体不舒服，便说："我不想去糖厂了。我想回家。""回家？"到我们住的伊莱姆尼采小木舍得步行一个钟头。在颁奖前那一瞬间就像魔杖显灵似的，那群失败者突然变得开朗起来，他们突然互相瞅了一眼，那张哭脸渐渐变得和气了，一个个地对他们刚才的表现显得有些不好意思。他们昂起头，然后表现出他们已经克服了刚才那股丧气劲儿，走进优胜者中间，向他们表示祝贺，而且很诚恳，连他们的妻子也摇晃了一下脑袋，仿佛要甩掉那无谓的烦恼和痛苦，纷纷同优胜者们的妻子握手道贺。大家又都开始了欢声笑语，开始痛饮冰冻香槟和起着泡沫的葡萄酒，用捷克斯洛伐克旅行社的流动小吃店的杯子斟了一杯又一杯，连那个挨咬了耳朵的人也过来向咬他耳朵的那位选手道贺，手里端着香槟酒杯发誓说下次定要在比赛开始之前就咬破他的耳朵以作回报，让老天爷平息怒气。我丈夫又在说教、又在低声给我讲解说："小姑娘，等我哪一天带你到柏林、到东柏林去，我一定带你去参观帕加马①博物馆，那里有一块希腊人战胜高卢人的浮雕，这种浮雕实际上是部电影，在那里有着希腊人战胜高卢人的漫长过程连环图，其中浮雕里最美的一段是当时有一个年轻的高卢人看到他们打了败仗时，先是用剑杀死自己的妻子，然后将自己刺杀了。雕塑家们对被打败的敌人的这一同情是对希腊人打败高卢人的最大装饰。那个老年滑雪比赛杯该由那个被咬坏耳朵的人来获得……明白吗？"

第二天我留在家里。我丈夫却爱出去逛，他乐意独自走进冬天的童话，一个人到糖厂去解解馋，到什宾德莱尔磨坊去转一转。我却躺在家里，两眼望着天花板，老是看到那个因为打了败仗先是杀死妻子然后杀死自己的高卢人，而且我还看到那位雕塑家如何满怀同情和勇气想到要将这一组悲伤的群像放进这块本该只是歌颂胜利者的浮雕里去。我仰面躺着，望着天花板，得出这么一个结论：实际上那时候的民族虽然可能更残暴些，但同时也更高尚一些，他们竟能对他们的手下败将寄予如此多的同情。我这么仰面躺着，从天花板上我也看到了自己的命运：尽管我根本没参加战争，可我也属于被打败了的德国人

---

① 帕加马（Pergamum），密细亚的古代希腊城市。

中的一员，我曾经在劳教营中待过，可是谁也不同情我，尽管我不得不在地里干活，吃茶点时我又不得不同德国人坐在一起。离我们这些担惊受怕的人不远的地方坐着些女工。有一天我饿得要命，女工们吃着抹了黄油的面包，她们中间的一个看到我的眼睛时，便伸出那只拿着黄油面包的手，可是当我站起来，将手伸过去接那块抹了黄油的面包时，那女工却把手缩了回去继续吃。我当时很难堪地站在那里，德国女人们皱着眉头看我，女工们打着哈哈嘲笑我，没有一个人同情我。就像我丈夫说的，一报还一报，我这无辜者只得承受。但是那次有关黄油面包的情景直到今天还留在我的心里。后来我丈夫回来了，一股子啤酒味儿，他坐在床沿对我说："小姑娘，那场老年滑雪比赛昨晚有个令人难受的结局：所有参赛者和他们的亲友们同时庆祝胜利与失败，一个劲儿地喝酒。快到半夜时分那些得胜者都去洗桑拿浴了。而那比赛的第一名，在大家都已离去之时还留在那里。早上人们没法在旅馆里找到他，于是跑到桑拿浴澡堂去看，发现他一半已被烫伤，晕倒在一块滚烫的高温石英板上。将他抬起来时，从他身上掉下来一块肉……小姑娘，活在这世界上并不那么简单啊……"

大家都以为我丈夫是个有福气的人，说我能得到这么一个丈夫，哪个女人都得眼红我，以为跟我丈夫过日子准是非常愉快和幸福的事。可实际上完全是另一码事。我丈夫是一个很不安宁的人，总在游移，想待在别的地方。他不管做什么事，总是快手快脚的，为的只是尽快了结，好到别的什么地方去。到了另一个地方他又不满意，一心想着回到原来的地方来。我丈夫一直处在一种像在赶火车或赶着去看什么演出的状况中。穿衣服的时候也一样，我丈夫早就穿好了衣服，其实他从来没穿好过衣服，连他妈妈也说，我丈夫穿衣服的时候总是缺这少那的，总是边走边穿，经常得小心，免得磕着碰着或扎着眼睛，还得小心别把大衣连衣架一起穿到身上。他甚至连吃饭也站着，老是看着窗外，老是不看他正在干着的事情而看着别处。一段时间之后我发现他为了不用看我，便望着别处。当他偶然看我一眼，当我们俩的目光相遇时，我便看到他会因此而很别扭，一心希望我赶快离开或者让他待在一个我不在的别处。尽管他有那么多的时间那么多的闲工夫，因为我总是整天不在家，而他下班回来有足够的时间，几乎一直到半夜，可以写点他需要的东西，可他还是那老毛病，赶上我在上班，他便又在利本尼逛，一会儿回家，一会儿出去，一会儿坐下，一会儿站起来，在院子里转悠，心里生闷气，觉得不会利用只属于他自己的时间。总而言之我丈夫压根儿什么也不会，干任何事只会开个头而不能善终。他喜欢培植花草，也喜欢种菜，可是我经常去宁城，看到他的菜地里长满了杂草，实际上他的种植活动只是除草而已。然而每当我们坐火车，他便在车厢里大谈特谈他如何种花种菜，听得大家都惊讶不已，有的娘儿们还拿他给她们的丈夫做榜样，说我丈夫多么会种出漂亮的圆白菜、生菜，多么多么会栽矮苹果树和莱茵克洛德李子树。这只是因为我丈夫虽然什么都种，但他最乐意读那本《桥头空地种植手册》，所以总是能把荒芜得长满的杂草除掉，仅此而已。连我们俩的房事也是这个样子，我总是请他在做爱时把注意力集中在这事儿上，只想着做爱不去想别的，别去想明天的事儿。可我丈夫很不耐烦待在床上，完事之后从来也听不到他发出点什么声音来，他从来不说点关于这事儿好听的话，或者讲述点什么，就这么干躺着，两眼望着天花板、望着由炉灶上裂缝的滑石反射到天花板上的活动亮斑。在要干这档子事儿之前，他倒是很来劲，野得像头公牛，那是一点情面也不讲的，扯开我的睡衣，就得马上干、立即就干，仿佛他有多么多么爱我，我必须现在就成为他的，恰恰在此刻而不能拖到任何别的时刻。可是后来，等他那股劲儿一过去，当他仿佛从神志不清中苏醒过来，当他从一种不仅在脑子里而且在四肢里的什么闪电般的冲动中回来，从这种急速剧烈的房事中苏醒过来，当他重又回到堤坝巷 24 号这个房间的床上时，他便立即爬起来，用毛巾、小手帕和有洞眼的窗帘擦干净他那玩意儿，背对着我躺着，望着任何别处，就是不看我。我知道他在这一瞬间感到更加孤独、更加不幸。这一瞬间他也许希望能够穿好衣服到什罗斯堡小酒店或者别的什么地方去，就像他在上班的时候那样。我随便什么时候去到他那焦街，他总是在别的什么地方，总是从胡森斯基提着一罐啤酒回来，总是在什么地方吃烤肉卷，以便回来有力气再打那些废纸包。过一个小时又得上别处去而不待在他现在正待着的地方。我丈夫也爱烧菜，但他的烹调手艺绝不像他吹嘘的那样好。他在朋友面前大讲这个菜如何烧那个菜如何炒，那都是从烹调手册上看来的或从他妈妈那里听来的。大家都把我丈夫看做高明的厨师。我知道，他烧什么都不成，总是烧煳，因为他在烧菜的同时不是看书就是到哪个小酒馆去看贝比切克在不在。我虽然在家里，可我也在看书，等他回来菜就有点儿煳了。还总是缺少点儿什么，于是他便靠莫明其妙地放很多调料来弥补，把一个普普通通的红焖牛肉烧成了一种中国味儿的菜。赶上那红焖牛肉一烧煳了，我丈夫便自己打圆场说正经的红焖牛肉就得烧煳一点儿，于是他的朋友们、有些厨师便用泥瓦匠的铲子将红焖牛肉的煳锅巴从平底锅上刮下来吃，不过必须往上面喷点醋。这就是我丈夫干的事儿。厨师们常常在一起谈到怎么烧红焖牛肉时，他听着，点点头，闭上眼睛，到最后问一句："最后该怎么办?"谁也答不上，我丈夫便摆出一副内行的样子笑着说："最后得喷一丁点儿醋，这么一丁点儿，就像往内衣上洒香水、用手指头弹圣水那样。"我丈夫于是被公认是最棒的厨师，可我常笑他。不过当他在家里这么多次把红焖牛肉烧坏时，我已经没法笑了。有什么办法呢，我有的仿佛不是丈夫而是一个傻孩子，或者有一个从下贝什科维采精神病院凭担保书借用过星期六的丈夫。总而言之，我丈夫总是忙着往别处赶，总是心不在焉，总觉得别的什么地方突然会发生什么事，甚至会为他显现什么，一个什么句子会降临到他这儿来，而他则因此得救，会因为这个独一无二的句子而成为顶尖人物。我跟他结婚一年后发现，他吃饭也这个德性，从来都不跟别人一样，睡觉也不跟别人一样。他上班的时候，总是在上午就吃完了午饭，要不就一直到下班才吃。他从来不在家吃早饭，即使不得不跟我一块儿吃早饭，便只呷一口咖啡，同时抽三支美国香烟。然后总是脸色苍白，身体不舒服。可是又总爱拿块抹了油的面包在床上吃，狼吞虎咽地嚼，也可能半夜醒来便抹上一块面包，嚼着吞着，咬面包咬得那么带劲，就像跟我做爱那样狠猛，然后深深地吸上一口气。我躺在他旁边，睡着睡着就觉得床单上净是面包渣儿，可我丈夫还在舔嘴咋舌，他的和我的枕套都被他的嘴蹭得油乎乎的。莉莎和斯拉维切克太太都对我说过：我不在家的时候，我丈夫一回家便铺床躺下，脱了衣服睡得跟条泥鳅一样，美滋滋的。说我若不在家，他就可以上床睡觉，有时他在下午就想睡觉，因此一回家就上床睡觉，而且睡得真香。莉莎和斯拉维切克太太安慰我说，我丈夫以前在中午就上床睡觉，然后到晚上、夜里便把这楼里的住户都吵醒，因为他和他的朋友在举行家庭聚会。我丈夫就像他做爱一样，就像他烧菜一样，就像他在焦街干活一样，就像他种花种菜一样，他写作也是这样，赶得厉害。不靠别的，就靠他的粗糙僵硬的指头敲打那台贝克尔牌打字机，那台既没有长音符号也没有钩形符号的德文打字机，跟沃拉吉米尔的那部印版画的机器一样小。我看见沃拉吉米尔印出的版画不能说是美丽的，但却是迷人的、可爱的，跟沃拉吉米尔本人一样。而我丈夫总是将他的打字稿藏起来。当我在什么地方把他打的字找出来一看，我简直从来没有见过这么糟糕的打字稿，因为我丈夫打字快得跑到了他的思想前头，每一行的错误多得让人看不懂。我丈夫打起字来就像电车上剪票一样咔嚓一响，把纸都按了下去，总是匆匆忙忙赶得很急。扯下一张打字纸，常常慌张得撕去一个角儿，他简直等不及接着往下打。我想我在巴黎饭店上班的时候他也许就这么打上整个下午的字。可是住在我们楼上的斯拉维切克太太和莉莎，听到我那位未来的大名鼎鼎的作家、未来的天字第一号在打字进行写作时，都感到惊奇，不知我这位丈夫写作时匆匆忙忙要赶着去哪儿。我丈夫写作时，这两个娘儿们便放下手中的活儿，细听这一奇怪的写作法。她们总是透过墙壁和敞着的窗户听得到这种作家是怎么工作的。她们还听到我丈夫如何在骂娘，大声吼叫，自己给自己鼓劲儿说："加油干！"仿佛在吆喝套在一块儿的几头牲口。我丈夫骂起娘来也像啤酒厂的马车夫一样。他总是干得满头大汗，累得一塌糊涂，于是便带着一身臭汗，提着罐子走出家门去打啤酒。他用手摸着湿淋淋的额头，又将满手汗水甩在院子里的石板地上。我丈夫只有在屋顶上才能安安静静地写作。赶上好天气，有太阳，他便带着那两把锯短了腿的椅子和他的打字机爬上板棚的斜屋顶。那架打字机的确很小，正好能摆在一张椅子面上，就像放在一张小桌上一样。斯拉维切克太太和莉莎对我说，她们从窗口正好能看到我那位未来的作家，简直没有比太阳照着更舒服的人了。当太阳还没下山，我丈夫便爬到这小屋顶上，一直写作到夕阳西下。因为我丈夫在这里写作的唯一目的是在写作的同时能晒太阳，因为我丈夫有个解脱不开的观念，认为只有晒黑了的男人才是健美的。要是他从上午十点钟起就有空，哪儿太阳大，他便端着椅子、搬着他的打字机坐到哪儿去打字。总之，追着太阳换地方。他也不在乎我坐在他旁边编织或者看书，只要能在太阳底下写作，在这会儿晒到太阳，他便什么也不在意。我丈夫这时根本就不注意我，他全神贯注在写作上。我丈夫在太阳底下写作的时刻，我觉得他在这热得像太阳底下的炮筒、在这匆忙中总有一天能写出点什么来。因为他的心思已不在这里，别看他跟我一起在这院子里。就像他妈妈说的，他从小就心不在焉。当他在太阳底下写作，我就看出他的心只在这疯狂的写作之中，这写作如同一种含有宗教色彩的忍耐，一种崇拜太阳的教派。而且我丈夫只善于在太阳下写作，他也用不着看他已经写好了的，只是为了在这强烈阳光下面的写作而写作。等到太阳已经落到乌云后面，我丈夫这才清醒过来，将打字机搬回家，将打好的稿子收拾好，提着啤酒罐，又到哪个地方打啤酒去了，而且打一枪换一个地方，这一次到银狐酒家，下一次到啤酒厂，有时他还提着这啤酒罐一直走到多乌迪，或者到麦古尔，有时上瓦尼什达那儿或者去老邮局酒店。总之每次换一个地方，每次都提着啤酒罐，只因为太阳已经下山，他已经没有那写作环境了。我丈夫在太阳底下写作时，让我有这么一种印象，仿佛他在弹钢琴，可一直在踩着钢琴踏板，因此我从来没有勇气去看一眼他写的是什么，我害怕看，而他也从来没主动将他的打字稿拿给我看过，于是我也学会了从来没有兴趣去看一眼他踩着钢琴踏板写出来的即兴创作。只是有一次，我看到，不，应该说我知道，他在太阳底下一口气写完了他几乎所有要写的，丁零哐当一股脑儿全倒了出来时，这时候他才有勇气凝视着我，久久地出神地观赏我，我也敢直望着他的眼睛。在这一瞬间，我感到嫁给了这个男人很幸福。而我丈夫，就像我看他那样，乃至他母亲看他那样，像斯拉维切克太太还有莉莎看他那样，他自己也已经会这样看他自己了。他了解自己所有的缺陷、恶习，他为之而感到精神负担，可是同时他又发现，所有他的这些毛病实际上就是他的风格，他没法与它们拆开，于是他略有预感：他像踩钢琴踏板似的一踩踩到地板上的这一速度与节奏，要是能坚持他几年，准能抓住点什么，抓住点就像他关于自己的写作所说能击中要害的、仅仅属于他的什么。我丈夫还善于观察他的周围，从他看到的东西里发现自己与其相近的类似之处。当我们一道沿着罗基特卡河散步时，我丈夫从人们扔到河里的一切乱七八糟的东西看到这就像他写的东西；当我们看到维索昌尼和利本尼那些工厂院子里堆着的废物，在我丈夫眼里，这些扔得七零八落的破铜烂铁机器工具跟他的写作没什么两样；当我们透过篱笆看到拉巴罗马小酒铺旁边，就是我丈夫常常开玩笑说当兵的常到那里去玩妞儿的地方，那扔得横七竖八的木板和变了形的横梁木条时，他也拿它们来跟自己相比较，说他内心里与这些木板木条一样也是乱糟糟的。不管我们走到哪个院子里都看到这些扔得乱七八糟的东西，活像打翻的垃圾桶。对这一切，我丈夫都用手指着、惊讶地发现说，这不仅仅是他的写作而且是他思维的准确画面，说他属于这个时代，实际上是这个时代的孩子。当我们从什罗斯堡散步回来顺便看看商店时，我丈夫便最爱去逛半成品商店。他在那里看到的一切使他高兴地说，实际上他不管做什么，也都是半成品。读者将这些半成品买了去，回到家里尝尝，然后才将它完成。所有这些半成品不仅仅是现代艺术的象征而且也是它的代号，不过最主要的是：他想写的、他渴望写出来的东西永远不会是别的，而只不过是这家半成品商店的货色而已……

我怎么也想象不出来，当我丈夫还是个年轻小伙子住在宁城的时候，到集体散步广场去溜达前的那股劲儿。他妈说他每次去那里之前自己熨裤子，在裤腿上熨出笔直的挺缝线来，自己擦皮鞋、油光锃亮，还得穿上从卡贝利买来的最好的鞋、一双黑色带孔眼的鞋，还有一双鹿皮鞋，也是带孔眼的。那时他有好些条领带和好多件衬衫，都是跟外衣的颜色配套的。当他准备星期天到散步广场时，要花很长时间挑选衬衫和短袜，等把衣服穿好，便往头上套个发网，因为那时他的头发浓密得必须往上面淋发油才梳得通顺，然后戴上发网，之后再对着镜子小心地取下它。当他已经按当时流行的款式和颜色穿好了衣服，又得考虑到领带与衬衫、皮鞋的协调，还对着镜子里的自己做做笑脸，再花很长时间将白色小手绢折叠得好好地插在胸袋里，也得合乎当时的时髦摆法，然后挑选帽子，还总是从捷康店买来的名牌货，最后还少不了一副手背带小孔的鹿皮手套，天热时便将手套折一下拿在手上，这才走出啤酒厂，进城到散步广场去，然后又穿着这身行头从散步广场回来。下午他喜欢同漂亮姑娘去划船或是到迪尔士公园散步，晚上则到公爵旅馆或者格朗特或者夏弗朗基去玩扑克，而且总是穿得漂漂亮亮的。只有当夏天中午太热时，婆婆说他回家的时候才将上衣搭在手腕上。喏，他曾经是这个模样。我还看见过一张照片，一位年轻的先生手里拿着手套，那穿着打扮讲究得简直不可置信。而现如今，最后一次穿得那么漂亮是在结婚的那一天。即使那一次他在婚礼上穿着那身漂亮衣服和戴着礼帽就已经显得不自在了……而从前那个时候，各个工厂的大院小院里也跟如今不一样，在我们家那个木材厂亦是这般：每到星期六，实际上从星期五开始，实际上人们每到晚上都讲究穿戴，一到星期六，那些职工，不管是城里的还是农村的，所有的人都穿得漂漂亮亮到广场上、大饭店、小酒馆去。那时候，不管院子里或房舍里到处干干净净。谁要是像我丈夫现在这么穿戴，实际上如今我碰到的几乎每一个人都这样，那就可能被人看做流浪汉，因为那时像我丈夫一样的年轻人在星期六、星期天都不会不打领带不戴礼帽不擦干净皮鞋就出门的……我不得不承认，我丈夫说得对，他实际上只不过是自己这个时代的孩子，他说他跟他生活在其中、我也生活在其中的这个环境十分相似……

“我的儿子，”我婆婆说，“当他在查理大学读书的时候，读了四年就对他的法律专业不感兴趣了。德国人像有谁请他们似的来到这里，占领了捷克、布拉格，关闭了大学。我儿子可高兴哪，学校关门，他就有理由说没法把法律读完了，因为那些德国鬼子占领了大学，不让他把大学读完，因此没能在毕业之后到哪里去当个法律学家什么的，而开始在公证员先生那里当个抄抄写写的文书，然后又到铁路合作社当个文书，同其他会计一起造账表，活儿干完之后便只是坐在那里，两眼望着窗外，手里拿着一支铅笔，学会了整整一个小时都做好准备，只要合作社主任突然一跑进来，只等他一转动门把手，我儿子便开始写数字，因此他们对他很满意，因为他装成很勤快的样子；他甚至还善于拿着铅笔，对着桌子上的文件睡一觉，下午打个盹儿，但是只要有人转动门把手，他便立即装作在写数字，可他还是没兴趣。后来便跟铁轨打交道去了，专门捣鼓从波希昌尼到宁城这一段铁轨枕木的道碴，去一趟，回来一趟。这是他的黄金时代。待在外面他觉得美得很，在大自然里美得很，跟工人在一起谈天说地也美得很，成天搬枕木换枕木、用石块捣鼓枕木下的道碴，把十字接头处弄弄平，痛痛快快地瞭望这田野，这松林，这草场上的森林，一直可以看到萨扎瓦河边的小山冈或上面闪烁着洛乌切尼塔尖的小山，朝西可看到赛米茨卡·胡尔卡以及白色的普舍洛夫斯卡·胡尔卡。我儿子为他这份工作感到很骄傲，也不再弹钢琴了，他甚至还为此感到高兴呢。一方面是德国人关闭了大学，另一方面是这把镐、这份重活使他的手长了老茧，指头磨得很粗糙而没法弹钢琴了。于是他说，都是这些德国人的罪过，使得他不得不去捣鼓枕木的道碴。可是实际上啊！他才巴不得这样哩。因为他想弹的又弹不了，正在弹的他又没兴趣，于是就成了纳粹主义的可怜虫和牺牲品。可我儿子自认为是最了不起的，因为他每隔两个星期可以坐一次脚踏轨道车到附近的火车站去。他和另一名工人坐在两部联在一起的脚踏车上蹬着，在他们前面那把椅子上手腿伸直地躺着那位足足有一百公斤重的养护铁路线的领工员，他专心注意，还用身体细听铁轨的状况。过了一个星期，我儿子简直等不及想交叉着双手、坐着这脚踏轨道车到波希昌尼然后又回到宁城当地火车站了。不管晴天和下雨，我儿子都浪漫地沿着铁轨享用这拉贝河畔的秀丽风光，直到战争结束，他又不得不回到布拉格的法学院去念书……如今他正兴高采烈地踩着那脚踏轨道车的踏板，跟另一名工人胳膊碰胳膊地坐着，他们前面的领工员在边打瞌睡边用整个身体细听着铁轨的状况。这位领工员晚上在当地火车站的饭馆里喝啤酒时曾痛苦地讲述，说因为来了德国人，我们的知识分子在法西斯的铁蹄下受苦受难而不能为自己的民族去学习……于是在这一天，当我儿子坐在领工员那部脚踏轨道车上的时候，人们纷纷来看他，对他表示惋惜，而我那位宝贝儿子却容光焕发，沿着从波希昌尼到宁城这条线路，用他晒黑的手友好地向人们招手致意。我儿子还有件特别高兴的事，每个星期要巡查这条铁路线一遍，他肩上扛着扳手，迈着轻盈的步子，注意检查是否铁轨上哪个螺丝钉已经松动、磨损，他步行到波希昌尼，回来则坐火车，之后，可以休息一天。因为是傍晚出发，要到后半夜才回得来。然后我儿子便在桥下酒馆洋洋得意地描述铁路沿线的风光有多么美。我儿子给所有的小森林、松树群、草场旁的树林，所有的水沟、所有的小村庄，以及那些穿着铁路制服的漂亮小姑娘、为铁路过道放开栏木杆的所有铁路岗亭都取了名字。我儿子迈步享用这一切，人家还得给他付报酬。晚上在这些铁路岗亭里生着暖洋洋的炉子，那些穿着铁路制服的漂亮小姐还给我儿子沏茶喝，而他只需要在岗哨日志上签个字。他一高兴就这样肩上扛着扳手和报警雷管的盒子上路漫游。只有一次，他出于好奇把这玩意儿搁在一条水渠上方的通道下面，又从山上推下一块石头压在这报警盒上，结果像打雷似的轰隆一声巨响。火车站站长不得不写个报告，从此我儿子便不能再坐脚踏轨道车，也不准再干捣鼓枕木下道碴之类的活儿了，而是在宁城的总车站信号员那里当了个录事员。我儿子得到这个活儿比原先还要傲气，他对这些别人并不觉得有啥了不起的事却总是感到很骄傲，于是他有了一个引以为荣的工作证，可以跟着信号员们和所有机车上的钳工们乘车跑遍整个宁城地区。因为，闺女啊，从火车头上可以看清楚铁路沿线所有的信号机，将需要维修的信号机登记下来。最主要的是我儿子可以乘坐他小时候就渴望坐的火车头啦。他小时候，总爱看火车绕过啤酒厂或从沿着厂里的铁路专线开进啤酒厂，将空桶送回来，又将满车厢的大麦芽运走。一遇上这种情形，他简直睡不着觉，这把他的魂都勾走了。赶上有快车经过宁城总车站，站上停着那些大火车头时，我儿子便站在月台上，别的男孩也跟他一起站在那里，因为宁城的男孩们都迷着那火车头。有个男孩，他爸爸是火车司机，他在孩子们眼里就跟今天的足球明星或者总统什么的差不离。我儿子站在那里盯着快车火车头开进来，火车司机下车，检查机车和联接器械部位有没有什么毛病。有些赫拉台茨·卡拉洛维来的火车司机穿着白衬衫，打个蝴蝶领结，戴顶司机帽，配上件西服背心，怀表上还有根小链条；而司炉工则从小梯上下来，到车站饭馆打啤酒。这时司机便给孩子们演示一通，等着司炉工提着直冒泡沫的啤酒回来。然后车站值班员，一举手，快车火车头又徐徐开动，放出一股股蒸汽，男孩们和我儿子站在那里惊讶得一刻钟后还说不出话来。因为对宁城的男孩们来说，这样庞大的火车头简直跟个什么幽灵幻影似的不可思议。后来让我儿子遇上了好运，让他到赫拉台茨·卡拉洛维的培训班去学习，回来之后可以当调度员。他一听到从培训班出来将来可以穿上不带级别标志的铁路员工制服，高兴得都要晕过去了。可是，闺女啊，他们差点儿把他开除掉哩，因为他跑到赫拉台茨·卡拉洛维车站主楼的三层楼上去撒尿，那是只有车站的头头脑脑才能去的地方。我儿子正在那里撒尿，技术员跑进来，嚷道：'你在这里干什么?!'我儿子说：'撒尿。'那技术员抓住我儿子的肩膀，这么抓住又问了一句：'你说你在干什么?'我儿子稍稍碰了一下技术员擦得锃亮的皮鞋尖儿，重复说：'您不是看见了吗？撒尿啊！'技术员吼起来：'我得去告发你！'我儿子对他说：'您对着老柳树哭去吧！'后来那站长亲自写了一个关于我儿子的报告，可是啥用也没有，因为所有上过那个培训班的人都分派到科尔利斯至布莱斯劳那一段铁路上的各个火车站当调度去了。在三楼上出的这一档子事倒给我儿子添了名声。后来他通过考试已经可以穿制服了。外套上有级别标号和中学生制服上那种扣子，跟实习生有的那种金扣子。我儿子穿上这套制服走在赫拉台茨·卡拉洛维的马纳斯街上，穿上那套帅极了的制服去散步广场，可却光着脚。我从宁城车站的站长那儿一听到这事儿，说我儿子竟然有胆量穿着制服赤脚在街上逛，我便断定，我这儿子将来能有出息。你等着瞧吧，闺女，我这个儿子会成器的，因为在他的名字里有'r'这个字母，这个字母就保证他将来不是当总统就是被关起来①。可是我倒觉得他成天到晚心不在焉，他将来会成为一个作家？他在中学因为几门功课不及格，前前后后留了两次级，而且还总是捷克语这门课不及格……我儿子后来到站上当报务员，然后再由报务员转为调度员。我跟你讲过？还是没有讲过？闺女，就是关于我儿子是怎么在科斯托马拉迪站上通过的考试。只有通过这次考试才能在站上独立工作……从赫拉台茨来了几位先生，这是站长和车站值班员见了都有几分畏惧的。交通视察官赫麦列茨问我那被一群官员围着的儿子，假如交通信号灯不起作用了，怎样去确定火车已离车站很近了？我儿子说：'用眼睛！''对！可要是有雾呢？'我儿子于是从制服里掏出一块白手绢铺在铁轨旁边，然后将膝盖跪在手绢上

① 大概是因为捷文里的"总统"（prezident）和"卖国贼"（zrádce vlasti）词中都有"r"这个字母。

面，趴在地上，将耳朵贴在铁轨上听了一会儿，等他站起来，便对视察官赫麦列茨说：‘840 号列车正从卡门勒·兹博希过！’视察官赫麦列茨怔了一下说：‘您在哪个规章里读到这个的？’我儿子说：‘从库珀主演的一部美国西部片里看来的。库珀在里面扮演主角、一个追捕者，他就是用这个办法向一名童子军判断出，骑着马匹的印第安人是不是已经离得很近，或者判断出哪里有水牛群那样……’赫麦列茨夸奖了他，对考试委员会的人说我的儿子能成为一个优秀的列车调度员，因为他爱惜他的制服，‘诸位，他居然在膝盖下面铺上一块白手绢，免得弄脏他漂亮的制服。’于是我儿子便当了列车调度员。谁也没像我儿子那样为他那身制服感到如此骄傲。可是我儿子越是希望将这身制服一直穿到他退休，苏军又偏偏毫不留情地将德国人撵回了他们的老家。我儿子为穿不成这套制服而感到很难过，可他同时又非常高兴，因为他是站在离捷克越来越近的苏军一边替他们加油的。我儿子知道，胜利之后大学又得开学，他将脱下这套帅气的制服，这套制服对他来说的确很合适。闺女啊，他穿着这套制服的时候差点儿挨枪毙、丧了命哩！一次是游击队员们在他的小车站附近将装着弹药的火车炸毁了，另一次是在战争结束前夕，游击队员们拆掉了铁轨，后来德国党卫军的一个军官便让我儿子待在火车头上不让走，一直到奥斯特拉那个地方，那个军官才让放了我儿子。可我儿子还是很难过，因为他担心等到最后一批德国兵当了俘虏，等到最后一个德国人倒下，布拉格欢呼庆祝苏军的胜利，结束这场可怕的战争时，他还得去学院完成他的学业，他还得去领那张法学博士证书，再也穿不上那套帅气的铁路制服，而且再也成不了英雄，成不了纳粹主义的牺牲品了。他得重新开始自己的生活，另一种生活，你知道吧，闺女，他对那套制服情有独钟，喜欢到这种程度，以致战争结束之后他还穿着它在铁路上干了两个月。再没有别的衣服能像这套列车调度员制服穿到他身上那么帅了。他穿着便装可就只是一个普普通通的人，所以他有时还爱回忆保护国，不是像有些在保护国时期被关押，或亲人死于集中营的人那样，而是想起他在这段时期穿的这套铁路职工制服。一想起穿这套制服的样子他便总是心花怒放。有人问他什么时候最感幸福，如果他再出生一次，他希望成为什么人，我儿子总会毫不犹豫地回答说：‘当个列车调度员！’”

我丈夫总是容易回想起以往，好像在延续他的过去。在谈着一件别的什么事情时，他会无缘无故地突然兴奋地叫喊起来：“凉亭，凉亭！小姑娘，如今我想起了日德尼采的那座凉亭。那座爬满了爬山虎的凉亭。凉亭后面就是我外婆家的花园，园里开着各种鲜花，这些花我在扎布多维采教堂那儿也经常看到。每个礼拜天我都跟外婆上那教堂去做弥撒。放假时的每个礼拜天我外婆都要到凉亭那里去送午饭。因为，小姑娘，我在外婆那里一直住到四岁。后来，即使我上大学了，也每个假期整整两个月都住在外婆那里。这个凉亭简直是我的小礼拜堂、小小礼拜堂。我在那里看书，我在那里跟外婆一起吃午饭、吃晚饭。在假期这里总摆着那个洋铁碟，里面装饰着红艳艳的草莓，还有草莓叶儿。紧挨着我们的花园便是杜列支基家的花园，也是开满了鲜花，在我们下方那块邻近的空地上便是莫希尔先生家的花园，也是鲜花满园。如今我想起来了！凉亭那把条椅上方挂着的那张照片是谁，是瓦格纳[①]跟他的弟弟，瓦格纳照片的侧面像……”我丈夫大声喊叫着，吃完了那块抹油的面包。后来在电车上，我们一道乘车过河到他表妹米拉达那里去，他又心血来潮，无缘无故地接着谈他的日德尼采！“这一下我才想起来，这么多年之后又想起来了！小姑娘，我们那座凉亭的后墙紧挨着那条一直延伸到波杰布拉特街，然后又从那里拐出来两边长着树的小路，斯丹诺夫斯基石匠们每天四趟从这儿往上走。一家人都叫斯丹诺夫斯基。”我丈夫就这样在电车上大喊大叫。我都觉得很不好意思，便装作好像他不是我丈夫，我跟这个在电车上大喊大叫的人一点儿关系也没有。可是我丈夫还在兴致勃勃地大声喊叫着：“我到现在才想起那个画面来！如今这幅画面就浮现在眼前，清晰得就跟昨天发生的事一样。斯丹诺夫斯基一家当石匠的每天四趟从这条小道往上走，到坟场旁的工场去，然后又下到山坡脚下。他们在那儿有所小房子。我听见过他们沉重的脚步声，听见过他们的谈话声，可是从来没有见过他们本人，因为我总坐在凉亭后墙

① 瓦格纳（Richard Wagner，1813—1883），19 世纪后期德国作曲家、音乐戏剧家。晚年采取了极端国家主义和反犹太主义的态度。

的这一面。只听到他们笨重的石匠们的脚步声和他们谈话的声音。有一次，当他们的脚步声在我们附近先是加强、后又减弱时，我外婆对我说斯丹诺夫斯基哥儿几个中最小的一个患了痨病，是长时间凿这些大块石头累出来的。他跟他的父亲和哥哥们用这些石头凿成墓碑。于是有一次我便到墓地门口去看他们的工场。工场的门敞开着，正对着墓地的门，好让每个要替死者买碑的人都能看到他们的墓碑样品，有好几块没刻名字的竖在那儿摆着。小姑娘，我在那里看到那些石匠干活，他们的嘴上都蒙着一块布，石碑摆在用架子支着的木板上，石匠们都围着块围裙，戴着顶帽子，一只手拿着锤子，另一只手拿着凿刀。第一个人粗粗地修砍着石头，第二个人往墓碑平面上刻字，第三个人磨光石面。工场里尘土飞扬，这工场像个小马厩，就在拐向麦地去的小路旁。不管是工场还是那些墓碑都网在一个鸟笼似的网子里。大概是怕人家偷走那没刻字的墓碑？可是直到后来我才断定装上那个密密的铁丝网是为了不让碎石飞溅到人家身上，为了不伤着人。斯丹诺夫斯基父子每天从早上到中午在这里凿石头，然后下山吃午饭，午饭后三人再一起上山，一直干到晚上。在我们花园里都能听到他们凿石头的声响。外婆要是敞着厨房的窗子，甚至在厨房里也能听到他们的凿子、锄锤干活的声音。小姑娘，我直到现在才想起这幅画面，想起那个最年轻的斯丹诺夫斯基来。我还专门去看过他。因为他的一只眼睛上有块蓝色的斑痕，外婆说他是在干活时伤了这只眼睛的。我去看他的另一个原因是他总在咳嗽，不仅干活的时候咳，跟他哥哥和父亲沿着我们凉亭后面的小路上山下山的时候也咳。那个最年轻的斯丹诺夫斯基有个对象，他们正准备结婚。他那位未婚妻常常坐在工场门口的一把椅子上，她的未婚夫在不停地干活、咳嗽。我还看见他俩默默地走进凉亭，两人都很忧伤。我向他们打招呼时，那位斯丹诺夫斯基看了我一眼，我发现那只坏眼睛的颜色像勿忘草或长春花。我现在只知道斯丹诺夫斯基从来不笑，他们父子仨都很忧伤，不是因为他们是石匠，而是由于他们做的是石碑，卖给每一个死人，将他们的名字刻到碑上，于是分担着死者家属的一份忧伤。这些年来连他们的谈话都是忧伤的、轻声的，像在教堂里的那种谈话声。有一年冬天，外婆写信到啤酒厂来说，那个最小的斯丹诺夫斯基结婚不到一年便因痨病不治死去。”我丈夫这一番讲述不仅是对我一人而是对全电车上的乘客而来的。有两位早就该下车的老人只因为想听完这个关于斯丹诺夫斯基的故事而多坐了一站车……

我们准备增加一间住房，从房东那里拿到隔壁那个空房间钥匙的那一天，连那位整天沉溺于幻想、总是笑眯眯的贝比切克·斯瓦特克也来了。他戴着那顶比他的头大好几号的礼帽坐在垫着一张报纸的椅子上吸烟，轻轻晃动着身子，随身带来一把榔头和一把斧子。我丈夫只顾走进那间新房间，那是沃拉吉米尔搬进现在的住房前曾经住过的房间。我丈夫打开窗子，因为里面的空气太坏了，光线比我们现在住着的这间房子暗得多，原因是窗子上方就是那座通向斯拉维切克家外廊的旋转型楼梯。我丈夫立即将炉灶及壁炉生上火。我知道，要是我们再有一个房间，他也会生上火的。因为生火是他最乐意干的一件事。然后贝比切克·斯瓦特克便爬上了我借来的人字梯，开始用榔头来松动这薄墙上门框里的砖头，很快就敲掉了第一块砖头。我丈夫负责将砖头搬到外面。站在人字梯上的贝比切克在一片尘土和灰泥块的包围中，身上落了好几层墙粉。我则坐在我们那间厨房的椅子上，两眼望着院子里板棚斜屋顶上方那块扇形天空，赌着气。因为我曾白费劲地求我丈夫换件旧衣服，至少别穿那套最新的服装，脱掉那件白衬衫，可我丈夫就是不理会，在尘土中热情满怀地搬运砖头，然后又回到掉土掉渣、灰雾茫茫的房间中。贝比切克·斯瓦特克也跟我丈夫一样，从厨房里就可看到他在尘雾中半截身子的光辉形象，跟我丈夫在那间未来的房间配合默契，干得欢天喜地。我丈夫还兴奋不已地在那里大声叫喊着：

“我刚刚才想起来，实际上我对出殡特感兴趣。我外婆在日德尼采那所小屋的窗子是朝巴尔宾街开的，每天有两三起甚至四起送葬的打那里经过，还有音乐伴送。凉亭后面稍远一点儿在陡直朝上的小路上走着送葬的队伍，那些出殡的马突然拽不动装着四角挂着花圈的棺材车子，于是在中途休息两次。第一次歇息总是在我们窗子底下。我便趴在窗口上，看着那些送葬的如何将棺材摆放到石头上，我还特别爱观察那些哭成一团的送葬亲属和宾客们，我怎么也弄不明白为什么有些人要为那些死者哭得死去活来。我的整个童年加上假期在这窗口前几十次地看到这些场面。我看到那些黑马又如何拉着灵车往上爬，一直到第一个拐弯处。送葬的又一次将砖头卡住车轮，整个队伍在那里再歇一次脚，然后一直走到墓地门口石匠们的工场那里。斯丹诺夫斯基爷儿仨都站在那里脱帽向死者致意，一直目送送葬的队伍消失在墓地大门里。可我现在又想起来了，他们站在那里也是作为这石碑工场的一桩广告，让死者的后人注意到他们，知道在坟地大门旁边，只需走很短的路就能给他们为之哭得痛不欲生的死者买到墓碑。过来吧，小姑娘，帮我们一把！过来用小桶将这些灰泥块提走！”我丈夫在叫我，我朝他转过身去，只见他站在我们未来的房间门口，只差几块砖这门就完全打通了，我丈夫将手伸给我，白乎乎的沾满灰尘。他对我微笑着，可我还在生他的气，我又转过脸去，气鼓鼓地望着外面那一小块天空。沃拉吉米尔突然走进院子，像是故意穿了一套节日盛装，就是他在五一游行扛大旗穿的那套衣服。我丈夫在继续央求我，仍然站在那已经挖空的新门口。我突然想起沃拉吉米尔如何爱上那个糟糕的斯洛伐克女人，像是有点儿把我晾在一边了，因为他原来总装成有点儿爱我的样子，如今竟然爱上了这个像死于痨病的斯丹诺夫斯基一样眼睛里有块蓝色斑痕的黛卡娜。我如今对在伊尔卡地下室受的那股气还没消，我于是对他表示如此这般的欢迎：正好我丈夫还站在那里向我伸出双手，我连忙站起来，等沃拉吉米尔走进来时，我便故意将手伸给我丈夫，跳过几块砖头，我们便站在新开辟的满是灰尘的房间里了，而让沃拉吉米尔自个儿待在厨房里。我立即拿起小桶，装满一桶灰泥块儿。贝比切克·斯瓦特克将梯子搬出去，将最后几块砖取掉。盘腿坐在壁炉旁，观赏着这个刚凿开的新门洞。接着沃拉吉米尔便来了，四下里打量一番，惊讶不已。我丈夫围着围裙，提来一桶水，冲洗着门框。我回来伸给沃拉吉米尔的不是手，而是手臂。我丈夫还在兴高采烈地回忆着："如今我又想起一个画面，刚刚才想起来。我那时觉得很不幸，因为我们家没有死谁，我曾因为在日德尼采墓地上没有我们的一块墓碑而哭过多少回啊！于是整个假期我每天得到一克朗的报酬，去给墓地的花草浇水，我多么高兴给那些坟墓浇水啊！然后用耙子耙平坟堆四周的沙子。然后跟那些来扫墓的妇女坐在坟头聊天，聆听她们对死者的美好回忆。守墓人每月付给我三十克朗作为浇水的酬劳。"我丈夫一边冲洗门框一边这么大声喊着。沃拉吉米尔站在那里四下张望，当我提着空桶回来时，沃拉吉米尔对我说："您知道，您先生可以去干什么吗？年轻的太太，您先生我现在知道了，该去开个殡仪馆。他对这行业情有独钟，干这行对他最合适……您知道，博士，这对您可能很合适吗？您要是来主办殡仪活动，您知道怎么出售棺材吗？可以用上您的那些引文呀！您可以用一些名诗人的诗句来装饰您的悼词。肯定财源滚滚。您还可以多租一间房子住是吧？喏，我们定会惊叹不已。这里摆上作家先生的写字台，这儿摆上书架，跟依尔卡·什梅卡尔一样！先把住房和画室布置好，然后暖暖和和地生上壁炉，翻翻专题论文，出去串串门，在这里谈谈蒙克、在那里谈谈毕加索，主要是谈毕加索，如今到处都在谈他，可是谈得最多的是凡·高。尽管每个饭馆里都挂着他作品的复制品，谁也不去注意它们，但主要还是带着思考地谈论他。可是注意！这里还有高更[①]先生！”沃拉吉米尔说话很挖苦。我丈夫眯眯笑着，还兴奋地说：“啊！我又想起来了，沃拉吉米尔，您说我该去当殡仪馆的老板，这主意不错嘛！我虽然站在我们在日德尼采那所小屋的窗口看着每一次送葬活动，可您知道为什么我外婆也看着这些送葬活动吗？谁也猜不着，我过了好些年直到今天才猜出来。因为送葬的马匹一路上拉屎，拉在谁家窗前就属于这家的主妇。一等送葬的队伍走进坟场，我外婆发现我家窗子底下有马粪就立即将它扫进铁铲运到院子里，省着省着分给那些最美丽的花儿当肥料，让它开得茂盛、开得更香。”贝比切克坐在脚跟上微笑着，摇晃着身子抽着烟，满身是从上面掉下来的灰尘。我丈夫装腔作势地拿来一把扫帚，缠上一块湿抹布，开始打扫屋角的蜘蛛网。沃拉吉米尔站在房中央，我起身的时候，他将我那装满泥灰块儿的小桶接过去，笑着对我说：“我来帮您一把吧，年轻的太太。”又等着提下一桶，然后两手分开提着两桶脏土出去，就像提了两桶灰尘似的。我从窗口瞧着他，我看到沃拉吉米尔的两条腿很直，只是膝盖那儿有点儿弯，大概是因为他

① 高更（Paul Gauguin，1848—1903），19 世纪下半叶法国后印象派著名画家。

长得太高，几乎有两米。然后他便下了楼梯，过一会儿就听得哐当两下倒土的声响。然后又出现了沃拉吉米尔那一头鬈发，继而沿着楼梯露出他整个身子，仿佛是从游泳池里钻出来的。我丈夫往壁炉里添了些柴块，然后接着打扫屋角落、窗子，干活的时候还继续嚷着他那些不断流淌出来的回忆："我外公、也就是我姥爷的上衣胸袋上总插着一束花，他每晚出门都要换个地方，第一个晚上去唱歌，第二个晚上去玩扑克，第三个晚上到消防队员协会去，星期六星期天去打猎，总要去个什么地方。星期天我们也跟他一道去，猎人们在玩扑克，我那位领着我到宁城上一年级的外公，不仅自己前胸兜里插一束花，也给我的上衣兜里插了一束花。我外公在擦皮鞋和刷衣服的时候总爱吹口哨，他总是很快活。我妈妈说，她爸爸有点儿神神道道的……一年中有那么一回，因得了感冒晚上不得不待在家里，折腾得全家不得安宁。只有等外公又能去上班了，大家才能松一口气。他在布拉迪斯拉夫街上的海里·比斯科公司根据顾客的订货裁剪布料。"我丈夫说着，沃拉吉米尔听着，贝比切克·斯瓦特克也听着。我丈夫还边讲边用缠着湿抹布的扫帚打扫屋子，当他第二次边讲边打扫、边擦蜘蛛网和掉下来的泥灰时，沃拉吉米尔啪的一声拍打着脑门子说："对了，博士，我想起来了，我母亲从前的男友把一件便袍丢在我们家，怎么样，我去给你拿来？等您把这间房子收拾好了，您就可以穿上这件便袍。可惜您没有孩子，要不您肯定是位标准的爸爸，您对孩子准能比谁都照顾得更好。我看得出来，您准能做个模范爸爸，您说呢，年轻的太太?”我立即看出，沃拉吉米尔还在拿我丈夫开涮，可我同时也发现，我丈夫大概可以当一个好爸爸，因为他像教训沃拉吉米尔一样也常常爱教训我。我常为此而气恼，因为我丈夫跟我在一起时，从早到晚地教训我或给我讲解个什么，他给我讲解什么东西简直成了他永久的培训内容，让我实在受不了，因为对他所讲授的东西，我从来都插不上嘴回答他一言半语。如今他又停不住嘴，也许压根儿就没听见沃拉吉米尔怎么拿他开心。实际上沃拉吉米尔已在损他。我丈夫装作啥也不知道，接着讲他的那一套：“我那外公有一次躺下了，从此就没再起来。因为得了癌症不能进食饿死了。一封电报发到宁城，已是炎热的五月天，我妈妈和外婆在日德尼采，电报说我外公死了，于是我和爸爸坐车去那里，夜里才到。我们敲开了隔壁邻居杜列切克家的门，他们给了我们小屋的钥匙，说我外婆和妈妈在奥布尚尼我舅舅波普家。于是我打开门，我的已咽气的外公正躺在我从前出生的那张床上。他脸色蜡黄、干瘦，气味倒很好。我爸爸躺在卧椅上，我躺在离外公不远的地方，我没睡觉，隔一会儿就走去看一下遗体。后来我越来越明白，这已不是我的外公，而是一具尸体……然后便开始出殡了。上午，就像我常在窗口看见的，那些殡仪馆的人将外公放进棺材里。亲戚们也来了，一大帮子，他们一进到外公躺着的房间里，便举起双手，哭喊着扑向躺在棺材里的外公，还吻他。我站在那里，手指头扶在棺材上。后来毫无办法，殡仪馆的人抬来了棺材盖，将棺材盖上搬走了，他们抬着棺材在过道上没法转弯，结果一不小心将外公从棺材里倒了出来。然后又将他像翻倒的木偶一样放进去。接着我们便出门到了太阳底下，将我排到送葬行列里，然后开始奏乐。大家都穿着黑色丧服，往巴尔宾山坡上爬，出殡队伍和载着外公棺材的车子歇了一下，一方面因为马走不动，另一方面乐队演奏了外公平日最喜欢的一支曲子'摩拉瓦、摩拉瓦……'就在外公生前住过的屋子前面。我站在那里望着我家房子那两扇窗户，这时我突然哭了起来。当我看着别的送葬人，特别是别的男孩站在那里时，我突然明白，这是我的不幸，这不幸恰恰发生在我的身上。连那些大黑马的大屁股拉出的屎也和站在那里的外婆一样纹丝不动。外婆哭得很伤心，不像以往那样连忙跑去将马粪收进铁铲。当出殡队伍在坟场门口停下来，我看到墓碑工场前站着光秃着脑袋的老斯丹诺夫斯基和他的大儿子，可是我似乎还看见那个已经死去的小儿子也站在那里。他低着头站在那里，帽子拿在手上向我们表示哀悼。后来，连外婆也来到斯丹诺夫斯基这里，订了一块墓碑，由老斯丹诺夫斯基往上刻托马斯·基里安几个大字。我脾气暴躁的外公托马斯·基里安曾经是个猎户。那一回，我妈回到家，在吃中饭前告诉父母说她怀孕了，于是我这位暴躁的外公便把我妈拖到院里端起枪嚷嚷道：'跪下！我要毙了你！'我外婆，这位聪明的外婆卡德辛娜走出来说：'快来吃午饭吧，要不凉了！'于是便都进屋吃午饭去了。多亏外婆我才没跟我妈一块儿被枪毙掉……喂，沃拉吉米尔，您说有人把便袍丢在你们家了，说我穿上可能合适，说穿上它在这房子里准会舒服？那么沃拉吉米尔，什么时候给我把这件便袍送来啊？”沃拉吉米尔支支吾吾结巴开了，他直抱歉，说快要下雨了，觉得老天一变脸，便像有颗大钉子在他脑壳上打洞，说由于大气压干扰，他明显地感觉到这钉子从他的软腭穿进他的嘴里。说最好是“博士，咱们大家都去喝几口碰碰杯”，说让我和贝比切克·斯瓦特克也去，到瓦尼什达的酒店去，他请客，庆祝我们现在又将多一个房间……我丈夫正在用湿抹布擦地板，更确切地说他是在自言自语：“沃拉吉米尔呀！碰杯碰杯，可是我得对您说，您总是这么碰杯，我甚至都害怕说，沃拉吉米尔，您这是酗酒啊！我不是说您连少量几杯都不能喝。好，您有理由高兴一下，那您就喝他十杯啤酒，几乎您每天都有高兴事儿，好了，您每天都喝他十杯，跟诺海伊尔家的老头那样；然后呢，比如说你们车间有人过生日，好了，您又喝他十五杯，赶上个什么节日，您又喝上十杯。可我跪下来求您，别这么酗酒了，别像那年那样又是白酒又是烧酒的。我说，沃拉吉米尔，我们有啥说啥，布拉克[1]写过一句话说，抑制冲动是一种高尚的行为。您以为我在教训您，可是您要想一想您的老母亲，您为什么要酗酒，而且酗得这么厉害，给她带来这么大的痛苦呢？您抑制一下您的冲动，也稍微高尚风雅一点吧！连您的朋友们也向我来告状说您总是

---

① 布拉克（Georges Braque，1882—1963），法国画家，与毕加索共同发起立体主义绘画运动。

酗酒，说他们都向您伸出手来想帮您一把，他们还担心有一天会把您送到斯卡尔大夫那里去，那些最爱您的人说他们担心连斯卡尔、连阿波里耐什[①]也帮不了您的忙。说等着您的只有波赫尼采[②]了。而您现在在这里不是给我们做个好榜样，而是引诱我们去喝酒去酗酒，这，沃拉吉米尔，真叫人伤心，您难道就一点儿也不打算从这该死的酗酒嗜好中摆脱出来？您看看我，我曾经已经站在万丈深渊的边缘，我的意志力战胜了，我现在已经是另外一个人了，成了您的眼中钉了，沃拉吉米尔，我求求您别拽着我往这泥淖里跳吧！醒醒吧，趁现在还来得及！”我丈夫说着话，同时很努力地用捆在扫帚上的湿抹布擦拭着地板上的灰尘。他这时将湿抹布取下来，放进水里泡一泡，然后拿出来拧干，从抹布里滴出来的尽是石灰水。我丈夫又跪下去仔细擦拭地板。沃拉吉米尔站在那里，脸色刷白，他望了一眼空荡荡的房间，我丈夫跑到那里继续干活儿……“您知道我只是怜悯谁？您已经脸皮厚了，对什么都不放在眼里了，可是我再一次求求您，为了您的老母亲，别再酗酒啦！别酗酒啦！我现在跪着求您。”沃拉吉米尔一仰头对着天花板吓人地大喊一声，几步便蹿到炉盘那儿，撞倒了坐在椅子上的贝比切克，还没等我们转过向来，他端起那还在生着火的炉子，以极大的力气将它端起来，使劲一拽，将插在烟囱里的烟

① 收容醉汉的地方。

② 布拉格一地名。此处指该地的一个坟场。

管也拽了出来，像端着五公斤容量的罐子一样端着这炉子，烟筒管把贝比切克的帽子碰到地上。我连忙从门旁闪开，沃拉吉米尔将这烫人的火炉端到院子里，摆在院子正中央，挥一下手便跑下了台阶。只听得啪的一下撞门声，然后又听得通向街道那扇门的碰撞声。我丈夫像啥事也没发生过似的继续擦他的地板，还哼着歌儿。我和贝比切克·斯瓦特克走到院子里，又拿来了防烫手套和抹布。我和贝比切克试着抬起这炉子，可一点也没法挪动它。后来我丈夫来了，穿着那身完全被他毁了的最后一套漂亮衣服，连膝盖也是湿的，连一星期前买来的便鞋也完蛋了，可他还在哼哼歌儿。于是我和贝比切克一头，我丈夫在炉子的另一头，我们大概歇了十来次才把炉子抬回原来的地方。沃拉吉米尔早已走掉，可他仿佛还一直在我们这里。因为连贝比切克·斯瓦特克也弄不明白，沃拉吉米尔怎么能搬着炉子穿过这扇门到过道上，又怎么能穿过这道门到院子里，而且这么轻而易举，因为当我们抬着炉子穿过门时，两次卡在门上硬是弄不动它，直到我们将炉灶搁在门槛上，连推带拽才把它折腾进来……

每逢我上下午班时，我便提前在上午出门，穿戴好，像往常一样带着那把雨伞到焦街废纸回收站去看望我丈夫。每当我一进门洞，就像有人在我背脊上贴了一张冷敷膏一样有股穿堂风吹得我好冷。我丈夫就在一个亮度很高的电灯泡底下干活儿。他对他这份废纸、书籍打包工的活儿总是感到很骄傲，靠墙码着他那些已经打好的包。现在正弯腰对着一个大木箱，将没有封面的书一层层地平铺到木箱里。车库里也堆满了书，院子里是一大堆一大堆乱七八糟的纸。跟我丈夫一起待在这里的还有两只猫。我丈夫从早上起就喝皮尔森啤酒，否则暖和不了身子，喝茶根本解决不了问题，他总是用个洋铁皮盅喝，一喝就是一公升，他这里还有个石罐。有时我还看见卡车开进来取打好的废纸包，我丈夫帮着搬运工将纸包装到车上，司机也帮着搬。我丈夫同搬运工跟玩儿似地将纸包举起，往卡车的洋铁皮板上一扔。他还总是打发我拿着罐子到胡森斯基酒馆去打啤酒。女招待第一次看见我来打啤酒时，陌生地对我说："这是博士的啤酒罐嘛!"我说我是他太太。从此她们和灌酒的都对我笑脸相迎，称呼我"亲爱的……"然后我端着啤酒罐小心翼翼地过街走到迪阿蒙特宫，生怕被汽车轧着，再走到圣三位一体教堂旁的达代乌斯圣人雕塑像附近。这里的教区牧师住宅的墙上贴满了感谢条，墙角落里有达代乌斯圣人的雕像，雕像前有一条下跪用的矮凳。有一次，我在这里碰上我丈夫和汉嘉，他们两人都喝醉了，跪在这儿祈祷。我丈夫和汉嘉的帽子上、工装裤肩带上都别着红五星，正在那里祈祷，行人围着他们看热闹。我停下步来，听见两位老人望着这两个跪着的人满意地说，"这倒好，连布尔什维克也到这十字架跟前来祈祷了!"我穿着那身新套装拄着雨伞继续往前走，没跟我丈夫打招呼。直到回了家我才说："你们在那里出什么洋相啊?"我丈夫笑了，说有人错将一袋从党卫军制服上扯下来的五角星当作废纸送到我们废纸回收站，我和汉嘉便拿了些别在帽子上和工装服的肩上及袖子上，就这么打扮起来去喝了啤酒，还到旧书店去卖掉那几本又是阴差阳错扔进了他的车库的珍本书……我丈夫边笑边说着，“小姑娘，你要是看到那一幕就好了。当汉嘉将一把五星扔到卡尔拉克厕所的尿槽里时，有几个小子解开裤子的前裆门走了进来，又顾不得扣上它，便跑了出去。他们宁可到哪个灌木丛去撒尿，竟然被尿槽里的这些党卫军五星吓成了这个样子。”我随便什么时候到回收站去找他，每次都得拿着罐子到胡森斯基酒馆去打啤酒，女服务员们叫我“亲爱的，请替我们问候博士，我们等他来吃午饭!”我有时也跟我丈夫到那里去吃顿午饭。从来不上雅间，总是坐在由许多小桌子拼成的一长溜桌子前。每张小桌只有两把椅子。这里的菜烧得不错，在这里我爱吃野鸡或山鸡肉配紫皮圆白菜。我丈夫在这里不停地出洋相、开玩笑，在哪儿也没像在这里这么快活，女招待们动不动就用手碰碰我丈夫的肩膀，这酒馆里的顾客们也在喊着我丈夫的名字，尤其是有个驼背的娘儿们，她总是戴一顶上面饰以樱桃的礼帽，我丈夫和她演对手戏，仿佛他爱上了她。我丈夫只要认为自己说的是句什么特殊的话，便扯着嗓子喊，那个驼背女人便笑得直不起腰来。她也很会配合，仿佛在对他的爱情表示回应。有时她丈夫也来这里，是个高个子男人，留一撮小胡子，是庞克拉采监狱的一名警卫，他也参加胡森斯基酒馆的这场闹剧，装作吃他那驼背老婆的醋。几乎每天中午都要表演这同一个题材，可我丈夫每次都演得不一样。我只好垂下眼睑、耸耸肩膀。女招待员们叫我“亲爱的”，为这些小丑们的表演笑得眼泪直淌。要是汉嘉一进来，再喝上几杯酒，这表演就会达到登峰造极的程度。……我丈夫在焦街的院子里有这么只驯服的猫，它对我丈夫爱成这个样子：我丈夫干活时围着这么一块粗布大围裙，只要他一蹲下、一摊开围裙，这猫便飞跑过来躲进他的围裙里。我丈夫吻这只猫，它则闭上眼睛，紧紧依偎着他。我丈夫实际上大概很喜欢在这里工作，因为干活的时候，那只猫儿总伴着他守在他身边一动也不动，他到胡森斯基酒馆去时，猫儿便站在那里两眼盯着门洞，只要我丈夫一来，它便跑过去，我丈夫将围裙一掀起来，它便朝里面一跳……简直跟马戏团里的一个节目似的。

跟汉嘉先生在一起总是玩笑喧天，可他这些玩笑我受不了。午前有一次我去给我丈夫打啤酒，汉嘉正坐在胡森斯基酒馆一张椅子上，就像在理发铺坐着的那样子，我简直害怕看到整个酒馆的人在怎样拿他寻开心。有一个顾客将一小罐芥末反扣在他的秃顶上，买了热香肠的顾客便拿着肠子蘸着汉嘉头上直往耳朵根儿淌的芥末吃，一个挨一个地去蘸着芥末吃，仿佛那芥末就盛在汉嘉脑壳里，而他两手摊开放在膝盖上，还面带微笑地坐着不动。整个酒馆一片笑声，女招待员们笑得直抹眼泪。汉嘉特能招惹那些爱开玩笑的人。有一回我丈夫告诉我说，汉嘉没去上班，因为他在搞什么家庭聚会，半夜里送两名女工上电车，他只是想到楼外哪个地方去方便一下，身上只围了块围裙。从码头办公室刮来一阵风，把他的围裙吹跑了。汉嘉见离车站不远，便朝那里走去，光着屁股，只用一串钥匙挡着他那玩意儿。党卫军巡逻队来了，他们的大笼子里装着酒鬼、茨冈女人、流浪汉，于是将带钥匙的汉嘉也扔进里面，他们的车一直开到日什科夫收罗下一批醉汉。汉嘉到第二天上午才能上班。一谈起这一奇遇他还容光焕发、惊喜不已！这个谁都爱跟他开玩笑的汉嘉，我每次去那里一遇上他，他总要给我讲些让我不得不老去想的事情。最近他又无缘无故给我讲了一件事，边讲边打嗝儿，用手撑着墙壁免得倒下："太太，您是个有文化的人，肯定读过关于德意志种族的纯洁性的纽伦堡种族法。您知道我现在这么看着您时，我想的是什么吗？纽伦堡！我在想那个该死的小子，想那个皇帝兼国王瓦茨拉夫四世，太太，这可是个风流汉子啊！在赫普和洛克特的家里喝酒喝掉了好几个封地庄园，他跟谁在一起呢？跟一个浴场老板娘苏扎娜！可他还不过瘾，在跟他的女伴去法国的途中又在纽伦堡停了一下，吃了一顿小点心。这顿点心一吃就是好几天，风光极了！这个捷克国王兼罗马皇帝在纽伦堡除了钱财之外连皇冠也给喝掉了，不得不将它抵押掉。谁借给他钱好让他赎回皇冠、能戴着皇冠进法国呢？纳桑夫的银行家们，他们有的是钱！在纽伦堡……我今天为向他表示敬意，也要把存的钱都喝掉，因为太太，瓦茨拉夫四世这可是王中之王啊，这在世界上也是数一数二的，他是个世界之冠，了不起的运动员，就像您的丈夫和我一样……所有总统和国王以及全世界的主席、首脑和部落酋长都该以他为榜样……因为您若是把所有的钱财都喝掉了，谁还会去发动战争，弄得一团糟？恐怕就仅仅只有和平了，因为所有国家银行、宝库，所有勋章、奖赏和所有王冠，一切的一切都已经喝掉或抵押掉了，今天还有谁借给您钱呢？还找谁去讨债呢？既不存在纽伦堡的纳桑夫银行家，也没有奥格斯堡的富豪格尔们，也没有维也纳和柏林的罗特希尔特们。为了向这个该死的小子瓦茨拉夫四世表示敬意，我还得继续去，对不起，喝掉我的存款，跟女招待员苏扎娜一块儿……”我站起身来把脸转过去，因为汉嘉先生嘴里呼出来的酒气太难闻。我虽然站起来，可却没法离开这地方，因为汉嘉先生酒醉中说的话那么精彩，使我惊讶得没法挪步。只听得他如何用手摸着墙壁、看着他的身影从门洞里走出去，朝着阳光照耀的焦街，然后向左急拐弯向达代乌斯圣人雕像那儿走去，过了街，便进胡森斯基酒馆了……我站在凉飕飕的通道里，端着装着皮尔森啤酒的罐子，由于这个汉嘉先生的这番奇谈怪论让我莫明其妙地感到口渴，于是我猛喝一通、又喝一通，然后再喝……这啤酒的味儿可真地道！我别无他法，只好重新打一罐啤酒。看来这位捷克国王兼罗马皇帝瓦茨拉夫四世是对的……

有时我来找我丈夫时，他已经交了班、洗了澡。回收站主任斯莱扎克对我彬彬有礼，递给我一把椅子。然后我便跟我干干净净的丈夫走过焦街，我们通常是到平卡希酒家去。我丈夫先在那里的走廊上要两杯啤酒，喝完之后他才带我进到里面餐厅里，这里又给我们端来了啤酒，我丈夫四杯啤酒下肚之后，就像通常说的便已饿得肚皮贴背了。我们不点别的，总是点烤猪肉和撒上洋葱的土豆馒头片，里面的调味汁总是金黄金黄的。我每周和我丈夫来这里一次，总是点这一道饭菜：土豆馒头片和烤肥猪肉，我真的从来没有吃过这么可口的烤肉。我丈夫对我说，在平卡希酒家这烤肉已由一位女厨师做了二十年，不做别的，专做平卡希酒家这一道特色菜。烤肉配馒头片，加点儿圆白菜和撒了油炸洋葱的土豆馒头片。他生怕那位厨师老太太会死掉。

要是还有时间，我便和我丈夫去看场电影。头两年我们总去看《美好的陶醉》，到后来，我只喜欢这部《美好的陶醉》。这部电影我至少看了二十遍。每次当查理一出现在银幕上，我丈夫便开始流泪，随着情节的发展，查理出现，他便流泪，到后来连擦都不擦，还哭出声来。观众都转过脸来看我丈夫，后来还遗憾地看看我。我丈夫喜欢卓别林，只因为他演的总是一些可怜人、穷苦人，像我丈夫经常与其坐在利本尼和维索昌尼区的小饭馆里的那些穷光蛋。到后来，我丈夫认为自己也是像卓别林一样的那种可怜人。这卓别林特别善于用这种手法来嘲笑自己，也嘲笑了他的对手。在每部电影的结尾总是卓别林取胜，看把我丈夫美的！因为他自己也认为有朝一日他也能成为最棒的。我和我丈夫也到利本尼的恰赛克一个小不点的电影院去，在人们称之为古利克的小洋铁铺的旁边，我和我丈夫在那里也为卓别林演的一组滑稽电影而哭过好多次……

我丈夫的假期从来不是一口气用完，而是一天一天地用。美美地享用整个一上午、中午和下午是他最惬意的事了。花上这一天，足够他给宁城的花园松土，在这一天里足够他绕一圈所有他喜欢的小饭馆和小小酒家。这可不是随随便便的一天，在布拉格的这一天，他总是穿得漂漂亮亮，而且他每次总是选有太阳的日子休假，因为不管在布拉格还是在花园里，一出太阳完全是另一番景象。假如收音机在两天前预报那几天天气会好，他便从中选一天来度假。我丈夫于是便有了那平常日子中的海明威式的“流动的圣节”①。我丈夫对那些小饭馆小酒店了如指掌。他知道哪个饭店在上午有太阳照进窗子里来，他知道下午哪儿有太阳，有些饭店上午下午的太阳一样大，像霍尔克这样的小饭馆从早晨八点就有早上的阳光照着，这里从一大早就满座，还因为这里不只啤酒好，早上的汤和红焖牛肉，甚至整个上午的茶点都很好吃。到了中午，霍尔克饭馆的太阳就像我丈夫说的足球运动员进球一样，慢慢地越过屋顶从另一边照进来。下午一点以后，霍尔克饭馆的太阳便晒到院子里和男厕所那儿，从两点起还是那个太阳透过院子的窗口照耀着饭馆里暗黑的房间。不过我丈夫没耐心老待在一家饭馆里，他总是要一杯啤酒便又去另一个有太阳的小饭馆小酒店。在科乌支基小酒店通常上午有太阳，我丈夫喜欢待在阳光灿烂的小酒馆里，为在阳光下闪闪发光的酒桶甚至整个吧台而兴奋不已。他坐在酒店的阳光下，穿着新衣服，觉得仿佛是在教堂里做弥

---

① 海明威晚年的一部散文集。作品回忆了他青年时代在巴黎的生活，并将那一段日子比喻为“流动的圣节”。

撒，而每一个卖酒的在太阳底下就像穿着节日圣袍的牧师。我丈夫觉得天主教的天国、他们天国的教会贵族阶层大概就是这个模样：即每一个服务员就是一位天使，每一位灌酒师就是大天使加布里埃尔。小天使们四处分送着啤酒，可这不是啤酒而是圣餐，穿着白大褂的经理就该是圣彼得了，他老是关注着饭菜的质量和啤酒的浓度。我丈夫和其他喝啤酒的顾客甚至所有的顾客便是信徒。他们绝不只是来参加上午和下午的弥撒，所有这些在此沐浴着阳光喝着啤酒的人是死后能升天堂的一个群体，他们已经不必下地狱和进炼狱了，所有端着金灿灿啤酒杯坐在这里的人已经进入了最后阶段，大家都是已被选中的上帝的羔羊，大家都在接受用鲜浓的啤酒和丝绒般柔软的泡沫代替的上帝的血和肉。之所以我丈夫每次只用一天做假期，因为这一天他通常是在天国：上午，他喜欢上瓦尼什达的酒馆里去，那里一大早就有阳光，瓦尼什达先生穿着白袍给顾客灌着他那天国的斯米霍夫的 10 度啤酒，他的太太泊仁卡经过走廊，从那个也是阳光灿烂的厨房端来盛着热气腾腾的红焖牛肉和辣椒肚丝的天国盘子以及盛有酸鱼的盘子。于是我丈夫便把这平常的一天过得跟节日一样。他善于选中阳光明媚的一天，坐在小饭馆里，总也看不够这个只有他一人知道、洒满阳光的小饭馆小酒店是利本尼天国的良辰美景。他坐在那里，一口口地呷着啤酒，他必须小口小口地啜着这消魂的天国浆玉琼液，免得不到中午就喝光了，他得想法拖到下午，当太阳从瓦尼什达先生的酒馆滑到帕莫夫卡某个地方，越过住宅和犹太教堂在下午晚一些时候出现在哪个酒馆里时，我丈夫便乐意换到狐狸酒家去，坐在那里看太阳，从窗口观赏罗基特卡小河；等到狐狸酒家也没有太阳、天堂离去了，他便上老邮局酒家去待一会儿，喝上一小杯啤酒。这家酒馆夹在两座高楼中间，从窗口照进来的阳光只有两个小时之久，就像在克洛乌切克酒馆一样，然后便越过屋顶照到别处去了。我丈夫在这一天之内拜访了他部分的天国，但他并不着急，他知道，并盼着广播里又会预报某一个美好的大晴天，他又可以在另一天假日里接着去拜访上次没跑完的饭馆。在他选定的另一天这样的假日里，他又从上面的费克尔饭馆开始。那里上午便阳光充足，从几乎像咖啡馆常有的那种大窗子射进来，照得吧台闪闪发亮。我丈夫在这里要上一小杯啤酒，他不仅总也享受不够与坐在光芒四射的圣坛前相似的感觉，而且欣赏仅有一只假手的费克尔先生却像两只手都健全的人一样能做酒桶旁的一切活儿。这里还有一个花园，赶上晴天，费克尔先生还将啤酒送到花园中铺着条子台布的餐桌上。这里还有一个布拉格最小的电影院，从花园走过去便是。这个电影院小得就跟国际列车的餐车一样，在这里你可以看到这一年里的畅销电影，还可以边看边走到酒馆里去喝杯啤酒，不光在休息的时候，在放电影的过程中也可以。有时我丈夫在假日里只去那些仅摆了几张桌子的小花园饭店，比如什特拉斯堡前面那个花园饭店。不过他最乐意去的还是那个老啤酒箱饭馆，这个饭馆则以它的几棵大树底下的花园餐厅把我丈夫镇住了，这个餐厅就像一艘游轮的船头，沿着带铁栏杆的平台，有路电车上至布洛夫卡下到电气公司。离老啤酒箱不远的地方是两条公路交叉的十字路口，对面是叫花子酒家，那个大饭店我丈夫从来没去过。不是他把叫花子酒家忘了，而是刚开始住到利本尼的那几年，压根儿就没法上叫花子酒家去。于是这么个饭店对我丈夫来说一直是个神秘的地方，他多次想去，做梦都谈到要去，多次打算只去叫花子酒家，只去从它窗口瞭望一下老啤酒箱饭馆的样子，可是从来没找到勇气去，他已经好几次，脚都迈上第一级台阶了，可还是没有足够的力量走进去，尽管他说只去一会儿，一小会儿，只去看一眼，站着喝一小杯啤酒，只从另一个方向的窗口看一眼老啤酒箱饭馆的样子。现在我惊讶不已的丈夫坐在老啤酒箱饭馆紧挨着栏杆第一张桌子旁的转椅上，反坐着，手放在椅子背上托着下巴，像个孩子似的望着下面从莉布舍和绿树饭馆那儿朝上开往十字街的电车，然后又探出身子望着由上从查理四世街开往车站再慢慢朝下开走的电车。绿树饭馆那漆成绿色的墙壁在那拐弯处闪烁着光芒，我丈夫真希望几年前发生过的一次车祸再来一次：一辆电车刹不住车开到了这饭馆的吧台前面。我丈夫坐在太阳底下，听着女服务员的鞋跟吧嗒吧嗒的响声，她从里面将啤酒端到太阳下面来。我丈夫从来不坐到老啤酒箱饭馆的里面去，只是坐在这花园餐厅里，就像从来没去过叫花子酒家里面一样。他也从来没进到老啤酒箱那灌酒的地方。没有道理去那里面，因为他在外面这两个小时能看到美丽的电车、汽车、行人、商店和简易楼的正面墙、查理四世的正面像、他头顶上的老树干、沙沙作响的树叶……我丈夫把所有这一切当成一幅印象派的绘画，就像他所说的主要是郁特里洛[①]的画。这位画家，就像我丈夫说的，他善于把蒙帕纳斯城的一面墙画成这样，乃至谁看了他画的蒙帕纳斯墙都想掏出那玩意儿带着深深的沉思、怀着对郁特里洛的敬意朝那墙上撒泡尿。我丈夫就这么坐着、听着女招待的鞋跟吧嗒吧嗒的声音，椅背朝前反坐着，以便两手放在椅子背上，再将下巴压在手上，好更清楚地欣赏这城郊的美。等他饱够眼福之后，便不慌不忙地朝下走，有时在窗子朝南的莉布舍小饭馆停一下。可我丈夫不喜欢正规饭店，他更迷恋小饭馆，于是又在阳光普照的莉布舍饭馆叫上一杯啤酒。在这里他喜欢站着看那木头架子上桶里的水怎样从水龙头稀溜稀溜流到一个锡面洗涤盆里，盆里插着的一支镀镍的小管子，再将盆里的水逐渐放出去。酒店老板不停地在这盆里冲洗服务员送来的酒杯。为保洁净，他每次都拿着玻璃杯对着阳光，眯缝着一只眼睛左看右看，直到认为这杯子绝对干净了，才满意地往杯里灌上酒。我丈夫总爱在莉布舍饭馆喝完这一小杯啤酒之前等着酒店老板在盆里丁零哐啷洗杯子的那一片刻，他将只能装三分之一公升啤酒的薄玻璃杯搁在盆里冲洗，洗干净后灌上啤酒，每次都将杯子举到阳光下面，用两只眼睛审视啤酒的质量、颜色和光泽，看看是否有什么不到家的地方，他这么站

① 郁特里洛（Maurice Utrillo，1883—1955），法国画家，以画巴黎市区的房屋街道著名。

着，为整个饭馆赐福。我丈夫说，要是有足够勇气的话他真想下跪，因为此时此刻那酒店老板跟位牧师一样严肃认真，牧师就是这样举起杯里的圣餐，为信徒们赐福的。然后，这些信徒便跪下接受这代表主的血和肉的圣饼。可是谁也没有看到这一点，我丈夫环顾一下四周，顾客已在等着吃午饭，他们在继续读报纸、看菜单，或者专心致志地在抽烟。烟雾在洒满阳光的饭馆里袅袅上升，每一支香烟清晰地闪着火光，在莉布舍饭馆的朝阳中活像做弥撒时插在香炉中的神香冒出来的青烟。我丈夫总爱等着尽情观赏老板如何用手举着那杯啤酒，就像端着的圣餐盘一样，然后将小杯啤酒放到嘴边慢悠悠地喝上一口，将自己嘴里和喉咙里的味觉器官全调动起来，喝完之后他还要琢磨一番，等到他一点头，那就是说这天国已经应允了，啤酒算是不错的。老板则接着在盆里涮洗薄玻璃杯，按照顾客的要求，或小杯或带把儿的大盅，给顾客往容器里灌酒。有一天假日，我丈夫来到叶夏贝克酒家，这是一家大饭店，是一座赛采赛风格的楼房，在围墙与这座楼房之间有一道饰以枝叶与花朵的铸铁门，还有铸铁弯曲成的“花园饭馆”几个镂空的字。我丈夫在这里先要一小杯啤酒，这是他不仅喜欢而且唯一爱着的一家大饭店，因为这里的一切都保持得跟它刚建成的时候一模一样。比如说花园饭店那块赛采赛式的招牌，又比如这座房子的墙壁满是石膏的装饰和棕榈树叶，还有两位修长的裸女雕塑，她们中间嵌着紫色的瓷砖。吧台这儿也是一样，有个赛采赛式的高橱窗，一个镶饰以蔓藤和热带花草的腐蚀玻璃的酒具柜，里面陈列着从前老常客用过的旧玻璃杯，杯子上面是个老式杯盖，杯身上是一簇簇手绘的紫罗兰和驴蹄草。陈列品中还有上面画着盗猎者正在朝猎人开枪的玻璃杯，有的玻璃杯上是戴着蒂罗尔帽、穿着德国民族服装，一只手叉在腰际的姑娘。在这里给顾客灌啤酒和收午餐订单的是一位穿着古式服装的老太太，头上梳个特大的髻，不得不用夹子往上别住它。这就是老板娘叶夏贝克太太，她跟她丈夫就住在这座楼的二楼上。这栋楼房、这个饭馆、这些老古董椅子及圆桌子都属于他们二老的。我丈夫打量一番那玻璃橱窗，在他坐在那老古董椅子上之前，先将它端起来，仔细察看一番。叶夏贝克太太望着他，注意到我丈夫为这椅子被人摸得这么光溜而感到惊讶的神情。他举起酒杯，看了一眼老太太的眼睛，叶夏贝克太太则报以微笑，耸了耸肩膀，深深地叹一口气。意思是说，毫无办法，这些椅子都老掉牙了。我丈夫然后端着杯子走到花园里去，不过他从来不在这里坐下来，只是从这古色古香的花园饭店穿过而已。它旧得跟它里面的那个小亭子一样，亭子的顶儿都旧得变了形，歪得像醉汉头上歪戴着的礼帽。在这个小亭子里想当初曾经有个小乐队演奏过四重奏，如今将那些旧椅子都码在一起，原来的桌子也都破旧不堪，它们都已经受不起天气和时间的磨练，如今正如我丈夫说的，它们就像躺在一座共同的坟墓里寿终正寝，大概在梦想些什么呢？想着谁在这些椅子上坐过？哪位姑娘的玉腕曾经放在这些用台布盖着的桌上？谁常来这里跳过舞？谁在这里演奏过？这花园里的盛会曾经是怎样一番景象？有过什么赛事？这里的星期六晚上和星期天下午曾经是个何等模样？……我丈夫就像凭吊科拉巴[1]一样地站在这里。他常爱到科拉巴去瞻仰哈夫利切克[2]先生的坟墓和他复仇的曲调，或者再往前走走到墙根那儿，这里安息着冰球运动员米尤莱尔，他是我国跑得最快的冰球手。战后在去德国的巡回比赛中不幸逝世，如今他安息在这里，他的墓碑上还刻了一根断的冰球棍。我丈夫就像站在哈夫利切克和米尤莱尔的墓前一样忧伤地站在这家花园店里。在这里就像我丈夫说的，只剩下一点点留在墙上和玻璃柜里的赛采赛风韵和一点点犹太风格。叶夏贝克老太太在她年轻时期，也就是她还是一个满脑子幻想的小姑娘时就已经住在这里。

当我丈夫又用上一天假日，这一天对他来说的的确确像阳光明媚的节日那样，当他想在花园饭店度过他的一天休闲时间时，便沿着罗基特卡小河走进维索昌尼区去到斯拉夫菩提饭店，想在九点之后去到那里，总是直接穿过走廊奔向栗子树下的花园，在紧挨着庭院的第一张桌旁坐下。桌上铺着一张白得耀眼的台布，印有“斯拉夫菩提饭店”几个字的台布光彩夺目简直让你眼睛发胀。当我丈夫要了一杯皮尔森啤酒、服务小姐将啤酒摆在他面前剧烈的阳光下时，他便打量了一下院子的

---

① 坟地名。

② 哈夫利切克（Havlíček Borovský，Karel，1821—1856），捷克政治家、新闻记者、诗人。反对奥匈帝国政府和天主教会的英勇战士。

那一边，那镶有外廊的二层楼上便住着这饭店从前的主人布拉贝茨先生，如今他是这里的灌酒师，半天工作。这位已步入老年的先生，从九点半起，赶上好天气，便在这外廊上走来走去，慢慢地穿好衣服，准备十点上班。紧挨着墙壁是一直顶到天花板的圣人杨·纳波姆茨基大木雕像，布拉贝茨先生就在这雕像下面来回忙碌，在雕像对面是一块大镜子，布拉贝茨用梳子梳理他那打了发蜡的头发。他身着黑色长裤、白衬衫，打着跟他的胡子形状大小相似的黑蝴蝶领结。布拉贝茨先生的个子又小又圆，还有一个他引以为骄傲的小肚子……最后，布拉贝茨先生套上一件法式的凸纹布罩衣，又走到镜子前照了照，审视一下自己是否一切妥妥帖帖。快到十点的时候，布拉贝茨先生扭动一下肩膀，让他法式凸纹布罩衣更平整贴身，然后又最后一次地慢慢迈步到镜子跟前端详自己，转一下身，再朝另一个方向转一下身，用指头蘸点儿口水理理眉毛，又理理胡子，对着镜子笑了笑，又退到离镜子较远的地方照了照。这全过程我丈夫都看见了。因为他来这里就为了作为一个见证人，亲眼目睹布拉贝茨先生这位老警卫队员是如何准备服务的。布拉贝茨先生十点整才到灌啤酒的柜台那里去。他给顾客打酒时，他的弥撒不像别人主持的弥撒那样。因为斯拉夫菩提饭店的吧台总是在强光照射下，当布拉贝茨先生穿着法式凸纹布罩袍在此活动、主持这场弥撒时，表情极其庄严而隆重，仿佛他主持的是半夜弥撒，又仿佛他主持的是圣诞节弥撒或者复活节弥撒……后来，布拉贝茨被调到布拉兹迪饭店去了，我丈夫没有跟着上那家饭店去，而继续上这个斯拉夫菩提饭店来。在喝完一杯啤酒之前，继续看着杨·纳波姆茨基圣人雕像和那块无人过问的镜子，可是，就像我丈夫说的，这块镜子并非无人过问，他仍然看到布拉贝茨先生在对镜穿上那件法式罩袍，最后还往镜子里照照自己，然后下楼梯去了……我这位丈夫不仅能吸引一些特别的人到身边来，而且总能碰上一些不一般的事儿。他继续上这儿来不仅为了看到那已经不在外廊上而又似乎仍然在这地方的布拉贝茨先生，而且在我丈夫身旁还坐了一位喝啤酒的人，既不年老也不年轻，只比我丈夫年轻一点儿，那人穿着一件衬衫，一件耀眼的白衬衫。我丈夫觉得甚至坚信，这条汉子的衬衫里面揣着一只小狗崽子……然而那不是小狗，原来是那人有个鼓起来的肚子，肚子里长了个大瘤子，可又没法动手术。那人只喝皮尔森啤酒和吃角形面包。谈到后事时，那人说最好是在这个斯拉夫菩提饭馆了结一生，因为他整天都在这里，连信件都给他送到这里来，甚至……他幽默地说，最好给他在这里添一张临时床位，那他就可以在这里过夜，直到第二天八点饭馆开门营业。我丈夫休他的一日之假时，便喜欢上午来这家饭馆，而每次来这个斯拉夫菩提饭馆，都好奇地想看看那人夏天穿着那件白衬衫是个什么样子。那人坐在花园里太阳底下的一把椅子上，喝着啤酒，肚子里仍然长着那个跟小狗崽子一样大的瘤子。我丈夫每次从那里回来都要对我说一声："斯拉夫菩提饭馆里的那条汉子还活在人世间。"直到有一次我丈夫晚上回家说："他跟我告别，对我说他明天会死去。穿着一件干净的洁白衬衫，衬衫的其他部分都耷拉着，只有那个大瘤子撑着它。”……

我丈夫在布拉格度他那一日假时，不吃饭，只吃酸鱼，提着鱼尾，伸着脖子，像杂技艺人吞剑一样慢慢地将小酸鱼放进嘴里。他说，既然有喝的，就几乎一点东西也不该吃。我丈夫还吃一样东西：在叶夏普饭店上面有唯一的一家利本尼马肉铺，他在那里买上一百五十克马肉香肠片，从叶夏普饭店出来，慢慢地朝上走到普利马托尔酒馆去不加面包地白口吃掉。可是我丈夫在每次度完这一天假回来，总要去一下热尔特维酒馆和纳鲁什古酒馆，这里整天都有阳光，这是一个街角落里奇怪的小酒馆，它不是一所方方正正的房屋，而是一座从门口一直延伸到街道拐角的扁房子。老板一边灌啤酒一边望着周围长满小红果灌木丛的铁路。那位酒馆老板跟我丈夫一样喜欢等着货车或者客车从维索昌尼经过这里开往利本尼火车站的一刹那。这时对酒店老板和我丈夫来说真是很了不起的一刹那。沉重的货车徐徐开近时，震得这家小酒馆直摇动，但是这种摇晃对我丈夫来说并不怎么美妙，因为这些老机车是烧煤的，烟大极了，赶上火车从这儿经过或是往上爬坡，到了小山坡上就得放蒸汽。从利本尼来的货车开往维索昌尼去时，到处浓烟滚滚、雾气腾腾，行人必须停下脚步，等到蒸汽和烟雾威严地落下消散才能再起步。这烟雾从敞开的大门钻进小酒馆里，可是这个酒馆的顾客谁也没感到有什么异样，因为这里本来就烟雾腾腾的，酒鬼们醉得迷迷糊糊、昏昏沉沉，谁也感觉不出来从敞开的门进来的机车蒸汽和烟雾比原来增加了多少分量，因为这里反正已被纸烟熏得够厉害的。有人走进里面，见到的尽是吸烟人放出的烟雾，都得蹲下一点儿、弯着膝盖才能在天花板下的烟雾中找到他要找的人。烟雾一来，什么灌木丛、街道一概不见踪影。当浓烟蒸汽从街上滚进这小酒馆时，我丈夫连酒店老板都看不见。他觉得仿佛是坐在德尔夫的神谕宣示所里，听着被毒品迷糊着的女占卜者的胡喊乱叫，这些女占卜者是专门向国王预言帝国之命运的。一刻钟过去之后，空气变得清晰，阳光重新射进小酒馆，酒馆老板和我丈夫又在等着下一辆货车打这里经过……

当我丈夫结束了他这一天休假之后，便疲惫不堪地走回家来。不过我已经习以为常了，他走在堤坝巷里，拽着拖在他身后地面上的衣袖，回到家时已累得不成样了，可还显得蛮兴奋、蛮惊讶的样子。他坐在椅子上，闭着眼睛微笑着，重又评估他这一天所经历的一切，这仅仅一天假期所经历过的一切："丫头，写什么呢？我这一天所经历的就是一部小说，真的是一部小说。这种最普通的生活对我来说足够了！因为我不要战争，我也不想战胜谁，我只想象我这种仅只一天的休假能使每个人都能感到满足，从中推敲出本质的东西来。因为，丫头，我已经不想参加那些美丽的悲剧，我只要那些从外面向我涌来的一切就足够了。就像古希腊罗马时代的命运那样。我想要世界至少保持它现在的样子。因为，丫头啊，我害怕那伟大的光辉夺目的未来。我只希望春天永不结束，就像马勒[①]写的。我热切地向往这世界原地不动，因为这一切都已经够多的了。我希望，就像马勒所写的，让世界成为永远的现在。现今时代……”我丈夫在一个劲儿地喃喃着。他刚才还被啤酒弄得迷迷瞪瞪地走在堤坝巷里，就像他往常习惯的那样走着。仿佛有支粉笔在马路中间画了一道线，他便顺着这一粉笔道走。小轿车在他后面按着喇叭，而我丈夫，谁要是走到他的道上，都得被他碰倒。于是人们都让开他，他却像我们楼前那盏被人点燃而忘了关掉的路灯一样在光天化日之下这么迈着步……

我连做梦都没有想到，我的过去是如此地鲜活并伤痕累累。的确，我没想到。而现在我就站在别什江尼我们被查封的住宅面前。我曾经和我的父母、姐姐和兄弟住在这里。后来，我爸爸签了字，声明将所有原来属于他的财产统统交给国家，并迁居德国。于是只有我和海尼弟弟留在这里。过了一年，国际红十字会又将海尼接走，我独自一人在这里住了一小段时间。后来我谈上恋爱，于是便和我的恋人伊尔卡住在这里。这位吉他乐手使我神魂颠倒，就因为那吉他的演奏是我从小就喜欢的。谁若会弹吉他，我便把他视为神。于是伊尔卡便和我一起住在这里了。我们彼此相爱着，都快要登记结婚了。我们常去水坝游泳，去我们的熟人家做客，到处都把伊尔卡当成我的

① 马勒（Gustav Mahler，1860—1911），奥地利犹太作曲家及指挥。

未婚夫。尽管伊尔卡相当风流，不过我们还是很相配。风流是他职业的一个组成部分，因为凡是像伊尔卡在这种乐队演奏的人，总是人们、特别是那些妞儿崇拜的偶像。这些女追星族总是坐在紧挨着乐队的那张桌子旁，不断地瞟着伊尔卡，伊尔卡也回瞟她们几眼。他还是专业的钢琴演奏者，不过主要是吉他演奏者……于是我跟我丈夫决定同他弟弟布热佳一块儿到别什江尼来。我们从十点钟起就到了这里。可是因为他们查封了我这住宅，没时间在我丈夫到来之前先一步到这里来消除伊尔卡在这里的所有痕迹。于是我们三人同时站在二楼上。民族委员会的一个机关人员启了封条，我打开门、拉开窗帘，又敞开窗户，让穿堂风清扫一下房子里的气味，因为我已经两年多不住在这里了。那办事员请我把东西搬走后将钥匙送去给他，他说完便走了，他也高兴走掉。我没料到，这里是这般情景，仿佛这里曾被搜查过，又仿佛有小偷和强盗到这里来找过钱财，到处翻得乱七八糟。我丈夫和布热佳比我早一天动身，以便顺路到斯洛伐茨科看望熟朋友。两人都喝醉了，我丈夫的样子很难看。我已看出他醉得已经不会说话，样子像汉嘉，脸也没刮，跟所有醉汉一样嘴巴边上像吃了煮鸡蛋一样一圈黄色，主要是从他嘴里呼出一股难闻的李子酒气味，他跟布热佳一样没有睡够。两人都穿着工作服。他们更愿意到一边坐下来，缩成一团歇一下，闭上眼睛，而且两人都在打嗝儿。我倒高兴我丈夫喝醉了，因为我开始往内衣柜里摆放从墙上取下来的带框的十张照片，大多数照片是我和伊尔卡出去旅行、郊游时照的。有我穿着游泳衣和伊尔卡躺着的，有伊尔卡穿着蓝色晚礼服胸前握着吉他的，漂亮极了。伊尔卡这样子特别帅，我暗自伤心，没想到我们的关系会是这么个下场。连我那张穿着游泳衣、闭着眼睛、伸直身子躺在水坝那儿洒满阳光的沙子上的照片也照得很好，我简直不相信自己的眼睛，我曾经是这样漂亮，身材这么苗条，胸部、臀部都那么匀称；特别是，我在每张跟伊尔卡的合照中都显得那么幸福，从我身上散发出沉醉于爱河中的幸福光芒，从我脸上就能立即看出我在热恋之中。那两个醉鬼已经站起身来，开始按照我的吩咐搬东西。布热佳虽然腿瘸，但走起路来比我丈夫还稳当点儿。我丈夫如今看去老了二十岁，甚至更多。因为我在照片上所看到的，他也看到了。我丈夫的眼睛充满嫉妒，我看得出来，实际上这些我幸福年华的照片比那李子酒更使他踉跄。我于是将装着这些照片的内衣筐放在一面大镜子下面。这块占整个一面墙的镜子里映出了整个这间可怕的房间，仿佛这里刚发生过谋杀案，从镜子里看去就是这幅图像。我都想把它留在这里不要了，可我丈夫坚持说他恰恰想把这块镜子带走，说他认为只有这块镜子还算是一件像样的结婚礼物。我朝这块镜子凝视了一番。他们两人抬着柜子、椅子艰难地下楼去，然后又艰难地磕磕碰碰走了回来。外面很热，我丈夫每次回到我这房间，总要朝镜子里瞧一瞧。我看出来，他正看到了我现在看到的东西。在我吞下这些药片[1]，倒在这张沙发床上之前，正是朝这面镜子最后看了一眼。这沙发床是我爸爸按照自己的个头儿让人定做的，这张沙发床能承受我那体重一百三十多公斤的爸爸。我曾最后一次地朝这面用螺钉拧在墙上、把整个墙面都挡住了的镜子里看了一眼。我在别什江尼的朋友们就是在这里找到的我。刚不久，他们又来到这里帮我搬家，还让我们上他们家去一趟，说我爸爸放了一个原装的拿破仑一世第一帝国时代造型风格的五斗柜在他们那里。这些朋友跑来时，第一眼便看了看曾经在那上面找到我的那张沙发床，我曾经倒在上面的那张沙发床，他们也看了一眼那镜子，那块他们把我抬起来时也朝里面瞧过一眼的镜子。当我向他们介绍我丈夫时，他们两个都吓了一大跳，瞧我一眼，仿佛在说找个这样的男人我完全用不着那么着急。我丈夫在出汗，那些柜子椅子等家具上的灰尘蹭得他满脸都是，于是我丈夫的样子更难看了。而我却穿得跟我从前在别什江尼那样：红高跟鞋、我那件最漂亮的上装，还去理了发，我跟我丈夫的穿戴完全相反，我这间从前的住房尤其给他添了几分忧伤。他用肩头扛着那些破烂儿往楼下走，我用下巴指到哪里，他和布热佳就到哪里去搬东西。我们一进这个门，布热佳也立即知道，这是我忘了及时销毁的过去，他因此还有些怪罪我。连我的那两位朋

---

[1] 小说中的“我”，碧朴莎曾因失恋、绝望而服安眠药片自杀过，后被抢救过来。

友，他们实际上因为能帮我搬家，从此见不到我的面而感到高兴。到中午几乎所有家具，主要是那两个大沙发，还有那套松木厨房家具统统装上汽车。最后，房间里只剩下那块大镜子以及摆在镜子下面、装着我和伊尔卡的照片和我内衣的筐子，我丈夫用块床单盖在它上面。我的朋友们取来改锥，这三个男人便轮流上阵，花了整整一个小时才把那三米长的镜子取下来。我丈夫干不动了，他伸出那被废纸回收站的活儿磨得僵硬的指头给大家看，于是只好由他来端那装着我过去照片和内衣的筐子下楼。他在那里掀开床单，坐在台阶上，一张接一张照片地观看着，然后再看一遍，又看一遍。我跑下楼，不得不爬到车上把东西摆摆好。我和布热佳一道把沙发放平了，以便在上面摆放那块大镜子；又将另一个沙发扣在镜子上面，就像两块抹了黄油的面包夹起来那样。当朋友们将镜子抬下来，按照布热佳的意见摆好之后，我丈夫站起来，两手端着装有照片和内衣的筐子，表情显得冷静了些，也不在意看到我这些照片了。他重又有了笑脸，并在寻找我的眼睛。在他看了我一眼的同时，我也看到他已缓过劲来，他经过了内心的折磨，坠到他嫉妒的最底层。如今他原谅了我，甚至还显出他因为我让这间房子保持了我离开它时的原样而感到高兴，并感谢我让他看到我过去的秘密。如今这里站着的是把我看了个透的丈夫。犹如在一座玻璃房子里的沃拉吉米尔一样，他在这所玻璃房子里能看到谁来访问他。我也犹如躺在一张玻璃床上，盖的玻璃丝透明被单，在这上面或迟或早会出现“我是谁”几个大字，这是我丈夫说的。我丈夫就此曾用他美妙的醉醺醺的哑嗓子这么对我的朋友大发宏论，将那已经不用床单盖着的筐子递给布热佳，布热佳将它塞在沙发下面。接着他又让我们将绳索甩到车子的另一边，捆紧、打结，我丈夫在打好结拴牢之后，又将绳索甩回到车子上面。我的朋友们站在远处挥手，示意我们如今还得将车子开过去一点儿，开到他们住的地方。他们就消失在那里，一会儿抬出一个拿破仑一世时期风格的黑色五斗柜。我将空房子的门锁上，当我走到窗前来关窗户时，我的脚步声在这空房子里啪嗒响着，我最后一次地在这里张望一番，真恨不得按我刚打开房门时的一个念头去做：浇上煤油，点把火，直看到把我的过去烧个一干二净！……后来我们在我的朋友那里将那漂亮的五斗柜拴在后面拖车上。我看到，到最后一刹那我那两位朋友，那一对夫妇都以为我会把这个五斗柜留在他们这里。搬出来的时候，他们还在说那食具柜已经干裂了，说实际上我们应该付给他们储存费，因为摆在那里曾经很碍事。可是我却坚持说这是爸爸遗留下来唯一的一件证明我们曾经怎样地住在这里的珍贵家具……布热佳便将它牢牢地拴在拖斗车上，就像当时俄国人来到这里时，车上拴着兔子笼一样，那笼子里面还装着从德国村子里弄来的活兔子。我向我的两位朋友表示感谢，可他们从我要搬走这五斗柜的时候起便不再有笑脸了，全然像个陌生人，还彼此大声嚷嚷说该回家吃午饭了，只跟我随便挥了一下手。于是我们上了车，开着它往回家的路上赶。我坐在中间，我丈夫坐得离我远远的，他又陷入忧伤与苦恼之中。他时不时用手掌在整个脸上搓擦一通，又往离我更远的地方挪一下，他在继续与自己的内心斗争。我很清楚，连我也毫无办法，因为一切都无法回到原来的状况和时间，我只好两眼望着公路。后来开始掉雨点，我丈夫问："车篷在哪?"布热佳在半个小时之后才回答说："车篷在最底下，压在这所有东西的下面。"他用手指一下身后。刮雨器有节奏地清除着雨水，这雨好像越下越来劲了。我甚至希望它转为暴雨，变成倾盆大雨，让我们运回家去的一切变成一堆湿透的破碎残骸，我尤其希望那雨水淌到镜框里面去，把那些照片弄脏、冲走，希望这雨水冲掉家具上的尘埃，虽然我们的汽车上会留下许多污泥浊水，但等我们回到利本尼，回到堤坝巷时，就会跟一整套卧室和厨房里的家具以及我的过去一起被冲洗得干干净净。也许是这场雨和这闷人空气的变化给卡车驾驶室带来了些轻松，布热佳打开车窗，呼吸着新鲜空气。我们驶过的田野到处是水汽同柔和的雾，卡车驶进了森林，然后又沿着公路朝下驶去，穿过村庄和城市，先后在加油站加了两次油。有一次我下车跑进一家肉店，它门口挂着一块黑板，上面用粉笔写着："今天有热肉卷。"我便买了一公斤肉卷和十个辫子形面包，然后我们便一声不吭地站着狼吞虎咽地吃起来。外边一直下着小雨，田野上、森林里就像我们的肉卷一样冒着热气。我们吃得津津有味，喀嚓喀嚓地咬着烤肉卷和面包，我们只顾吃，高兴地吃，也用不着说话，因为连布热佳也因我的过去和他在这房子里看到的一切吓坏了。他也不时地用手掌在脸上摩擦一通。他高兴不必去想他哥哥所想的东西，只需全身心地关注行车，因为正在下雨，这就使他不得不更加注意路上的安全，更加集中精力地按交通规则行车，因为他不能让自己违规被警察逮着往一个球形玻璃瓶里哈气。我丈夫开始咳嗽了几声，然后开始讲述："我直到现如今才弄懂，直到现如今才明白我自己！我交的朋友净是一些比我还要糟糕的男孩，我的朋友净是些留级生或者低智儿，为什么呢？喏，如今我明白了！因为这么一来我便可在他们中间称老大！我还经常给这些没有食物的男孩吃的，我经常跟这些家里没有暖气的男孩坐在我们家厨房里烤火。我在这些男孩面前的表现就是一位慈善家加啤酒厂总管的宝贝儿子。我给他们煎了十个鸡蛋，切面包抹黄油，逼着他们吃饱。他们吃下这么多东西之后，反倒呕吐起来，比来啤酒厂找我时还要难受。我还教他们往集邮簿上贴邮票，我给这些男孩买了集邮本，可我自己不会使用胶水和阿拉伯树胶。我们往邮票上像罩一层玻璃似的粘一层凝固的阿拉伯树胶。而这些已经上完五年级的小朋友还真的有点儿弱智，他们还钦佩我能干，夸我多么多么会贴邮票。我便逼着他们也来试着贴邮票，他们不仅把自己的两只手，而且让我们的桌子、他们的衣服、头发全沾满了阿拉伯胶。本来，由我来教他们这就已经够呛了，而他们比我还要笨，还要糟糕，还要难看，正好我又是个受不了人家比我聪明比我漂亮的人。总而言之，我总是跟一些我在他们中间可以鹤立鸡群的人交朋友。你们可以想象得出我这个从三年级开始就只得三分、四分、操行得两分的学生穿的衣服是个什么样子，那上面老有洞，袜子也这样。”我丈夫一直在滔滔不绝地说着。外面已近黄昏，小雨一直下个不停。靠我丈夫坐着那边的刮雨器已经不灵了，他隔一会儿就得用手帮着刮雨器动一下。连这点毛病也是件好事，因为它能把他对我过去的注意力引开去，可我们没有逃离掉过去的羁绊，它一直跟着我们，我们将它装上卡车，我们不仅没有逃离它，而且越来越近地把它带到了利本尼。我们又停了两次车，绕着卡车检查，发现雨使得那绳索勒得更紧，这一车东西如今绝对丢不了啦！我觉得这场雨、这场连绵不断的小雨把这一卡车家具包括那两张沙发冲洗得像是刚从冲洗房出来的。我们又进了一处森林，很快又默默地走出来继续赶路。我丈夫又接着开讲：“发生过这么一回事，比我小一岁的法菲克·夏勒尔跟他妈妈常来啤酒厂找斯克莱纳什厂长。这个法菲克常穿一身海魂服，戴一顶漂亮的海军帽，上面还拖着两根深蓝色飘带。这个法菲克长得像卓别林滑稽剧里的一个美国小孩，这么一个谁跟他亲近他就送给谁东西的男孩，而且笑嘻嘻地送到人家鼻子跟前。法菲克同他爸爸妈妈住在广场一栋房子的二层楼上，他会组装大型的玩具机器，会点燃和发动蒸汽机，他爸爸是奥地利的一名少校军官，已经退休了，秃顶，会煮果子，他们家有好几百瓶煮果子。在学校的时候法菲克常称老大，他的力气大得不仅能打赢我们所有人，还能无缘无故将钢笔扎在桌面上，嘴里‘哟、哟、哟……’地叫着，同时用手指着一个什么地方，不是教室的墙壁，而是一个什么更远的地方。他爸爸从他四岁起就开始教他弹钢琴。我也去学过钢琴，可我只在巴耶尔的低级班胡乱弹过一阵。而法菲克，我去他们家时，他穿着一身白海魂衫坐在钢琴前弹了韦伯[①]的波尔卡，我像傻子一样站在那里，不好意思得脸都红了，我当时个子也很小。法菲克来到啤酒厂之后，样样都比我强，我因这个法菲克而感到不自信了，只有跟我那些有点低能的读完五年级的同学在一起我才能恢复镇静。后来法菲克随他父母搬到布拉格去了，只在假期才到啤酒厂来看望他舅舅。我已经上中学四年级了。我不仅在中学一年级留过级，在四年级也留过级。而法菲克学习成绩优秀。他坐到我们家的钢琴前弹奏了肖邦的小夜曲，随后又弹了他最熟悉的那支韦伯的波尔卡。屋里鸦雀无声，我妈妈责备地看了我一眼。法菲克还有一副好体格，跟古希腊、罗马的雕塑一样。因为法菲克和什多尔康是共和国的少年游泳冠军。有时他们两人一块儿来，我们像小男孩那样大声喊叫着。可是法菲克和什多尔康锻炼时能用自由式逆水从铁桥一直游到石桥那里，一趟甚至两趟。他们的游泳裤相当小，两人都戴顶红游泳帽，都全身晒得很黑，跟古铜似的。我游泳则跟扎拉比那些穿运动裤的男孩们差不多。所有扎拉比的男孩一看到法菲克和什多尔康便都垂下眼睑，仿佛这两位共和国游泳冠军都是什么小姐似的。他们就这样训练一整个下午。有时我妈妈请他们上我家来，给他们拿

① 韦伯（Carl Maria von Weber，1786—1826），德国作曲家、钢琴家、评论家、歌剧导演。被称为德国民族歌剧的先驱。

来一个大圆面包和一罐油。法菲克和什多尔康坐在那里一块接一块地慢条斯理地切着面包、抹着油……喝下差不多整箱我们那有名的12度宁城啤酒。他们喝着、吃着、打着饱嗝，连那饱嗝也打得好听。我吓蒙了，我连一小块面包都没动过，直愣在那儿。法菲克然后坐到钢琴前，弹了一曲《蓝色狂想曲》①，又给妈妈弹了一支李斯特②的《爱之梦》。还有另一个顶尖人物哈利·叶林涅克也常到扎拉比来，不过他什么也不会。十七岁了，身体跟法菲克、什多尔康他们一样棒，他也会游泳，不过没创什么纪录，只是这么游游而已。实际上他的身体比那两位冠军还要标致。他每逢假期便住在胡利克家。那家有座花园，在啤酒厂后面的山谷里。这个哈利可会晒太阳哩，全身都晒成了古铜色。我爱到胡利克家去，因为胡利克老太太很像我的外婆，她种了各种各样的蔬菜，还推着车到广场的集市上去卖。紧挨着他们的园子住着一家叫维斯的。那位维斯常常喝得醉醺醺地躺在壕沟里，他们跟胡利克家大概合不来，因此在他们的两个窗子前筑了那么一道栅栏。我总也弄不明白，为什么不肯观看种满蔬菜和花卉的园子而要来看这么一道栅栏墙。仿佛给两个窗子钉上护墙板。每逢假期，胡利克家的花园就成了哈利·叶林涅克的王国。在哈利面前我总有点不好意思地垂下眼睑，因为每当他傍晚进城去，城里所有的女孩都不敢抬起眼

① 美国爵士乐作曲家乔治·格什温的名作。

② 李斯特（Franz Liszt，1811—1886），匈牙利著名作曲家、钢琴家。

睛来，她们只要看一眼正像一位国王一样迈步在街上的哈利，便都会神魂颠倒。哈利总是晒得跟一头漂亮的瑞士公牛一样，再加上他那一头打了发蜡的浅色鬈发，他说话的时候，声音隆隆的，脸上还总带点儿羞色……后来我上大学了，爱上了伊辛卡·格奥吉娜，星期天我和她常常一块儿去划船。有一次我们正划着船，我划着桨，格奥吉娜打着阳伞坐在后面的位子上。当我们划近桥下时，穿着一身龙骑兵制服的哈利从那边走过来……我忘了说哈利已经入伍了。遇上哈利，这是我碰到的最倒楣的事儿。比如说他去胡利克家、到我们镇上来，穿着靴子和红色骑兵裤、钉着黄边的绿色短外套、走在散步广场上时，不光是我，而是所有大学生所有年轻人都嫉妒得不愿跟他说话……格奥吉娜一抬眼，桥上栏杆旁正趴着哈利。他抬起手来像美国电影里一样对着格奥吉娜喊了一声：‘哈啰！’我那格奥吉娜也举起她的手指，动了几下，愉快而带着几分敬意地喊着：‘哈啰！哈利！’我使劲一划，小船已钻到桥洞下……我已经站起来，我脸红了，不说话了，我在发抖，我已经病了。因为格奥吉娜已经闭上眼睛，陶醉在龙骑兵哈利的美好问候之中。这位龙骑兵刚才正趴在桥栏杆上，晒得油黑油黑的，他的浅色鬈发托着他那船形军帽……那一回，我不知道为什么，跑到理发店去剃了个光头，我感到极其不幸，因为在我的格奥吉娜眼里，最棒的老大、天字第一号的人是哈利·叶林涅克而不是我。后来便到了保护国时期，哈利和法菲克都从宁城销声匿迹了。有时我多么希望他们再来宁城度假啊，因为后来我也穿上了一套帅气的铁路火车站调度员制服，我还有件漂亮的外衣，有夏天穿的闪光衣料短上装，上面钉着金色纽扣和用金线绣的带翼轮子。我曾多么想让他们看见我呀！可是他们再也没来过宁城。后来我得知：哈利·叶林涅克学成并练成了飞行员，秘密去到英国，一年之后在运河上空被击毙。而法菲克·夏勒尔在战争结束的前夕到利本尼来找他的女朋友，他军队里的朋友们碰到他说：‘喂，法菲克，你曾经作为一名射击手跟我们在军队里待过，我们要去保卫特洛伊大桥……’结果法菲克没去与女朋友约会，而和小伙子们走了。德国人从布洛夫卡用机枪扫射特洛伊大桥附近的游击队员时，打断了法菲克的背脊骨，害得他一年走不了路，后来被送到加拿大，那里的军医院把他的神经接上了，两个月之后法菲克已能在医院的游泳池里游泳。后来在加拿大学成了工程师，结了婚，买了一架普莱埃尔[①]牌钢琴。有一次他在宁城露了面，他腿瘸了，是跟他太太一起来的。我们对他谈起他的父亲怎么煮果子，谈到组装机器、发动蒸汽机的事儿，还谈起他和什多尔康如何逆水游泳……我们一次又一次地谈到他爸爸如何在宁城广场的二楼上点着那微型蒸汽机，他听得激动不已。法菲克的太太是威尔士人，他们已经有了一个即将实现的计划：因为法菲克在军队里是一位工程师，五十五岁便可退休，他们两人都希望回到英国

① 普莱埃尔（Ignace Joseph Pleyel，1757—1831），奥地利裔法国作曲家、音乐出版家和钢琴制造家。此处即指以他的名字为品牌的钢琴。

威尔士去，法菲克太太在那里有所房子，准备把那普莱埃尔牌钢琴也带过去。”我丈夫讲述着，卡车走得很慢，但已狠狠地穿过了扎拉比平原。我丈夫这一番叙述使我平静下来。对我来说，他实际上是讲述了第一次在我房间墙上见到的伊尔卡。我的伊尔卡也是这样一个花哨人物，也是像法菲克和什多尔康这样的美男子。我丈夫肯定是为他自己而讲的，好让自己平静下来，把我的伊尔卡也列入他朋友们的肖像册中。其实他们根本就不是他的什么朋友。过些时间再回过头来看，实际上这位法菲克是很棒的，就像什多尔康也是很棒的一样。那位哈利则像一位英雄牺牲在保卫英格兰的战斗中。我丈夫把一切的一切都押在写作这一宝上，想让自己在写作上也成为最棒的。大概我丈夫也被这写作吓蒙了，因为他早已是四十五岁的人，可老也成不了他该成为的人，而他的朋友们却如愿以偿。我在卡车上说过了，只等我们把这个家安顿妥一点儿，就去给我丈夫买台打字机，我将努力让他别再去干那苦力活儿，只待在家里写作、写作、再写作，一直到写出他的第一本小说、第一部手稿，虽然不出版，但是他和朋友们久久梦想的这么一部手稿，让他成为最棒的，第一号的。后来我们便打起瞌睡来了。布热佳接着抽他的烟，一支接着一支地抽。等我抬起头来，揉揉眼睛，我丈夫倒在我的肩上睡着了。雨大概早已停了，我们的车开进了利本尼，停在路灯底下，早已过了半夜。布热佳费劲地爬到卡车上的家具堆上解开绳索，我丈夫绕着卡车跑一圈，将绳索从这边抛到那边。布热佳小心翼翼地将家具一件件搬下来，我丈夫首先搬走那块大镜子，将它靠在敞开的大门上，等把走廊和院子里的灯一打开，只见我们房间里还亮着灯，耐心等在那里的贝比切克还在，他一整天都在用石灰粉刷我们的新房间，我和我丈夫决定用它来当厨房，卧具和帝国风格的五斗柜放到我们原来住的那间房里。我丈夫和贝比切克小心地将镜子搬了回家，靠在墙上，然后走回来爬上卡车去帮布热佳取家具，他又小心地将装着照片的内衣筐递给我，我先将它搬回家，然后往床底下一塞。接着我们搬椅子，跟贝比切克一块儿将小桌子、小玻璃柜和箱子统统不声不响地搬走了。布热佳不想再进屋去，他也不想睡，只想将车子开回宁城去，再饱吃一顿，煮杯咖啡，然后按习惯挨着他妻子躺下。贝比切克也习惯回家去睡，他告别说："博士，明天你请客，上拉吉酒馆喝几杯，记在您的账上。"我丈夫后来忍不住笑着对我说："你知道我跟着我弟弟爬上卡车时，偶然朝隔壁二楼上的第一扇窗户一瞧，看到一个爷们儿正躺在床上和他老婆亲热，后来……往下我就没注意看了。咱们也上来试一试，怎么样？其实人们叫是叫他哈利，哈利他本名叫瓦舍克·叶林涅克·瓦茨拉夫，可是全城人都叫他哈利，因为他长得像一个美国演员……知道不？"

一个星期之后，我丈夫和贝比切克布置出一个厨房和卧室来。我已经在期盼着：等到我们俩先到屋里，然后我丈夫关上门，用地毯挡在门前，门把手下再堵上一张大桌子；等到能从过道门走进那贝比切克将拱形屋顶刷得漂漂亮亮的新房间；等到贝比切克和我丈夫把那块几乎占了整个一面墙的镜子用螺丝钉固定到墙上，这块镜子能把两个窗子都照进去，院子里的一切，每一个不仅上我家来的，而且转个弯上台阶到外廊再进斯拉维切克家的人都能从镜子里映出来；等到我将新窗帘挂到我爸爸所想象的那个厨房里，到这个时候，我待在家里，可真称得上年轻的太太了。如今在厨房里的那盏可上下拉动的赛采赛风格的吊灯下面是一张亮堂堂的桌子，上面通常摆一瓶花，我丈夫喜欢花。我从来不善于把花插到花瓶里去，我也从来不知道去花店里买花，我从来对摆静物一窍不通，因为自从他们把我从我们的别墅带走、从我被关起来、被押到砖厂去劳动的时候起，我就停止了对一切美好东西的兴趣。那时我一切都得靠自己安排，是我的爸爸、如今则由我的丈夫来将我从沮丧消沉中唤醒过来。我丈夫他懂得将常青藤挂到窗子上，将鲜花和仙客来挂到摆在两窗之间的镜子上，我丈夫自从我们从别什江尼搬来这些家具之后，似乎有些改变，主要是他感到十分自如，因为他能同时生上两个炉子，我随便什么时候回来，到处都暖暖和和的。我丈夫还从旧货店买了一个名牌炉子，用它们来生火。茨冈人常给他送几桶煤球来。晚上他总是用报纸包上四个煤球，轻轻将它们塞到炉膛里。这些煤球到第二天早上才熄了明火，开始冒烟，然后只需打开炉门添些柴火，煤灶里的火便又烧得噼啪直响，十分欢快。在厨房里有个新砌好的炉灶，我们已把原来那个铁炉子搬到院子里去了。我丈夫只买了两枝文竹和常青藤，用它们来装饰摆在板棚窗前的铁炉子。外面的爬山虎藤的枝叶，越过沃拉吉米尔住在这儿时给我丈夫做出来的真相面具，从板棚顶上耷拉下来。尤其到傍晚时分，厨房里显得格外美。桌子上方的灯光由一盏碎花灯罩罩着，仿佛灯泡外面披了一块德国民族服装上的围裙，活像透明的女短衫，拱形天花板为米黄色，台桌雪白耀眼。我喜欢这么坐着，瞧着我放在白台布上的那双手，旁边总是摆一个插着仙客来的便宜花瓶，再旁边便是一盆文竹。我丈夫真是碰什么什么坏，什么都被他那粗糙而僵硬的手指弄得脏兮兮的。但是我不得不承认，我丈夫对哪儿该摆花、哪儿该摆桌子椅子这一点都有着女人特有的审美观。主要是他喜爱小花，只是些非常小巧玲珑的花，喜欢将它插在芥末瓶里或者那前辈们用来喝黑麦烧酒的玻璃杯里。现在我喜欢傍晚待在家里，盼着黄昏的降临，有时我甚至都有些等不及地打开我那有着像民族服装围裙上的花纹图案灯罩的灯，然后喜欢从新开的门走进房间里去。我每次都要照一下镜子，那里面把什么都照进去了。我从镜子里看到我们的房间有多么的美。房角落里的炉子生着火。而最使我感到惊喜的是，我丈夫和贝比切克·斯瓦特克已经不像从前那么酗酒了，已经只喝一罐啤酒，不再一瓶一瓶地喝那么多。他们两人都为我们的漂亮房间而感到高兴，我丈夫还为如何布置了我们的卧室而感到骄傲。我不得不去买几十米印花装饰布来，我丈夫和贝比切克在我们原来那间房子里量布，老在悄悄地说些什么，又是量又是算的，然后拿着这块印花布到对门巴尔达克的缝纫铺里，花一天工夫给我们做了一块大帘子，然后我丈夫和贝比切克又将那一罐啤酒喝光，面带微笑，跟我一块儿坐在厨房里的桌子旁，在明亮的灯光下，我丈夫将一个个小环儿缝到帘子上。有一次我下班回来，我丈夫和贝比切克坐在那里，两人都笑容可掬，给我倒一杯烧酒，然后我丈夫走进我们那间房子里，等到他一打开灯，打开桌上那盏罩着米黄大灯罩的大灯，我便看到紧挨着房门的两米高处拉了一根铁丝，铁丝上挂着那块大帘子的铁环，如今这帘子挂在那里正好遮住了一面墙。紧挨着这帘子摆着我们从别什江尼搬来的那张长沙发，沙发前面是那张蓝面圆桌子。我丈夫把帘子一拉，我便看见房角落里的炉子正在熊熊燃烧，与帘子相垂直摆着我那身体魁梧的爸爸曾经常睡的另一个长沙发。这个沙发上铺着被子，挡在帘子后面。实际上我丈夫和贝比切克把一个房间分成了两间。现在我丈夫将帘子整个地拉开到墙角。我看见了，我们将头碰头地睡觉……然后贝比切克朝我一鞠躬，表示他还要赶到瓦尼什达的酒馆去喝掉由博士付钱的三杯酒。我开始铺床，两床被子的确呈直角碰在一起，两张沙发的确也呈直角头碰头拼在一起，我愉快地微笑。这个晚上，以后的每一天，我和我丈夫都头挨着头地躺着，我们的手在互相触摸，互相听得见对方的呼吸。为了与我丈夫配合协调，我晚上也喝一点儿啤酒，这么一来我们两人都有啤酒气味了，从此我再也不会因闻到我丈夫的啤酒味儿而把脸转开去。从我们搬来这家具的时候起，直到如今，当我丈夫将卧室安顿得这么乖巧，让我能经常遇上我丈夫在拉开的帘子后面的小窝里睡觉。因为我丈夫不喜欢像普通人一样在那么个时间睡，他喜欢一下班回来便立即躺到他的床上去，尽管外面还有太阳，我丈夫都乐意钻到帘子后面蒙上被子美美地睡上个把钟头，这都是焦街那活儿把他给累的。但是他只要一睡醒，便精神抖擞，提着兜子出门去买他琢磨中的物品。他总是用指头捏着提兜，走过赫拉夫尼大街，走进他的一个个小酒馆、小饭店，这时往往我还没下班。要是赶上我有空，这时间我总也看不够我这新居室。我丈夫深爱着这两个炉子，他不断地往里边添柴，往那名牌炉子里塞那茨冈人送来的破柜子木头。有时往里面添些装饰颜料的木桶薄片，这些木片我丈夫堆了一满棚子，因为隔壁的建筑工地上原先是一些颜料油漆商店，自从国有化后，那里留下了成百上千的空颜料桶，我丈夫有钥匙，用邻居茨冈人家的小孩车将这些破了的颜料桶推了来当柴烧。这些橡木薄片在炉子里烧得呼呼直响。每当他把这些薄木片塞进炉膛，先是那些颜料冒烟，然后炉子里像土炮爆炸般地噼啪一声响，接着那些木片便会烧得很旺，过不多久炉膛上的那些滑石便烧红了。我丈夫经常只往里面添这些颜料桶木板，他不时地跑到院子里去，沿着台阶跑到下面查看我们烟囱里的浓烟如何直上青天。我们的烟囱抽风极棒，因为它曾经是铸造车间。我丈夫常为这烟囱而感到兴奋、感到骄傲。天黑之前谁来我们家串门，我丈夫都要给他们讲述一通我们的了不起的烟囱。为了让大家欣赏这烟囱的抽风力，他竟然牵着他们的手，领他们跑到院子里去参观那强力的抽风。要是没有风，那冒出来的烟，就像我丈夫说的，跟白桦树干一样挺拔地直冲云霄。我也从我丈夫那里接受了那种对我们住宅的赞赏。如今我们这里多么美！黄昏时当所有的灯都已打开，我便走到院子的黝黑中去观看我们亮着灯的窗户。我左看右看，很兴奋，直到现在我才注意到那悬挂在我们窗子里的那盆常青藤有多美，它往上长得好好的悠然往下蹿，到了我丈夫安在两个窗子间的镜子那儿又婀娜地往上弯去。我望着望着，不禁拨开窗帘，假设我是别人，而不是我，想在这里住下来。我解开窗帘中间的大丝结，维也纳的窗帘就是这样用两根丝带拦腰系在中间，将窗帘分成两段，松松地系着垂向地面。有时我在院子里瞅着瞅着，突然冒出一个念头：我让窗帘全垂下来，只微微拉开一点儿，谁要是朝这儿瞧一瞧，可能就想看看里面在干什么，我希望能够看见我自己。我刚一闪过我那半明半暗的厨房，便映进这长镜子里，这块遮住了一面墙、明亮得像一幅包括我在内的水彩画的长镜里。我为我的这住宅兴奋得打开被外面帘子所遮掩着的所有的灯，一直走到巷子里的煤油路灯下，在那里站了一会儿，努力让自己忘掉是待在什么地方，竭力假设我从没来过这所房子，假设我只是来找某人的外人。我像一个陌生人走进过道，走过贝朗诺娃太太的窗子下面，然后上台阶，便被这间亮堂堂的房子吸引住了，于是我停下步，仿佛第一次走进这个小院里。我从这个窗子看到那个窗子，然后目不转睛地盯着整个这套房子看，我赞叹这爬山虎藤延伸得如此之美，它如何从粗大的干上长出来横过小院，如今耷拉着那些柔弱的枝干和藤，它的许多许多串卷须和小籽儿在小院的洗衣房门口组成一张帷幕。透过它可以看到亮着两大两小而又高的窗子，里面便是那宁静而亲切的卧室……我说过我在这里仿佛是第一次。“住在这里一定很舒适，大概是谁住在这里呢?”此时此刻，我好像曾在梦中，突然醒来，我在过着一种新生活，所有过去的一切都仿佛发生在别人身上，我觉得我可以彻底剪断我和伊尔卡相爱的过去的时刻来到了！于是趁着只有我一人在家的时候，便将那只装着照片的内衣筐子拽出来，这只是伊尔卡和我贴在硬纸框里的小照片。炉膛里火在熊熊燃烧。我又一次察看了伊尔卡的眼睛和他的脸，我将心爱的这张脸扔进了炉子里。我望着那火焰先是慢慢地然后又飞快地将它吞吃掉。我将这些照片从框里取出来，等我将这脸这眼睛看够了之后，不得不将这些照片折一下，以便于塞进炉门。借着正如我丈夫所炫耀的烟囱的巨大抽风，这炉火在饿狼似的张着血盆大口等着吞吃这块肉。仿佛烧的是一张张用易燃液浸透的纸，仿佛这些照片蘸了煤油和汽油，这火便狼吞虎咽地将我生命中的一段时光、我曾经以为能够善终、直到我生命最后一刻的时光吞吃掉了。最后我从内衣筐里掏出伊尔卡的一张椭圆肖像，上面只有他的一张脸，当我将它的背面翻过来一看，发现那背面上贴着我的一张小照片，那时候我傻乎乎地以为我们的生活将和这两张贴在一起的照片一样结合在一起。伊尔卡在这张照片里的眼睛完全是别样的，跟在我面前、在其他人面前表现得完全不一样。刹那间，我想起伊尔卡跟我在一起庆祝圣诞节也跟别人的不一样。圣诞之夜他总是在家里慢悠悠地装点着小圣诞树，从来不伊尔卡的照片，我望着望着，终于想到我这张照片还是我在家里、过着幸福生活时候照的，那时我们住在一所漂亮的小洋楼里，家里有帕卡德牌轿车，有两个女仆，我还有位家庭教师。那张照片是我十六岁时照的。实际上我当时将我们俩的照片合在一起，只因为我们两人都很年轻，我当时一心只想着要当个像拉·杨娜那样的舞蹈家哩……

当那位编辑布尔达将斯洛伐克姑娘带到依尔卡·什梅卡尔的地下室时，我一眼就看出点门道儿。我一看到沃拉吉米尔瞅那姑娘的眼神，便为之一怔，意识到这就是典型的一见钟情，沃拉吉米尔恋爱了！这姑娘就是他生命攸关的心目中的伯爵夫人、女伯爵！而她果真是贵族家庭出身。我丈夫给我带来一个令人高兴的消息说，那姑娘在斯洛伐克有座三层楼的文艺复兴时期的房子，建在一个广场上。说她名叫黛卡娜，这名字她一来地下室就向我们自我介绍过了。当说到她没有住处，她需要在依尔卡这儿暂时借住几天时，我便马上知道她准是离家出走，像现在时兴的那样。这我倒不觉得有什么要紧，我只是怜悯沃拉吉米尔竟然生死不渝地爱上她。我买完东西回来时，走过依尔卡地下室附近，亲眼看到了这一点。沃拉吉米尔在那间地下室，在那间依尔卡摆了一台巨型压力机的房子里亮着的大灯泡下面走来走去。在那角落里，为了让每一个从热尔多维酒家的地下室窗口旁走过的行人都能看到，沃拉吉米尔摆了两张床垫子。我站在那里看着，简直像在梦里一样。那里还有一个看到了，沃拉吉米尔实际上知道有人在看他，他不仅不在乎他是不是被人看见，而且他还故意招人，他希望让人看见，有点儿像上台演戏……天早已黑了，我看的时间越长，就越不想离开或不再看下去。我看到沃拉吉米尔如何跪在那伯爵夫人面前，而她则仰面躺在铺着一块红毯子的床垫上，两手交叉放在脑后，双腿蜷缩着。我简直为我所看见的情景而冒汗：沃拉吉米尔抚摸着她，微笑着沉浸在幸福之中。我看到，连这位伯爵夫人也整个地在沃拉吉米尔眼里溶化了，用指头触碰着他的嘴唇。最主要的是连那伯爵夫人也知道，那两个一半露在人行道上的小窗子是故意敞开的。连她也跟沃拉吉米尔一样同意让每个过路人来观看这两个相爱的人，这使我感到一种虚伪的羞耻。我在那里为这两个人感到害臊，因为我无法想象自己能这样让人家观看，甚至像沃拉吉米尔和黛卡娜那样来吸引那些好奇的目光。有好几个行人的的确确在这里停步朝下面看，对他们所见到的情景相当着迷。有的人挥一下手或吐一口痰，继续往前走去；有的留下来观看沃拉吉米尔和黛卡娜。我仔细看了一下，发现这些看热闹的人中有一个竟是我丈夫。从这一刻起，我已不再朝下看那地下室，而是望着我丈夫，他连眼睛都不眨一下，满怀钦羡地看着他的朋友沃拉吉米尔。如今我已经猜到，实际上这个沃拉吉米尔是在那里表演，在地下室演戏给他的朋友乃至依尔卡看哩！因为从过道到这车间的门也是开着的，从门外射进来一道黄色斜光，连依尔卡也肯定在看这场戏。对，依尔卡现在走进了他的工作室，将一块锌片拿到压力机这儿。这时沃拉吉米尔重又跪在已经站起来的黛卡娜面前深情地望着她，她亦朝下望着沃拉吉米尔的眼睛。依尔卡却站在房间的另一个角落里极其专心地察看他的锌片，肯定又要印制下一只蝴蝶了。我看到依尔卡在翻来覆去地检查这块闪光的锌片，反光掠过他的脸部，我还看到，依尔卡的白大褂已被黑色的油墨和油画颜色蹭得脏兮兮的，连依尔卡站在这里也想让每一个从热尔多维这条街走过的行人都看到一位版画家在这里工作、一位画家在这里工作。他没有什么可感到害羞的，恰恰相反，他想让每一个人都知道，这样的版画家、画家连晚上、夜里都在工作。我丈夫从腰上起被地下室射出来的灯光照得通亮，他叉开腿站在那里，这时两只手又摊开扶在墙上，更加聚精会神地望着下面的沃拉吉米尔和黛卡娜。我于是抬起腿来，仿佛偶然碰着了我丈夫，我装做刚刚来到这里，只是顺路经过这灯火通明的地下室。我丈夫拉着我的手，指着那下面低声对我说："小姑娘，你看到那里的情景，这也是沃拉吉米尔的艺术推动力之一。展示艺术，与艺术一道充当水仙花。你现在看到的他，就像他在五一游行队伍前头举着国旗那次一样；就像他在所有的小酒馆、所有公开场合所展示的那样；就像他那带着压抑的心情那样。你现在看到的是一个善于选在有人进来、给他剪断绞索的时候的上吊者，这里你也能看到他带着他骄傲的谦虚免费将他的版画扔给每一个对它们感兴趣的人。"通向地下室的门开了，灯光射到人行道上。从台阶那儿先露出一个能装十公升啤酒的大罐子，紧接着是依尔卡，仍旧留着黛卡娜给他剪的那个发型。他这加拿大式的发型使他那对漂亮的忠诚的眼睛位置上移了。然后他站到了人行道上，指一下那地下室，他的罐子在灯光照耀下光芒四射，这时像一个筛土的筛子放在用密网挡着的窗子边，他耸耸肩膀说："这本来是打算做我的画室和我未来的画廊的，眼下全没了！"他提起罐子准备走，并请我们下去坐坐，说他马上打啤酒回来，说今天已经是第二罐了，说他已经被他在他画室里见到的这情景弄得糊里糊涂的，不知见证了什么、害怕什么，还会发生什么。他补充几句，说着便已离开老梨树下的水泵。这个夜晚还不知道会怎么样哩！可我丈夫却吸了一口气，甜滋滋地眯起眼睛。他被所见到的一切弄得不只是兴奋，而且非常激动。因为他大概从来没感受过这个样子的沃拉吉米尔，这样一个掉进爱河的沃拉吉米尔他从来没有见过；他甚至没敢去想沃拉吉米尔竟然能够被爱情弄得如此绝对地彻底地而又如此美妙地糊涂呆傻，被这伯爵夫人黛卡娜搅得如此兴奋如此烂醉。我们走进通向那凉飕飕的过道的门，右边是通向依尔卡未来画室的门，也敞着。沃拉吉米尔现在正在水泥地上大步大步地迈着，颠三倒四地在给黛卡娜讲些什么。黛卡娜重又躺在红毯子上抽烟，大口大口地吸着，每吸一口抬一下拿烟的手，被强烈灯光照着的烟雾直升到房子天花板上什么地方。这时沃拉吉米尔又跪下来，撑着两手俯身望着黛卡娜，仿佛在朝一面镜子里看，朝一口可以在圣诞之夜读到自己命运的井里看，仍然是那么专心致志，怎么也看不够从黛卡娜的眼底里所见到的一切。我丈夫在对他们欣赏了个够之后，敲敲门框，又敲了一次门框，可恋人们还跟原来一样，没有听见，没有看见，或者装做没听见没看见，完全沉浸在他们自己的事儿里，也因为人行道上的人们在看着他们。我和我丈夫站在过道门里敲着门，沃拉吉米尔肯定听得见，可是他继续在装听不见，继续在演这一幕不是关于爱情，而是表现爱情的戏。依尔卡也已经提着那罐十公升重的啤酒艰难地一步一台阶地走下来，啤酒泡沫不断地往下滴，每级阶梯上都有一块白色泡沫印儿。于是我们进了厨房和依尔卡的工作室。走廊上的门，通向画室的门都任它敞着。沃拉吉米尔重又在画室里来回地走，两手捶着胸口，与其说他在说话，不如说他在呻吟，仿佛待在一块玻璃后面，一块厚厚的鱼缸玻璃后面，能听见他的声音，可是他离得很远很远地讲述自己，他的生活和他想要成为最棒的那种愿望，说可是现在他认识了黛卡娜，她便成了他的一切、他的生命，他什么别的都不想，只想她永远和他在一起……我们在喝啤酒，透过敞开的门瞅着沃拉吉米尔。依尔卡甚至站起来，将啤酒罐推到沃拉吉米尔跟前，可是沃拉吉米尔没看见啤酒罐也没看见依尔卡，他什么也没看见，他的世界现在只有他和黛卡娜。我们所有从窗子和门看着他和黛卡娜的人都是他的自白、他那装腔作势的大手势和举动的目击者，我还在当姑娘的时候曾经见过利贝雷茨最棒的舞蹈演员哈拉尔特·克莱乌兹贝克，只有他能用舞蹈来表达他的感情、热情和愿望，就像沃拉吉米尔用一个长的手势、用他的长臂将啤酒罐推开，继续弯着腰在黛卡娜的眼睛里寻找他刚不久说出话的凭证，在继续盯着黛卡娜眼睛的同时还用他颤抖的手指从纸烟盒里掏出一支烟来，交到黛卡娜的手指间，刚不久正从她的手指间掉下一个烟蒂。沃拉吉米尔然后像在梦中一样帮她点燃这支香烟，划火柴，然后等着火柴头燃起火苗，再将燃着的火柴递到黛卡娜跟前，黛卡娜深深地吸一大口，又将烟雾吐出来，沃拉吉米尔礼貌周全地等着，抬起的手里还拿着那根火柴，等到它快要烧完了，沃拉吉米尔便将它送到黛卡娜的嘴边，她则抬起来将余火吹灭，沃拉吉米尔还拿着那根火柴棍儿，在电灯泡猛烈光线照射下，他和黛卡娜都望着那一动不动的火柴棍上冒出来的一丝呛人的青烟。依尔卡坐下来，样子很忧伤，他微笑得让人觉得还不如痛哭一场、骂一通娘的好。他望着、微笑着，在他的笑容里包含着他的委屈，即沃拉吉米尔就在黛卡娜到依尔卡这儿借宿的第二天，就在对依尔卡来说过了一个珍贵的白天、傍晚和一夜的第二天早上，沃拉吉米尔便来将黛卡娜带进城，回来的时候便带回了床垫、吃饭的刀叉和毯子，并在冰凉的水泥地板上铺起了床，用摊开的《红色权利报》在地板上一铺，便有了他们自己的桌子，就像依尔卡忧伤地说到的那样，从这个时候起，他与沃拉吉米尔便没说过话。沃拉吉米尔这样已经三天了，他只吃一个肉卷、一小片面包，喝点儿咖啡、一瓶葡萄酒，就这么一会儿走着、一会儿躺下，然后起床。白天也亮着两百支光的大灯泡，他只是一个劲儿地讲呀讲呀，走来走去。沃拉吉米尔简直是在跳舞，他不管说什么，正确地说都打着他这些可怕的手势作为伴奏……这是依尔卡说的。然后他想了个主意：拿着一块画着蝴蝶的小板儿，走进他的作坊，在两百支光的照明下，重又打开他那可怕的巨型压力机，露出那块钢板桌面，依尔卡重又将凹模擦亮，抹了一厚层颜色，这是从一个五公斤装的桶里拿出来的，足足有两大桶黑色颜料摆在旁边，这不仅够依尔卡用一辈子，用它来印版画的话，都够他儿子、孙子用一辈子了。依尔卡将绒面板放进去，底下放上阴模，扣上小印版和绒面垫子，然后一按电钮，发出一声巨响。我们看到所有那些远远地待在带铁丝网的窗子那儿观看沃拉吉米尔和黛卡娜的人，都被压力机的巨响吓了一跳。我们只能看到他们露在窗子那块儿齐腰以下的两条腿。但有的蹲了下来、缩着身子用手紧紧抓住铁丝网，望着下面那台巨大的压力机。它正将一个里面装着即将问世的一张小版画的薄薄的小包推到另一头。依尔卡一抬眉毛，当他看到有这么多人挤在他的窗口时，便伸出一个指头，转过脸来，侧着耳朵细心聆听，看那机器是不是运转正常，好像有个什么声音让他觉得不大对劲，然后又看了一会儿，仿佛有什么看不清楚，他将机器停下来，可它显然通过了什么障碍，又照常运转起来，于是依尔卡点点头，既对窗口的那些观众，也对我微微一笑。我看出，连依尔卡也是这么可怜的人，也喜欢表演，像沃拉吉米尔喜欢演戏一样。因为他关于自己也有个难以抑制的想法：即自己不仅将要是，而且已经是一个顶呱呱的画家，虽然不是在大幅画方面，但恰恰相反，正是在这些微型画方面，作为一名版画家和油画家。他整个的一生都将用这些微型蝴蝶来装饰那幅比真人要大的画像，这幅用油画颜料做成的画像像是他的父亲，他像一个被枪弹击中的人，实际上是一个躺在草地上睡着的人，梦见他周围飞舞着不仅是欧洲的，而且是非洲和亚洲的所有品种的蝴蝶。他的父亲将像上帝般地睡着。那上帝创造了万物，也包括蝴蝶，因为正如依尔卡所说他父亲实际就是上帝，之所以总睡着就因为他是上帝，真正的上帝实际上总是睡觉，因为万物都是根据在六天之内创造出来的那样活动着，从这个时候起上帝便一直躺着……压力机在哐啷运转，发出的巨响吓得人行道上的有些观众捂住耳朵，可是沃拉吉米尔仍然在水泥地板上来回走动，步子轻得像走在薄冰上，两只手在胸前交叉着，然后又慷慨激昂地举起双手，嘴里滔滔不绝地说些大概只有他自己能懂的什么话。如今盘腿坐着的黛卡娜仍在抽烟，沃拉吉米尔从这里走到那里，眼睛却一直凝视着黛卡娜的眼睛。黛卡娜只得总是慌慌张张地点点头，一会儿又表示吃惊的样子，然后又使劲侧过身来表示同意，因为沃拉吉米尔对着她整个地弯下身来，摊着双手僵在那里等着她的回答……这么大的一个等着回答的问题，这会儿把我丈夫也吓着了，他轻声说："如今那黛卡娜的下场会跟德斯德蒙娜①一样。"依尔卡也许因为手笨，也许故意举起那块大钢板，让它掉到镶在压力机边上的一根木条上，咣当一声巨响，像炮弹出膛，连同钢板掉下的木条在地板上如同火柴棍一样咔嚓碎了。大概这声巨

① 德斯德蒙娜为莎士比亚悲剧《奥赛罗》中的女主角。

响和压得四处飞溅的木屑吓坏了站在窗边的看客，他们一下都跑散不见了，仿佛被这一巨响甩到了热尔多维街的那一边，一直到铁轨栏杆的对过。可是沃拉吉米尔一动未动，一直等着黛卡娜点头。他用眼睛拥抱了她，又继续绕缠着黛卡娜的眼睛，仿佛继续拴在一根套索上绕着黛卡娜跳舞，用他那只犹豫不决的手示意着：黛卡娜将要讲述的，黛卡娜将要询问的，如今将决定他的生死存亡。可是后来发生了我所不能承受的事情，我说："我想回家了！"

沃拉吉米尔将放在屋角落的两个装着柏油的桶子提过来，那是依尔卡准备抹在窗子下面墙上防潮湿用的。沃拉吉米尔打开其中一个柏油桶，用刷子蘸上柏油便往依尔卡细心粉刷一白的墙上涂，就像在一张大画布上大刀阔斧地涂起来，接着又蘸上滴滴答答的柏油往墙上涂抹。这会儿他已经不在演戏，这会儿他是绝对的全神贯注，大手笔地装潢着那面白墙，仿佛在借用这黑色从他内心把一切，他想要消除的一切不洁之物充分表达出来；也可能他想通过这些往下淌着的长条来发泄一下，以表白自己，以尽量更浓更密地涂脏这块雪白的墙壁。我丈夫看到依尔卡想要干预，听到依尔卡在嚷嚷："我要揍扁他！这是我未来的画室我未来的画廊啊！"我丈夫连忙拦住依尔卡，含糊不清地说："依尔卡，请开恩随他去！我们什么时候将有这样的荣幸看到沃拉吉米尔在大幅画布上作画？你知道那位波洛克大概是怎么作画的吗？是在地板上！"可是依尔卡受不了，他抱怨说："可是博士啊！他已这么没完没了地折腾四天啦！

这第四天已经折腾得无以复加了！我也需要工作呀!”我简直没法看那沃拉吉米尔。可是那位伯爵夫人却因沃拉吉米尔的表现而非常兴奋地站在那里，她的目光给了沃拉吉米尔莫大的力量，以致使他用更强烈的色块在前面的墙上尽情地自我表达起来。这面墙很快便被这些颜色和黑道道所覆盖。我一心只想回家，可是我丈夫在接着训导我们说：“我们是一件非凡事件的见证人。依尔卡，我在一本书上读到过，说一条母鲸快要成婚时，三条公鲸伴着它一直游到南极某个地方，三条公鲸围着母鲸在海里跳舞长达一千多里。依尔卡，当它们游到某个地方的时候，便由其中的一条公鲸使母鲸受精，这一爱情行为总共不超过三十秒钟，在这期间，另外两条公鲸便驮着母鲸以免折断。依尔卡，你要理解沃拉吉米尔那四天类似母鲸和它的情侣游了一千多里之后的那一未超过三十秒的爱情行为。依尔卡，我的天哪，我们也正如那两条公鲸，在这里只是为了支撑着沃拉吉米尔免于折断哩!”沃拉吉米尔又打开了第二桶柏油，站在外面人行道上的观众们伸着头弯着腰、眯缝着眼睛在专心致志地看着沃拉吉米尔表演的这场戏，可我却一个劲儿地请求说我想回家。沃拉吉米尔如今已不再是画而是用刷子蘸上满满的一刷柏油往墙上甩，柏油从墙上往下淌。我丈夫继续训导我们，仍旧那么兴致很高，更确切地说他在自言自语：“这简直就是斯达夫罗金，那个来自别希的美男子嘛！他就曾经这样涂抹了整个的沙皇社会，将他的泔水泼在它的脸上，将他的肠子甩在它脸上，仅仅为了获胜、不惜一切地摄取胜利，而最后却吊死在一个空无一人的顶间里。”“我想回家，”我请求说，“咱们回家吧！”依尔卡还在低声抱怨说：“要是有人告发我，说我们在这里胡折腾，民族委员会撤销租赁，我既不会有画室，也不会有展览厅，连个住的地方都会没有的……”而沃拉吉米尔如今端着那几乎空了的柏油桶，把剩下的柏油以及颜色全倒到墙上，然后怀着极大的悲痛仰面倒在地上，仿佛一个被砍倒的人，仿佛刚从悬崖上掉下来。黛卡娜俯身于他，惊讶得用手捂住脸。我丈夫从罐子里喝了一大口啤酒，然后将罐子递给依尔卡。他们俩喝酒的时候眼睛还盯着沃拉吉米尔。沃拉吉米尔突然坐起来，抬起那英俊的头颅，然后站起来，跑过去，一头撞在那涂满柏油和油彩的墙上，仿佛在倒出自己灵魂似地在墙上胡乱涂蹭一通，这还觉得不过瘾，如今站在墙壁前，像一头绵羊用脑袋击撞墙壁，湿淋淋的额头撞在墙上，眼睛周围全是斑斑血迹。沃拉吉米尔站在那里，继续撞着脑袋。黛卡娜慌忙跑到过道上，冲进厨房里，哭着向依尔卡和我丈夫呼救。他们两人立即跑进画室，沃拉吉米尔已经躺在这未来画室和展厅的墙壁跟前，墙上那还在往下淌着油彩的画面上印着他的头像，好像有人将柏油甩在墙壁那吸足了水的蘑菇上。可是沃拉吉米尔如今已经躺在地上昏迷不醒。我丈夫和依尔卡抬着他那瘫痪的身躯，将他放到过道上。依尔卡提来一桶水，跪下为沃拉吉米尔洗了洗脸和额头。我实在忍无可忍，便冲着黛卡娜使足劲喊道：“您是疯了还是怎么的？你们都在这里发什么疯嘛！我的老天爷，你们演的是什么滑稽戏嘛！”我又转向我的丈夫，冲他嚷道：“你也疯啦，你怎么能看着你的朋友这样呢?”可我丈夫不慌不忙地给沃拉吉米尔擦洗着额头，将湿毛巾敷在他的后脑勺上。沃拉吉米尔睁开了眼睛，微微一笑说：“博士，您都看见了!”我丈夫说：“沃拉吉米尔，您大概将这样地生活一辈子。”沃拉吉米尔将他黑乎乎的手放在我丈夫的手背上说：“您都看见了，这很美吧！博士，您说呀，这怎么样?”连黛卡娜也望着我丈夫，泪水夺眶而出，她用手背擦擦眼睛；连依尔卡也望着我丈夫，除我之外，他们都在等着我那位喜欢教训人的丈夫说话。我丈夫表情更加严肃地说：“你们看，凡高割下一只耳朵拿来给一位酒吧小姐以证明他的爱情，沃拉吉米尔您像艾玛·包法利夫人[①]一样已经达到了死亡的边缘，只为变得纯净，证明死亡和受伤对您来说根本不算一回事，您甚至蔑视它。沃拉吉米尔，我要是一翻哲学书，就能找出雅斯贝斯[②]的一条漂亮的具有界碑意义的名言：让自己变得清澈透明。沃拉吉米尔，我喜欢引用格言，您别责备我，别制止我喜欢我刚才想到的这句名言，它特别地适合于您，比对写这句话的人更适合于您……‘我将继续住在玻璃房子里，那里的一切都将是玻璃的，在那里我将看到每一个踏着玻璃台阶向我走来的人，在那里我将睡在盖着玻璃床单的玻璃床上，

---

① 这是法国19世纪现实主义文学大师福楼拜（Gustave Flaubert，1821—1880）的小说《包法利夫人》中的女主人公。

② 雅斯贝斯（Karl Jaspers，1883—1969），20世纪德国哲学家，为现代存在主义哲学奠定了基础。

床单上面或迟或早将出现用金刚石刻出的几个字：我是谁?’”我丈夫低声地讲述着，这些话语使这地下室变得安静，这些话语以埋藏在我丈夫言语深处的秘密充溢着这个地下室，连我也被这魔力征服了。这大概是我丈夫所说出的第一次恰当的话语。我看到，连沃拉吉米尔也是透明的，连整个这间地下室、这些墙壁也都是玻璃的，沃拉吉米尔是在玻璃床上展现了自己，他盖着的是自己那块透明皮肤的玻璃床单，从而能看见沃拉吉米尔那颗疯狂的心。他如今躺在那里微笑着，撑着胳膊肘子躺在那里微笑着，对着那位如今重又容光焕发、望着沃拉吉米尔眼睛的黛卡娜微笑着，仿佛在这玻璃的地下室里发生的一切都将她和沃拉吉米尔永远地联系在一起。而当我看到这在我生活中还从未见到过的两位恋人如此深情地彼此凝视时，心中泛起一丝痛苦，低声说：“我想回家。”我嘴里虽这么说，心里却不想回到堤坝巷那个家去，我不想跟我这个丈夫一块儿去。突然非常怀念那个抛弃了我的伊尔卡，每当我最难受的时候，他便给我演奏吉他，我非常非常向往那伟大的爱情，只有在小说中、在爱情电影中才有的爱情。我在这间玻璃地下室里所见到的一切我都经历过，可这都是很久以前的事了。实际上我也曾因为爱情而不想再活着，当我的恋人抛弃了我而跟别的女人跑掉，我像一口装着脏衣烂衫的箱子被扔在大妈家里的时候，我曾因为失恋想离开这个世界哩！……

依尔卡·什梅卡尔已经刻骨铭心地恋爱了，他睡不着觉，也没心思在那台巨型压力机旁干活，连喝啤酒也没有胃口。依尔卡也希望身边有个知心人，就像沃拉吉米尔有黛卡娜一样。她和沃拉吉米尔一起去上班，在切卡德公司学车工，沃拉吉米尔简直生活在他幸福的顶峰。早晨他们在热尔多维地下室一块儿起床，黛卡娜穿着一身美式劳动服，连上班也像孩子一样同沃拉吉米尔手拉着手，一块儿下班回家，在地下室的煤气炉上做饭。依尔卡孤零零的一个人，沃拉吉米尔的母亲也是孤身一人，因为沃拉吉米尔恋爱了，除了黛卡娜之外他什么也看不见什么也听不见。黛卡娜成了他的未婚妻、情人。而依尔卡爱上的那位姑娘名叫赫莱恩卡，一名商店售货员，是位胖乎乎的大个子姑娘。依尔卡请她来到这间地下室之前，整个上午都在布置他的工作室，他的这画室，把他所有的素描和油画加上版画都拿出来挂在画室里，仿佛一个拍卖会，连巨型压力机上也恰当地挂上画，所有墙壁甚至走廊墙壁上都是画，连上学时的习作也挂出来。依尔卡还买了一件过去画家们常穿的那种白夹克，一顶富有诗意的大贝雷帽。桌上摆了一本打开的伦勃朗①和普尔基尼②的专题论文集。我们坐在这里的时候，赫莱恩卡来了。依尔卡一个劲儿地只谈他的未来，他伟大的抱负。我丈夫介绍了一通依尔卡的作品，仿佛是在展览开幕式上。他说全世界都在画人物画，抽象画已在消退。接着我丈夫从一张画走

① 伦勃朗（Rembrandt Harmenszoon van Rijn，1606—1669），荷兰著名画家。
② 普尔基尼（Karel Purkyne，1834—1868），捷克画家和美术评论家。

到另一张画介绍说，依尔卡的作品继承了普尔基尼的风格，这个可见的世界是他借以艺术地表现的缘由，让他告诉人们他爱他们，他对人们的爱博大得将拥有自己的观众，最主要的是他将拥有自己的客户。沃拉吉米尔也走来观看一番。他带着微笑听着看着。我看到沃拉吉米尔对这一切都不怎么瞧得上眼，他看我丈夫的那眼神直像看着一头应该宰掉的野兽。当我丈夫说完话，当依尔卡穿着那件长到膝盖的没有熨烫过的白短大褂坐在那里时，沃拉吉米尔对我丈夫宣称说他最好去买件长便袍，还劝我给我丈夫买双时尚便鞋，又对依尔卡说他要是在画面加上一辆拖拉机或是在背景上至少添一个工厂烟囱，他一定会在创作上取得很大成就，一定能在洪波尔采或可能在赫卢麦茨的县级比赛中得个什么奖。他说着穿过过道，继续在这宽大的地下室里来回走着，继续发表他的议论。黛卡娜仍然躺在缝出花饰的毯子上仰面抽烟，继续每隔半小时煮一杯浓咖啡。依尔卡坐在那里望着他胖乎乎的姑娘，她正在抽烟，可从来没抽完一整支烟，好像有点张皇失措，因为她比依尔卡整整高出一个头来。她刚一开始抽烟，便又心烦意乱地将它掐灭在烟灰缸里，然后又拿起另一支烟。依尔卡为她点燃每一支烟：划火柴，等待片刻，然后用他颤抖的手将烟点燃。我丈夫继续装做很喜欢他的画的样子，从一幅画走到另一幅画跟前。我却有点儿可怜依尔卡，因为那姑娘并不喜欢他，似乎把她跟依尔卡有点什么关系视为一种耻辱。穿着白色绘画工作服的依尔卡拿着一把黄色折叠尺在墙上量来量去，指指点点说这里将摆上一个装所有画具的柜子，另一个柜子则装上各类颜料，再一个柜子将用来装雕刻刀、凿子，因为依尔卡还将做雕塑，用菩提木和梨木来刻东西啊！因为他面前展现着在人物画方面一定能出头冒尖的前景啊！因为他已经向美协申请当个会员，作为美协会员他将得到来自大商场、新学校和所有公共场所的订货单，对于画家和造型艺术家的大门是彻底敞开着啊……可是赫莱恩卡却神经质地看一下表，说她必须回家了。她住在法伊卡尔纳附近罗可斯酒家的二楼上。当她一起身，我便意识到，连我都不会愿意跟依尔卡搞对象，这位赫莱恩卡站着，仿佛越长越高越长越高，仿佛一块块建筑方石块在往上码，她必须弯着身子才能走过门框，这赫莱恩卡是个巨人……连我丈夫也被她的个头吓了一跳。他故意走到她身边去站着，发现赫莱恩卡比我丈夫还高。当依尔卡跑到她前面替她打开门，陪伴着，两人的高矮比例就像我见过的一座雕塑群像，伏尔塔瓦河与马尔谢河之比，一只老猫与长得高大的猫崽之比。我丈夫拿起一张版画观赏着，这是一张反映伏尔塔瓦河河湾的版画，在利本尼桥下总停着一条用两根粗缆拴到岸上的大船，那里还架了一块上船的木板，船上的两侧有小窗户，船头有个小房子，这么一个小亭子，上面还有一个冒着烟的烟囱。我丈夫说依尔卡必须把这张画让给他，他得从依尔卡这儿买下这张画，他这么重复说着，手里恭恭敬敬地拿着那张画。依尔卡走过来时，我丈夫接着说："这幅画我要挂起来。当我和沃拉吉米尔住在堤坝巷的第一年我们常在这里游泳，沃拉吉米尔在这里画过画，这儿搁浅着一条小机轮，一艘舱轮，上面洒满了午后的阳光……”依尔卡想说点什么重要的事情、想问点什么，可我丈夫举着手，表示他还没把话说完，给人一个明显的印象是他所说的都是值得注意的。于是接着说：“当我们游够了，便从脏水底下蹚到河面上，然后便躺到这船上被太阳晒得滚烫的木板上。在太阳的照射下，茨冈小孩们跟我们一块儿游着，他们总跑到这舱船的小烟囱那儿去拉屎撒尿，大概所有的茨冈小孩都爱到那儿去拉屎撒尿。岸上有一家能容纳好几百人的沃拉斯达大饭店，这里曾经有座河堤，布拉格人常带着孩子到这伏尔塔瓦河周围来郊游，他们周末郊游时常打沃拉斯达大饭店这儿过，然后沿着罗基特卡小河一直走到贝尔茨·迪罗尔克。依尔卡在画面的背景上画了沃拉斯达，在沃拉斯达大饭店旁边曾经有过一家杂货铺，我和沃拉吉米尔在这儿游泳的那个时候，这杂货铺还卖过网，编网的人还曾经坐在这铺子里。店铺橱窗里有一幅标语，上面写着：‘我从水底捞起所有沉没的船只。详情请问该店铺。’好！我买下这张版画了！依尔卡，给你二百克朗，够吗?”依尔卡抬起他那双诚实的眼睛，低声说：“博士，我免费送给您吧！……可是我想问……”我丈夫将两百克朗折起来塞进依尔卡的上衣口袋里。依尔卡终于问道：“你们觉得赫莱恩卡怎么样？你们已经看到她是多么地温柔了吧？她也很柔弱，你们认为呢？我想教她画画。”我丈夫说，她的确是一位柔弱的姑娘，说他很久没有见过这样令人神往的姑娘了，说他希望依尔卡的爱情能得到回报，就像在大工作间的那位沃拉吉米尔与黛卡娜之间的关系那样。依尔卡专心听着我丈夫所讲的。我从来没有见过如此忠诚的眼睛，像聆听千真万确的真理一样地听着我丈夫的话。当我已经开始出汗时，我干脆神经质地点燃一支香烟，因为我看到，现在该轮到我了。果然，依尔卡也来问我对赫莱恩卡这位大食品商场售货员的印象。我注意观察依尔卡的眼睛，他看着我的那神情恳切得使我一下改变了主意，本来在赫莱恩卡待在这地下室的整个期间和她走了以后的这段时间里，我都在准备着要把我丈夫臭骂一顿，并把我真实的看法告诉依尔卡，如今我突然认识到我要是这么做了，就会伤害依尔卡，不知他会冲动得干出什么事来，我就会像抢了一个孩子的玩具一样，那么残忍，于是我对依尔卡说："赫莱恩卡的确是一位可爱的姑娘，最主要的是她对绘画感兴趣，我很乐意也许在以后教会赫莱恩卡像我一样绣图。"依尔卡扑到我的脚前，跪着求我，一个劲儿地求我从头教给赫莱恩卡怎样绣图。他说他可帮她在稀疏的帆布上打个草稿，让赫莱恩卡绣出那幅睡着的《父亲的梦》，说他将在布上轻轻标出在他父亲周围飞舞的各类蝴蝶的颜色。后来我们走出地下室来到热尔多维街上，我们沉默不语，在地下室目睹的情景仍旧浮现在我们眼前。街上略微有些暗黑，煤油路灯如蛇一般发出咝咝之声。等我们回到家里，我丈夫便生起炉子，火焰很快上蹿。我跟平时一样立即上床躺下，博士则和衣而卧，我们的头几乎碰在一起地躺着。博士关了灯，只有炉灶里的炉渣在闪光。我们分别躺在呈直角摆放的沙发床上，摊开的手握着手，重又回味着我们在地下室里目睹的情景，慢慢入睡了……仿佛我们商量好似的，我们都避免说起在依尔卡画室里那个晚上。依尔卡有时在我家门口等着我们，他已经不能站着等了，便像贝比切克·斯瓦特克一样蹲着、坐着等。有一次他甚至和贝比切克一起蹲在瓦尼什达先生的酒家喝啤酒。依尔卡邀请我们去参加他与赫莱恩卡的约会，甚至说下一周便是他与赫莱恩卡相识三个月纪念日，邀请我们去参加庆祝他们订婚的活动。贝比切克对我们说，他学漆工出身，他夏天有空将为我们漆好所有门窗。就这样依尔卡邀请了我们，贝比切克叙述了整个工作程序，他们两人挨着坐着，活像两只大鸬鹚，两只动物园鸟棚中的鸟……于是我们同他们一道回到瓦尼什达先生的饭馆里喝啤酒。整个饭馆就像疯了似的，大家都在喝酒，因此大家都说空气中有股什么焚风或者太阳黑子，泊仁卡太太跟邮政局长在一起，一杯接一杯喝，已经在研究太阳黑子对人体的危害。瓦尼什达先生已经有些抱怨，可总也不管用。泊仁卡太太的块头儿的确跟赫莱恩卡、这位依尔卡未来的未婚妻的不相上下。她的眼睛仿佛泡在酒里，她整个人都淹没在酒桶之中，啤酒已没过她沉重的双腿、涨到了她的嘴边，如今这啤酒已经渗进她美丽的大眼睛里。贝比切克喊道："拉佳，这儿来三杯啤酒！"依尔卡坐在角落里，脑袋趴在桌子上，我想他就这样在休息，依尔卡的个子果真不比贝比切克大，那贝比切克坐在桌旁时嘴巴刚好能够着酒杯喝酒。泊仁卡太太四处送酒时，她庞大的身影像一床被褥将依尔卡盖住，又好似一片乌云低低地掠过田野。当依尔卡站起身来与泊仁卡太太碰杯时，他不得不向后昂着头，以便看到她的眼睛。泊仁卡太太不管跟谁碰杯，都要求说："为健康而干杯！眼睛相对而望！"依尔卡继续在向泊仁卡太太讲述他的赫莱恩卡有多么温柔多么可爱多么漂亮。他走到泊仁卡太太后面，在讲完这一切之后，补充一句说："泊仁卡太太，我的赫莱恩卡恰恰跟您一般美丽。"泊仁卡太太笑着说："你这个流口水的毛头小子！"说着轻而易举地像搂起一个小孩一样将依尔卡夹在腋下，两对醉眼彼此望着对方醉醺醺的脸，依尔卡的双脚从泊仁卡太太的膝盖那儿耷拉到地板上。泊仁卡太太吻了一下依尔卡之后便放下了他，走到酒柜台那儿灌下一杯酒……我们穿着结婚时的服装，买了一束花，傍晚去到热尔多维酒家地下室准备参加依尔卡与赫莱恩卡的订婚礼，当我们来到地下室的画室里，只见依尔卡缩成一团，忧伤地躺在被子里痛苦地对我们说，赫莱恩卡不想跟他，她已经对他这么说了。他说唯一的搭救者是我丈夫，说我们必须对赫莱恩卡表演一出像沃拉吉米尔同黛卡娜演的那样的戏：那天晚上沃拉吉米尔往墙壁上撞破了自己的脑袋。依尔卡让我行行好去求赫莱恩卡，说她只把我当做她唯一可信赖的，说我必须去到她那里，一直等着她从那大商场走到赫拉夫尼街上，说我必须将她带到这里来，让她看到依尔卡如何为她、为爱情而受煎熬，说他离开她简直没法活……依尔卡说着请求我一拳打得他鼻子流血，说他自己下不了手……于是我将花束插到盛水的罐子里。快到六点时，我在商店门前看到听到姑娘们已在拉下橱窗上的卷帘门，我一直等到彪形大个子姑娘赫莱恩卡走出来。最后我请求她说，依尔卡想最后见她一面，他由于爱她而病倒了。赫莱恩卡看了一下表后点点头，然后我们便默默地穿过赫拉夫尼大街，一辆客车从火车站朝铁路过道关卡这儿开过来，顿时我们都在茫茫蒸汽中，火车头和车厢从我们面前开过，使我回忆起我和我丈夫也曾与法蒂一起站在铁路边，火车也是这样从我们面前开过，距离近得伸手就能碰着。法蒂伸手拿着火柴，火车划着了火柴，法蒂用它点燃香烟或者烟斗，车厢就这样一节节地在离我们很近的地方开过去。后来拦路杆抬起来，我们默默在走过铁轨，然后便走在热尔多维街上了。在一个生铁泵旁边，在一棵老梨树下面的一张条凳上坐着贝比切克，他的胳膊肘撑在膝盖上抽烟，还戴着那顶礼帽，在黄昏中微笑着向人们点头问好，继续东张西望。随后我们便沿着台阶走向地下室的画室去。下面一片漆黑，我借着台阶上的光亮走到地下室门口，打开门，我跟赫莱恩卡一样吓了一跳。进门之后，我关上身后的门，只见依尔卡满脸血糊糊地躺在被窝里，鼻子里的血还在继续往外流，他那对忠诚的眼睛简直是世界上最钟情的了。被子上是血，有些画上面也满是斑斑血迹，桌子上也是血。我丈夫穿着婚礼服坐在床边的一把椅子上，用责备的眼光望着赫莱恩卡嚷嚷道："您瞧瞧您都干了些什么！赫莱恩卡，依尔卡这么喜欢您、爱您……"依尔卡含糊不清地说："赫莱恩卡，离了您我没法活，您留在这里吧！"一片静寂，只听见关闭的窗子外边行人经过的脚步声。赫莱恩卡却完全另样地理解了这一切。如今她怀着极大的反感，眼睛里冒着怒火大声喊道："这就到头了！彻底地到头了！你们这些愚蠢透顶的蠢货！你用这一套鬼把戏来对付我！让我做你老婆？连最近一名牧放阉牛的人也比你要可爱些，即使你是个什么拔尖的人物，就像你常对我说的那样。我宁可嫁给打了我一个耳光的最后一名管家也不愿嫁给你，即使你是世界冠军我也不干，你这个大笨蛋！你知道你多么叫我感到恶心吗？你们所有这些讨厌鬼！你就是这么来代表艺术的？就是这样来演出这些歇斯底里戏剧的？"女庞然大物赫莱恩卡站在那里手指着依尔卡放声训斥。如今她跑过来，掀开依尔卡血迹斑斑的被子吼道："别再演这种滑稽剧了，蠢货！不为我，而为你自己也别再这么干了！你难道没有一点儿自尊心？你竟想让我看到你这副样子？你记住，只要让我碰到你，我就要让你吃拳头，我只要一看到你，说不准就会宰了你！"她用手指着他威胁着，仿佛这一切使她肠胃难受起来，她装模作样地指出她是怎么评价这一切的，还弯下身来，装作要呕吐的样子。结果她胃里真的一切都放松起来，冲着被子吐开了。肯定是因为下午姑娘们在商店后面要了几捆醋渍排鱼菜卷，结果几个鱼尾巴加上没有消化掉的一点儿土豆沙拉都吐到被子上。她愣了，可是当她环顾一下这画室，这血迹斑斑的被子和满脸血痕的依尔卡时，脸上又现出快活的神情，对自己的言行又点头赞赏，大笑着沿着台阶跑出去，得意地甩了一下玻璃门，撞得一块块碎玻璃掉到走廊上。依尔卡抬起他那对忠诚的眼睛对我丈夫说："博士，您说呢，她大概不喜欢我吧？……”

我丈夫有架小收音机，他总是把它调到维也纳台上，非常激动地听着管弦乐队演奏的交响乐。他听音乐的时候两眼望着窗外那一块扇形天空。这音乐带着他越过利本尼这些带外廊的楼房屋顶，飞到了别处。我在洗餐具，或者在猜纵横字谜。我丈夫叉开两腿站在窗前，随着这音乐飘走了。我故意使劲擦洗餐具，洗了一遍又一遍，因为我听不懂这些交响乐的内容，我也听不懂我丈夫向我解释的那些句子，他想方设法要把我拽进这动人的交响音乐里。他对我说，诗人艾略特、《荒原》的作者曾经写过这么一句话：音乐是正对着人心跳动的垂直线。可是我不懂这意思。每当他用交响乐的内容和小提琴演奏会来熏陶我时，我便开始扫地，故意拖动柜子、弄得椅子哐当响，我还故意往炉灶里添柴火，用铲子敲打木桶，气鼓鼓地关闭炉灶门，关了开、开了关，还故意洗涮玻璃杯。但我丈夫听不见我弄出的响声，或者听见了也不在意，因为这音乐已经把他带到别处，就像宁城我婆婆说的，他从小就心不在焉。我看到我丈夫毫不掩饰地泪流满面，被那音乐深深地打动，可他还一直朝上盯着板棚斜屋顶上那片扇形的天空。我因为没有那把打开音乐之门的钥匙，于是走出去，砰的一声关上门，没有好气地把门甩得很响，然后又走进来，打开柜子门，仿佛在寻找什么。可我丈夫仍然叉开两腿站在窗子前聆听着那小小的收音机里从维也纳电台播放出的交响乐。当小号、长号、喇叭和鼓声开始加强，我丈夫便把小收音机拿到手上，拨到最强度，整个我们的房间被这喧闹的声音所笼罩。这嘈杂的乐声透过墙壁传到院子里，到头来我宁可上街去买东西或到莉莎家去坐着，用彩线绣我的图画，让那号声鼓声喇叭声留在外廊上。要是维也纳没有播放他的交响乐、小提琴音乐会和钢琴演奏会，他便调到他喜爱的卢森堡台，以同样的激动心情听着爵士乐……这时候我便十分安静。这爵士乐把我们两人联系在一起，我坐在家里，即使外面出太阳，我们家也是阴暗的。在能够上下移动的灯光照耀下我坐在桌旁边猜着纵横字谜，边听着从卢森堡电台播放的米勒①和古特曼②。我和我丈夫都热爱阿姆斯特朗③动人的声音和他的小号。也喜欢巴锡④，喜欢他那在爵士乐队伴奏下轻轻地敲出慢四步爵士舞曲的胖乎乎的黑指头……我丈夫又站在窗前望着板棚斜屋顶上那块扇形天空，这斜屋顶上总有从高墙上掉下来的灰泥块和碎砖块，因为高墙的那一边，研究所的机器在测试钢轴和塑料的张力。从那里每天不分昼夜不规则地发出隆隆巨响，以及仿佛一个韦尔泰因牌的大钱柜从天而降掉到了这边的斜屋顶上。我们听着卢森堡电台的音乐，每当听到我

---

① 米勒（Glenn Miller，1904—1944），美国作曲家和长号演奏员。

② 古特曼（Benny Goodman），美国深受听众欢迎的摇滚乐歌手。刚去世不久。

③ 阿姆斯特朗（Louis Armstrong，1901—1971），美国爵士乐史上主要的小号演奏家。

④ 巴锡（Count Basie，1904—1984），美国钢琴家、作曲家、爵士乐史上杰出的大乐队组织者之一。

喜欢的歌曲，那使我感动的黑人的歌声、凯利[1]和西拉特拉[2]的歌声时，我便将小收音机拿过来，拨到最大音量，于是全楼都响着震耳欲聋的音乐、歌声，我的丈夫眼泪汪汪，我则哆嗦起来，几乎哭出了声，乃至没有听见楼上斯拉维切克太太在对我们喊道："你们是疯了还是怎么的?"我们最爱听的是卢森堡电台播放的阿姆斯特朗的音乐："我的上帝，请怜悯小内利·格雷吧!"这时我们便忍不住抱在一起，就像我们一周一次地拥抱在一起，我们在听这支歌曲时也紧紧地抱在一起，泪流不止。我们还打算买个录音机将阿姆斯特朗的音乐录下来……

我丈夫今天已做好黄蒿籽烤猪肉，还拿来些新鲜面包。邀请了他的朋友、大家称之为啄食老鹰的诗人科拉什先生，和他同来的还有诗人希夏尔。我去打了啤酒。科拉什先生可真是位谦谦君子，他还送来一束花，穿得很雅气。他善于穿灰色裤子，坐下的时候还拽了拽裤前的挺缝线，免得绷着了膝盖，他还系了条美观大方的领带，方块织纹的西服上装胸兜里放着一块小手帕。他掏出那块小手帕仔仔细细地擦拭着他的眼镜。我丈夫坐在那里，我从没见过他在这两位诗人面前的这种彬彬有礼和谦逊的样子。希夏尔先生并不像位诗人，更像一名屠宰场的工人，他穿着牛仔裤和牛仔上衣，时不时从口袋里掏出一把塑料梳子梳梳头发。他的头发又短又密，梳它时发出嗞嗞响

---

① 凯利（Grece Kelly），美国歌手。

② 西拉特拉（Frank Sinatra，1915—1998），美国流行音乐歌手、电影演员。

声，希夏尔先生在交谈中常爱说句："这可真是太奇妙了！"同时一支接一支地抽烟不止，把烟灰磕在地上或者随它掉在衣服上。我丈夫谈了一会儿自己的写作，可他的声音却是那么的没有把握，还不时咳嗽几声，常常忘了开头是从哪儿说起的。他红着脸，眼睛望着地上，毕恭毕敬地给诗人希夏尔点烟。科拉什先生拽一下裤腿，将一只腿搭在另一只腿的膝盖上。他说话的声音很洪亮："可是请注意！这种美国诗歌从一开始就有两根支柱：惠特曼和坡①，将美国文学推进到了二十世纪；而法国现代文学中的波德莱尔不仅翻译了坡，而且从他的诗中吸取了灵感。我们不能忘记，在巴黎有印象派画家们的展览时，我们这里是米科拉什·阿列什②占统治地位，当然，注意！我们还有自己的普尔基尼，我们有马哈③；还要注意的是，在巴黎已经有兰波所写的《地狱中的一季》和劳乌特列阿蒙特写的《马多罗之歌》，而我们这里则还是杨·聂鲁达④的天下。可是注意！我们的鲍仁娜·聂姆佐娃⑤远比法国的乔治·桑要

---

① 坡（Edgar Allan Poe，1809—1849），美国诗人、小说家和文艺评论家。

② 阿列什（Mikoláš Aleš，1852—1913），捷克画家，在他的画里刻画了捷克的历史和风俗，反映了19世纪捷克的民族觉醒。

③ 马哈（K. H Macha，1810—1836），捷克诗人，捷克革命浪漫主义最著名的代表人物之一，他的代表作为诗歌《五月》。

④ 杨·聂鲁达（Jan Neruda，1834—1891），捷克19世纪著名诗人，新闻记者、小说家、戏剧、文学、美术评论家、杂文家。

⑤ 鲍仁娜·聂姆佐娃（Božena Němcová，1820—1862），19世纪捷克最著名的女作家、捷克现代散文的奠基人，捷克民族觉醒运动的重要人物之一，代表作为《外祖母》。

伟大！她的爱情书信胜过美国的阿娜依丝·宁①。我还要让你们注意我们的画家西卡涅德尔，他第一个画了这样的画：一个工人从建筑场上掉下来，行人从他身旁走过却没能看到那摔死的工人，因为在他们与这悲惨的工人之间隔着一道篱笆。”诗人科拉什雷鸣般地说着，我看到他果然是一只啄食老鹰。我丈夫因为在出汗，便一个劲儿地低头望着地上。诗人希夏尔的烟灰磕在我丈夫黑拉吧唧的裤子上，时不时说上一句：“这可真是太奇妙了！”诗人科拉什又继续雷鸣般地吼起来，仿佛他是在一间有很多听众的大厅里作报告：“干艺术最美的一点莫过于谁也不必非干艺术不可，主要的是一个作家可以什么都干，可就是不能背叛自己的核心要旨。假如你有家庭，假如你不关心它，在艺术里这是允许的，但是请注意，你不能背叛和埋葬或者糟蹋你自己的才干！你作为艺术家所做的这些是有着决定意义的，因为艺术紧排在大自然之后，是世界上最残酷的。对，你说在焦街将废纸打包、装车的活儿使你感动，你能听到人们的交谈，喝着啤酒，等待着你的一瞬间的到来。可是何时到来呢？这不会从天而降，你必须为自己创造一个空间，你必须像普罗米修斯一样去拿取、去盗火。你弄得一身脏，下班回家，倒下就睡觉。你最好的精力在焦街、在酒家耗掉了。我的老天爷，你多大岁数了？”我丈夫轻声低语说：“四十三了。”啄食老鹰科拉什先生又吼起来：“我的上帝，有一半著名作家

① 阿娜依丝·宁（Anais Nin，1903—1977），美籍法裔女小说家。

在这种年龄都已经完成了自己的作品，他们中有些人都已经仙逝了。我自己有体会，机遇不是永远都有的。你注意，我们出生的那一刹那，死亡的细胞也就在闪亮了。眼下你没有孩子，那还等什么？劳动局不会来找你麻烦的，你就在家里待着！写！你写的《雅米尔卡》[1] 使你责无旁贷，你得坐下来，写！”我不禁露出微笑，因为我知道，我丈夫最害怕的就是这一点，害怕留在家里，仅仅给他留下写作的责任。我窃笑着走出去打啤酒了。诗人希夏尔用他的塑料梳子梳理着头发，继续将烟灰磕在烟灰缸旁边我的台布上，继续重复他那句：“这可真是太奇妙了！”等我提着啤酒罐和一些罐装啤酒从瓦尼什达的酒店回来，两位诗人已经在就着新鲜面包吃猪肉，从平底锅里切下一块块猪肉，蹭着锅底上的锅巴汁儿。科拉什吃得小心谨慎、斯文尔雅。我丈夫狼吞虎咽、像狗一样整块肉往下吞。希夏尔先生大概已经吃完了，或者是没有胃口，接着抽他的烟，这时将烟放在那波浪形的小烟灰缸上，拿了一小块肉。我将大啤酒罐和那些罐装啤酒放在台布上，正想拿来玻璃杯，可是科拉什先生说：“不用了，碧朴莎太太，我喜欢这么直接喝。”他拿了一罐啤酒喝着，他的一举一动像有人在给他拍照那样文雅。喝完之后，他掏出手绢，擦擦嘴巴。我吓了一跳，我的老天爷，我忘了拿纸巾了。希夏尔先生仍旧在抽烟，说着：“这可

① 《雅米尔卡》是赫拉巴尔一个短篇小说，收集在他的短篇小说集《巴比代尔》中。

真是太奇妙了！”将烟灰磕在我丈夫的裤子上。沃拉吉米尔在昏暗的黄昏中走进我们院子，后面跟着黛卡娜一步一步走上台阶。他们有规矩地在门外擦干净鞋底。然后沃拉吉米尔敲了敲门，问：“博士，您在家吗?”我丈夫打开门，请他们进来。沃拉吉米尔和黛卡娜脱了鞋，递给我丈夫一个提包说：“博士，我妈给了我一锅冷猪肉，拿来略表心意。”诗人们与沃拉吉米尔互相问好，从谈话中听出他们已事先约好在这儿见面，除黛卡娜与他们是第一次见面之外，大家都已是老熟人。黛卡娜仍旧穿着那身航空小姐式的蓝色套装，仍旧两眼瞟着沃拉吉米尔。当沃拉吉米尔在一把椅子上坐下时，她便坐在他旁边，手掌按在他的膝盖上。像望着她的神一样地看着沃拉吉米尔。“沃拉吉米尔，我的上帝，您端这么一锅来干吗？你们吃这锅里的黄蒿籽烤猪肉嘛！这儿有啤酒，只管喝！我妻子再去打一罐来！”我丈夫嘟哝着说，喝完他那一罐啤酒。诗人们也喝完了他们的罐装啤酒。我拿起家伙又跑到瓦尼什达酒店里去了。等我回来时，正赶上黛卡娜掏出她的画稿习作来。科拉什先生打开这些线描和水彩，先像看折扇一样翻翻，然后便一张接一张地审视，看完递给希夏尔看。沃拉吉米尔很紧张，黛卡娜望着这只啄食老鹰。他此时放下这些画，然后掏出手帕，在眼镜上哈了一口气，接着便仔细地擦拭起来。我们大家都望着他，仿佛在法庭上等待着判决。到他该宣布判决时，周围一片静寂，只听得见隔壁屋里机器在测试钢轴张力的隆隆声和隐约的尖锐哨声。科拉什先生看了一张对沃拉吉米尔说：“沃拉吉米尔，我的上帝啊！您不会当真认为这也是艺术作品吧？你认为这里面也有什么天才？我的上帝，这些东西通常是三年级的孩子就能画出来的啊!”我从沃拉吉米尔的提包里取出平底锅，问沃拉吉米尔说：“你们准备吃冷的？还是要给你热一下?”可是沃拉吉米尔脸色惨白，耳朵朝后像一匹要咬人的马。黛卡娜的指甲紧紧抓住他的膝盖，两眼像得了急惊风似的打转，眼看要往后倒。我看着我的丈夫，想当初他曾在依尔卡的地下室里宣布说这些乱七八糟的画有点什么内在的东西，当时我是唯一说出刚才这啄食老鹰科拉什诗人说出的真话。如今科拉什又相当严肃地对沃拉吉米尔说：“您这位黛卡娜拿着这些东西既进不了美术学院，也进不了工艺美院。您瞧!”他重又打开画页，用手指着那一张张线描和水彩，内行地说：“所有这些画都是一个星期之内画出来的，这里面毫无艺术可言，一丁点艺术影子也没有。不过，你让她继续画吧！在阿姆斯特丹保存有凡·高最初的绘画作品，也糟糕透顶。肯定当时也不会有任何教授愿意收他进美术学院的。可是他有股顽强劲儿，他没有去问任何人，接着画，结果有了飞跃。黛卡娜，接着干吧！沃拉吉米尔，既然你已经到了这里，我要是想给您办个展览的话，您的作品在哪儿?”沃拉吉米尔结结巴巴胆怯地回答说：“我都给了人了。”啄食老鹰吼道：“您瞧！这么办吧，我每张版画付给您五十克朗，您的画就放在我这儿，等到够了一百张，我帮您把展览办起来!”啄食老鹰伸出自己的手，他少一个指头。诗人希夏尔又说了一句：“这可真是太奇妙了!”将烟灰磕在还剩了一点点烤猪肉的平底锅里。我看黛卡娜真的要得急惊风了。我笑笑，笑我丈夫，也笑沃拉吉米尔，他们这些顶尖人物，未来的世界冠军们，如今由科拉什先生对他们说出了真话。这只啄食老鹰还觉得不够，挥动着一只手补充说："沃拉吉米尔，我还得说，现在世界上通常还讲究个画幅大小问题，您想办法去请人家、或者就让我来将您的版画放大一些。主要的是您要做个大一点的阴模。主要的是您要印大张一点的版画。注意！沃拉吉米尔，别随便扔掉这些版画，这实际上都是些艺术品啊！总而言之，第一，要大张一点儿的版画；第二，您将不断把这些作品送到我这儿来，我每张付给您五十克朗。可是您注意！这些画始终是您的。然后办个展览！我，伊希·科拉什来为您作担保。"就在这一刹那，黛卡娜从沃拉吉米尔膝盖旁翻身而起，收拾起她的东西，像疯了似的冲着两位诗人大声吼道："你们这些公骡，没一个好东西！"然后又冲着两位诗人骂了一通匈牙利话，舌头都大了。她大吼着："沃拉吉米尔，我们走！"在走廊上将鞋提在手上。黛卡娜走到院子里还从下水道那儿冲着我们敞开的窗子大声吼叫："你们这些公骡没一个好东西！"我拿起小锅，放进提包里出去追他们，又将提包塞到她抓着她的那些艺术作品的手里："你们晚上好有吃的。"我说着，可是平底锅掉到院子里。沃拉吉米尔和黛卡娜在院子的灯光下匆匆跑着。贝朗诺娃太太正一大桶一大桶水地浇着院子，并将洗地的水扫进下水道。我拾起装着小锅的提包，跨过泼湿的地砖去追黛卡娜和沃拉吉米尔。贝朗诺娃太太嚷了一声："您当心点儿！"我又跑到街上去追他们两位，我从院门口那盏路灯那儿一直追到兄弟街街口那家制作骨灰盒及长明灯的店铺。我在那里忍不住大笑地将装着小锅的提包塞到沃拉吉米尔手里。黛卡娜朝铁轨那儿跑去，一路还在嚷着："你们这些公骡没一个好东西！"沃拉吉米尔说："年轻的太太，您瞧我们这像什么？"说着便朝黛卡娜追去。等我回来时，贝朗诺娃太太还在打水浇地砖，跟往常一样总要自夸一句："您知道我是个爱干净的人！你们那里可够闹腾的，小可怜的。"等我回到我那灯光明亮的小房间时，诗人们正一脸严肃，希夏尔先生站起身来，手里还拿着那支烟蒂，四下里张望一下，然后瞟一眼烟灰缸，将烟蒂掐灭在还剩一点儿猪肉的平底锅里。科拉什先生谢谢我让他们过了一个美好的下午和晚上，他嘱咐我说："请注意！您这位丈夫是位作家了！我们在他这儿来个例外。别过早费力不讨好地干扰他。他的《冶炼厂的女厂主》[1] 是我最喜欢的一个短篇小说。可是请注意！随他用那贝克尔牌的德文打字机去写作，连钩形符号与长音符号甚至句点都别给他添。主要是别过分逼他。安德森[2]开始写作的时候已经退休了，这是一位美国作家，他的第一本书立即引起轰动。您知道，人家叫我啄食老鹰，可是我啄……我的义务不仅是啄别人，可也啄自己。"诗人希夏尔补充说："今天可

---

① 《冶炼厂的女厂主》即《雅米尔卡》。

② 安德森（Sherwood Anderson，1876—1941 年），美国作家，对两次大战期间的美国文学作品，特别是短篇小说的写作技巧影响很大。

真是太奇妙了！”

我们到米拉达那里游泳时，有一次碰上她哥哥维恩采克，可谁若叫他维恩采克，他都不高兴，总要纠正说：“我叫切涅克。”可是我丈夫、米拉达和科齐扬先生还一直叫他维恩采克。他贫病交加、骨瘦如柴、无栖身之所，于是来到这里。在找到住处或是租到房子之前得暂时住在科齐扬这里。我看到、后来又听说，维恩采克过去是跟里哈特·道乌贝尔一样拔尖的轻歌剧演员。关于道乌贝尔，维恩采克说，即使道乌贝尔演唱了歌剧，他也只是一位室内剧歌唱家，喜欢唱莱哈尔①的作品。维恩采克总是把脸刮得干干净净，衣服熨得笔挺，头上抹着发蜡。说他学缝纫出了师，就像米拉达说的，他甚至是一个很棒的裁缝，不过只有轻歌剧才是他的命根子。他坐在厨房里，为科齐扬先生补上衣，给他的裤子钉纽扣。科齐扬一来，米拉达便发愣了，心想他将看到维恩采克还待在他家里，还没租到房子，科齐扬先生肯定会发脾气，会要被维恩采克气得患急惊风。我却有些同情维恩采克，尽管我已经知道维恩采克在轻歌剧中从来没演过什么重要角色。他就这么边钉着扣子边咳嗽着，讲述他如何演唱的波尔、如何演唱的茨冈男爵，一边给科齐扬先生缝补着衣服，时不时重复提到要是在他演唱轻歌剧

① 莱哈尔（Franz Lehár，1870—1948），奥匈帝国轻歌剧作曲家，以《快乐的寡妇》一剧著称世界。

鼎盛时期开始的那一阵子，他爸爸给他买了燕尾服，他将会有多大出息，而绝不会落到如此地步，不得不坐到妹妹和妹夫这里缝扣子。我这时并没有往下去想，但我应该去想想我丈夫，他跟维恩采克一样，有过美好的憧憬，也跟维恩采克一样坚信自己能拔尖，将成为世界级大师。维恩采克也跟我丈夫一样，当他谈到莱哈尔、谈到施特劳斯、卡尔玛和一些名人时，便容光焕发。科齐扬先生不在家时，维恩采克便试着唱起某一咏叹调，嗓子的确很美，非常漂亮的男高音。可是唱了几句之后他便咳嗽起来，于是停止歌唱。维恩采克抱歉地说，这都是因为他爸爸那次没有给他买燕尾服的缘故，因为他爸爸不想让维恩采克当个流浪艺人，而想要他干他出了师、熟悉的这一行——缝纫。我丈夫坐在维恩采克身边，听着他的叙述，一直为维恩采克有着个不可抑制的关于自己的美好设想而感到惊讶不已。维恩采克还打算东山再起，不只是尝试而是以他的歌喉使轻歌剧院感到震惊，说他在布拉格有熟人，他们邀请他参加他们的轻歌剧团到各个城市去巡回演出……我丈夫后来对我说，当他代表卡雷尔·哈利·克洛方特公司出差推销玩具和服饰用品时，有一次带着他的样品箱来到卡什贝尔克，即现在的夏宫，突然刮起一阵寒风，在那里的广场上碰见了维恩采克，他穿着一件薄短大衣，浑身冻得冰凉，可他却容光焕发，因为在这小镇上有他的轻歌剧一班人马。维恩采克将我丈夫请进剧院，提醒我丈夫注意看广场上的二层楼那些窗子，说这些窗子里都有漂亮女郎在撩开窗帘打量这位全城女性为之倾倒的维恩采克。

我丈夫于是跟维恩采克进了剧院。剧院里很冷，贫病交加的歌剧演员们都在靠燃着的炉子取暖。我丈夫随身带了块咸肉，便请那些演员吃，他将肉切成块儿，演员们将肉吃光之后，我丈夫又跑到广场上去买了三公斤香肠片和一大袋角形小面包，他回到剧院没多久，风卷残云，香肠和面包也统统被吞进了他们肚里，这时他们才疲惫不堪地看着我丈夫，眼睛里闪现着一点点幸福和一点点希望。这时候维恩采克却为我丈夫亲眼看见他是这支轻歌剧团的一个成员而放射出骄傲的目光。我丈夫和演员们告别时，维恩采克一直将他送到广场上。我丈夫和维恩采克站在海报面前，看到维恩采克演唱的角色是伯爵的仆人，可是维恩采克自己却觉得他是第一号男高音，因为他有一副甜美的歌喉……有一天晚上，我们到米拉达那里去游泳时，大家都笑容满面，连科齐扬先生也不例外，维恩采克更是如此，因为他很快就要随同轻歌剧团出去巡回演出一周。维恩采克指出，尽管他爸爸当时没有给他买燕尾服，但事实证明他现在仍是拔尖的，说让米拉达和科齐扬先生注意看所有日报上的文艺专栏，那里一定会提到他悦耳的嗓音。科齐扬很高兴维恩采克快要离开，因为昨天科齐扬先生家里请客，他将一条腿搭到另一条腿的膝盖上，摇晃着脚，让大家都能看见他穿了一双蓝地白星的美国袜子。维恩采克问道："妹夫，你为什么这样神经质地晃动着一只脚?"科齐扬先生脸色发青，只会反问一句："你说为什么?"这正是他的失策，结果维恩采克便回答说："因为人们通常在精神上的疾病发作之前这样晃脚。"维恩采克收拾好了行李，科齐扬先生盼望维恩采克在这次演出中成功，跟着这个团从这个城市到那个城市，这一来科齐扬先生就能摆脱维恩采克过个安宁日子。可是当我一周之后来这儿游泳时，维恩采克已经回到家里。回来时没有戴上最佳演员的桂冠，而像一个病老头儿坐在沙发上。原来他在克涅日纳的里赫诺瓦那里严重地受寒了。他只唱了一次，唱了他的明星级节目，用德文唱的，因为在保护国[①]时期，维恩采克是在德国歌剧团里唱歌，可是在里赫诺瓦时维恩采克唱出了他自己所听到的最美的嗓音，不过随即便发高烧，可还继续跟着团走，已经不再唱，只是跟着其他演员向观众鞠躬谢幕，然后又只躺着，求他们不要将他送回去，带着他一道继续巡回演出。这一次是他歌唱水平的顶峰，他的辉煌成就。所有演员都说，大概他们的确从来没听到过唱得这么好的、感情这么丰富的咏叹调。维恩采克这时坐在沙发上，面带微笑，再也没有提起他爸爸那次要是给他买了燕尾服也不至于落到今天这个地步的话。维恩采克甚至为他爸爸没给他买燕尾服而感到高兴，说因而才能在里赫诺瓦带着如此深沉的感受来唱歌。实际上维恩采克回家的那个晚上便已濒临死亡，可是谁也没看出来，因为维恩采克还在描述他当时被漂亮的姑娘们团团围住，每到一城都收到玫瑰花束的情景，大家都惊叹他的嗓音、歌唱和表演，等等。因为维恩采克在参加这次巡回演出之前曾去漂白过牙齿，所以在里赫

① 1934—1945 年纳粹德国统治下的捷克和摩拉维亚曾称之为保护国。

诺瓦唱歌时，他的牙齿闪烁晶莹，迷住了许多美丽的姑娘和太太。第二天便把他送到利贝雷茨的疗养院，因为所有的医院都住满了病人。接着便传来消息说维恩采克死了。我和我丈夫、米拉达及科齐扬先生前去送葬，我们想和躺在棺材里的维恩采克见最后一面，于是火葬场的人给我们打开棺材盖，那里躺着维恩采克，是从冰冻室里推出来的，鼻子那儿还有一颗亮闪闪的冰冻了的水珠。他面带微笑。米拉达为他梳理了那浓密然而却已泛白的头发，维恩采克就这么躺在那里，牙齿露在外面，他总是微笑着，露出他那漂白的漂亮牙齿。我们站在棺材前，有人讲了几句什么话，摆在殡仪馆的那棺材上装饰着花环和花束。我丈夫却凝视着那黑丝绒墙、黑丝绒帷幕，帷幕上有个小洞，有人站在那帷幕的后面，从殡仪馆的另一面朝我们看，他眼睛里的白眼珠子在这黑色的帷幕中闪闪发光。后来，帷幕后面响起了音乐……“在这世界上……大概……没有任何……像我这样……爱你。”维恩采克的棺材慢慢地朝张开的帷幕移去，进到大帷幕后面演奏音乐的什么地方，而这黑色丝绒好几次轻微掀起，我丈夫一直盯着看，他被这景象吓坏了，等我们走出殡仪馆时他对我说，首席小提琴手演奏时弓弦碰着了那黑色丝绒，弓弦尖儿轻轻将它掀起，这丝绒一会儿掀起一会儿放下，加上丝绒圆洞里那只眼睛，那个透过黑丝绒朝外看的白眼珠子，这幅画面反复出现在他面前，当他的小收音机里卢森堡电台或维也纳电台播出轻歌剧中的二重唱“在这世界上……大概……没有任何人……像我这样……爱你”的歌时，这幅画面总出现在他眼前……

我最后待在巴黎饭店的这一天来到了。我最后一次坐在厨房里，最后一次登记所有从厨房里端出去送到巴黎饭店餐厅的饭菜，最后一次坐在这厨房的闷热与蒸汽之中和从天花板上倾泻而下的强烈灯光的照射之中，最后一次与那些骑着摩托车上班、赛上二百五十米的年轻厨师们开玩笑，最后一次与帮厨女工和招待员们共事，最后一次与领班马舍克先生合作了。这么多年来马舍克先生一直在实现一个梦：他不想别的，一心一意只想让他的女儿成为花样滑冰高手。他和他妻子献出所有的时间所有的钱，为的是让他们的女儿汉娜不仅成为花样滑冰的欧洲冠军而且成为世界冠军。领班马舍克先生本来喜欢开玩笑，如今当他的女儿真的成了世界冠军，他便跟我们说他女儿每天要做些什么，什么样的热身训练。如今梦想变成现实，马舍克先生倒变得有些忧郁了，直到现在他为之奔忙的所有疲劳都显示出来。领班马舍克先生曾为这世界冠军的称号而如此眼花目眩，还出过一些差错。现在已经什么也不再向我们吐露。如今他的女儿已经属于国家以及欧洲和美洲的公众了。马舍克先生悄悄地谦逊地品尝着报纸上的消息，等待着他女儿从比赛或体育表演地回来。以前当我问起他女儿汉娜时，他总是热情满怀地给我讲述她如何如何太阳刚一升起便去进行训练，有哪些项目，要练多少小时；可如今只挥一下手，再也不爱谈他女儿的荣耀之事了。他的女儿已经不属于他而属于世界公众，已经不再属于操心的马舍克夫妇了。我感觉出来，马舍克妒忌那些体育场和夺走他女儿的千千万万双人的眼睛。他则完成了自己的任务，圆了自己的梦，如今仿佛空空如也只留下他自己孤身一人。

快下班时，大家给我送来一束花，我们还喝了杯白兰地。然后我打开我那高座台上的抽屉取出我的提包和零星小件。我离开的时候不禁流泪了，走出厨房门时一回头，只见大家都愣着站在那里，仿佛在童话《睡美人》里一样，厨房帮工在炉台灶前僵住了。如今他们就这样站在那里目送着我，大概他们向来就像我喜欢他们那样地喜欢我。

第二天我便到英特希赫街一家全新的小吃部上班。通常是从英特希赫街进到宫殿旅馆的人来这里吃东西，主要入口是从男客部这边进来。领班是波列克先生，女厨名叫鲍英卡，我是服务员。我们总是在小吃部开门之前两个小时到那里。早上八点开始准备，从厨房冰箱里取出小鸡串在意大利烤肉机的铁钎上，然后准备刀叉和角形小面包，将沙拉放进冷冻橱窗柜里，然后穿上我那身黑色工作服和敞领小衬衫，梳好头、画好眼影、围上白围裙、戴上花边白色发圈。十点钟将玻璃门打开，第一批吃烤鸡的客人便走进来。领班波列克先生为做广告宣传，对着光亮在擦拭玻璃酒杯。波列克先生很好相处，他不打扑克、不喝酒也不赌赛马，总是面带微笑，像位常被信奉基督教的姑娘们在忏悔和做弥撒之后爱上的年轻副牧师。他唯一酷爱的是他的小狗。他若谈起点什么，那便是他那只小狗，他像爱自己的孩子一样地爱它，因为他没有孩子。我当上女服务员仿佛回到我的姑娘时代。那时我同爸爸妈妈兄弟姐妹住在一起，那时家里常有客人，那时我们有好几个房间，有漂亮的家具，有厨娘和司机。宫殿旅馆这个小吃部的墙壁和门都是玻璃的，里面悬挂着帘子，窗子朝南开，赶上天气晴朗，在这快餐厅里就像在一枚光芒四射的巨型戒指里一样漂亮。街上人流滚滚，餐厅里排风扇不停地清洁着空气。客人们一进来，我便轻盈地走到他们的桌子跟前，听完他们预订的餐饮之后，便转身走到烤肉机前，已经烤好的九只小鸡还在慢慢地转动着、滴着肉汁，鸡皮呈金黄色，鲍英卡一打开盖子，烤鸡的香味和热气便直往外冒。还没等我转过身来，我便清楚地知道客人们在我身后打量我，我为自己像在姑娘时期那样重又成为注目的中心而感到骄傲。那时，军官们、我爸爸在布尔诺的贸易委员会及商业界的朋友们常来我家做客，当我给他们端上酒品、当我给客人们弹奏钢琴、当我和他们聊天的那时候，所有的男人都像打量一位成熟女性那样看着我，我远比其他姑娘更早地具有女性魅力。我那时胸脯漂亮、两腿修长，曾去芭蕾舞学校上过舞蹈训练班。等我从这个芭蕾舞学校出来，我总是以起舞前的预备姿势站在窗前凉台上。只要我不在走动便总是摆着芭蕾舞演员的基本姿势：手放前面，手指交叉着，右脚微微向右撇，仿佛我马上就要开始跳舞……在宫殿旅馆的小吃部里。每当我分送一盘烤鸡，每当我分送配菜，每当我给客人们端去一盆盆给他们餐后洗手用的温水时，我都总是迈着快速旋转的轻盈舞步。任何时候，只要我稍微一停脚，站下来眼观四方等着客人们的哪怕是一丁点儿要求时，我都是摆这基本舞蹈姿态。演员们、电影工作者、诗人以及只来过这里一次的客人们来到这里，我便成了他们注意的中心，因为我还一直相当漂亮，不仅镜子告诉我这个，主要是男人们的眼睛告诉了我这一点。而那些女人们一知道我是谁，便把眼睛望着别处，装做对我漂亮这一点毫无兴趣。领班波列克先生面带微笑拿着一瓶瓶皮尔森啤酒，尽其所能殷勤地侍奉着，像每个好领班一样说起话来几乎轻得听不见，你若问他什么，他便彬彬有礼地弯下腰来，亲切地给客人做介绍。因为他有一双漂亮的褐色眼睛和一头打了发蜡、梳了分缝的浓密头发，说话时总是望着客人的眼睛。而我在这烤鸡小吃部里的灯光下，穿着这身合体的、漂亮的女招待服装，我又找到了自己，丢掉了我的惊慌和我的负罪感。因为我任何时候也不能为这一切担当罪过，可我却曾感到无辜的罪责。战争结束后我像个战争贩子一样担着罪责，可是在这烤鸡小卖部里谁也不像在战争结束后把我们关进劳改营那样对我大声吼叫，或者像在砖厂时我必须像下贱人一样和德国女人们坐在一边。在这里，在宫殿旅馆的烤鸡小吃部里，我开始成为女招待中的佼佼者。我已经有了些回头客，这都是我的顾客和朋友，他们都温柔地称呼我“艾丽什卡太太”，他们自己喝酒时，总要请我也来干一杯。我和我的这些顾客碰杯之后便立即跑向其他桌子。我那个想要成为拉·杨娜那样的歌舞节目中舞蹈演员的梦想没有完全消失，但是我在这里干着我喜欢干，也善于干的活儿，可以用上我几年前在芭蕾舞学校学到的东西，那些我早已忘记但又一直在我心中埋藏和力争表现的东西。其实我也为我想成为歌舞节目中的舞蹈者而感到不好意思，因为我并不会跳舞，我没有成为专业舞蹈演员的条件，我跳舞大概跟我弹钢琴差不多，很费劲儿，而且每次弹奏都错误百出。可是在这里当招待员，我却开始成为那真正的佼佼者，在这烤鸡小吃部里，我实际一天八小时十小时地在这小小舞台上表演，穿得漂漂亮亮、头发总梳得好好的，端着大小盘子迈着舞步走到客人面前，然后又轻盈地跳到酒柜台那里，再跳到橱窗那里，跳到转着九只烤鸡那里……我丈夫第一次在这儿看到我时，起初颇为吃惊，吓一大跳，仿佛是初次见面，有点儿一见钟情。他站在那儿的这天，抓着门把，犹豫之下不知是不是该跑开，当我挽起他的手把他领到波列克和鲍英卡面前，我觉得我现在让他显得无能力。我在顾客们好奇和疑团的包围之中，我在他面前成了个与他认识的我完全不同的人。我在利本尼的一举一动像灰姑娘，像我从前那个可怜巴巴的样子。他刚认识我时，我是个不幸的女人，曾因不幸的爱情而要自杀。当时他觉得他拯救了我，因他娶了我、给了我他的姓，从而使我有了永久居住地。我丈夫的这些想法也有所流露，可现如今，在宫殿旅馆的烤鸡小吃部里，在这四面是玻璃的豪华餐厅里，我穿着漂亮的黑色衣服、围着雪白围裙、头戴花边发圈，如今我看到我们的位置换了个个儿。我丈夫没料到的是我成了所期待的、美丽的，如今他却变得恭顺了。我成了那个巴黎蛋糕、带奶油的巴黎蛋糕。我姑姑说得对，我必须克服一切艰险危难，多少年来我像一团烂土豆泥，我必须变成一个巴黎蛋糕。从我当招待员这天起，我丈夫爱上了我，也未必是爱上我这个人，而是爱上我这身衣着仪态，爱上我当了招待员这一点。他把他所有的朋友都带到我这里来，好让他们隔着玻璃看看我，他从来没有带他们进到餐厅里面来过。可是我知道，他的朋友们怎样在昏暗中观察我，我丈夫又在怎样地对他们讲述我的事情。如今又在指给他们看，我如何迈着快捷旋转的舞步给客人们端去四分之一或半只烤鸡、端走啃下的鸡骨，又如何将那些骨头上的残肉剔下来给那些老太太们去喂养她们捡来的迷路小狗和在街上、在地下室、在公园里找到的没人喂养的猫。于是我便渐渐地，而又肯定无疑地成了我丈夫心目中的佼佼者。他敬重我的职业，为我是一名餐厅服务员而感到骄傲，在他眼里这是女人能遇上的最好职业，他说他从少年时代起就喜欢餐厅女服务员，当他在餐馆受到女服务员的殷勤招待，当她们当着别的顾客跟他攀谈几句甚至在他那儿坐上一会儿时，他总是感到很荣幸，他说他从来没想到他将会有一位当餐厅服务员的妻子，一位他的朋友常去观望，并努力想要或者试图与她约会的女服务员妻子，不过我总是大笑着拒绝了，而这个女服务员竟然就是他的女人、他的妻子。我丈夫乐意等我下班，领班波列克先生请他到餐厅里面来坐坐，可是我丈夫总是婉言拒绝，继续沿着餐厅明亮灯光的玻璃窗来回走着。鲍英卡早已打扫干净食品陈列柜，我们早已将沙拉和配菜放进冰箱，只有波列克先生还在抄写结算这一天的账目，我已到洗手间洗了一下，换了衣服，拿起雨伞。波列克总是将一半小费分给我们姑娘们。当我一走出英特希赫街，我丈夫便挽着我的手，高兴地同我走过瓦茨拉夫大街。我健步而行，有节奏地拄着雨伞，有时我丈夫把雨伞拿去拄着，我们一道走在菩提树下，然后我们兴致盎然地到宾卡希酒店喝上一杯末茬皮尔森啤酒。我特别爱看服务员每只手上端六大杯啤酒，从酒窖里跑出来，哐当一声放到一张空桌上的技艺。我丈夫端起两玻璃杯啤酒，礼节性地将泡沫抹点儿在额头上，然后喝掉一些，接着便总是一气将整个一大杯喝完。当我在喝着我这杯啤酒，当我丈夫甚至将啤酒泡沫抹在脸上头发上，当我对那个空闲时上我们小卖部去吃一只烤鸡的服务员微笑时，这服务员对我说："艾丽什卡太太，您想看点什么吗？"我高兴地说："我想看啊，我丈夫也想看！"服务员用一个指头指着我旁边说："这是您丈夫？谁知道，我们已经认识好几年了，不是吗？"服务员已经站在阶梯上，对他使了个眼色，大概真的有好些年了。我和我丈夫跟着他朝下走进酒窖。围着白色塑料围裙的灌酒师还在摇着啤酒桶上的把儿放啤酒，潮湿的地上摆着二公升装的啤酒罐，啤酒从拴在顶棚旁边的透明管子流进罐里。那灌酒师嚷了起来："是艾丽什卡太太啊，咱这里来稀客啦！"他将一只手伸给我，另一只手仍在摇把儿放酒。这是一位满头黑色浓发的年轻人，"艾丽什卡太太，您从哪儿来到这里？"服务员笑着说："艾丽什卡太太是我请来的……艾丽什卡太太，这是布拉格最棒的末茬啤酒，酒的度数跟桶里的一样 7.6 度，艾丽什卡太太，不管是给罗马的善良天主教徒、给莫斯科的正直共产党人，还是给一位酒仙的啤酒，首选皮尔森。可是谁要是认为皮尔森世界的中心是在布拉格、在布拉格我们宾卡希酒店，那他就错了。可这里却另有最棒的、世界的冠军啤酒。”灌酒师将一杯啤酒递到我手上，我另一只手斜伸着、扶着扎在酒窖湿地面上的雨伞。我一直喝呀喝呀，嘴巴四周流着啤酒泡沫。年轻的灌酒师解下白塑料围裙，将它挂起来，关上酒桶栓，将一块白餐巾盖在上面。他累得几乎瘫在椅子上，环视了一下这酒窖。他就是站在这里灌着这世界上最棒的啤酒啊！他哐当晃了一下玻璃杯，把杯底下的一点儿剩酒喝光，以领略这啤酒是多么的可口。我理解，我在迈着舞步为餐厅顾客服务之后也几乎累得瘫痪，我知道，这谁也体会不到，包括我丈夫在内，体会不到成年累月一整天走动着或站着是个什么滋味，一整天坐在厨房里的蒸汽和烧煳的油锅巴的烟雾中意味着什么，整天跳着舞步端着满盘饭菜和装着骨头的碟子在桌子之间穿梭意味着什么……我与灌酒师互相看一眼，他耸耸肩膀，苦笑一下，我也对他笑了一下，我们互相都懂得对方的心情。灌酒师只说了一句：“谁理解这个呀！”我丈夫站在那里，没得到啤酒，有些失落感。我在宾卡希酒窖里似乎明白了我只是在书本上看到或在广播里听到的阶级观点是什么。许多年来我都不知不觉已属于餐厅服务员、厨房出纳、侍者这一阶层了。大家都面带微笑。上班的时候，大家都使劲喝咖啡、抽烟、喝酒，面带微笑，可是一下班，便瘫了。

我在厨房当出纳时，几乎被厨房煮熟，如今我在宫殿旅馆以轻盈的舞步端着盘子跑来跑去，准备着一切：准备烤鸡时我要从地下室沿着旋转楼梯把鸡和其他东西端上来；当餐厅里的客人要吃烤鸡时，我又得端着烤鸡沿着旋转楼梯往上走两层楼到餐厅去，就像这位灌酒师整天要叉腿站着灌上十二个小时这有名的宾卡希酒店特有的啤酒一样，也像那个服务员一样，刚不久他还端起十二杯啤酒，迈着两条腿一天走上几百上千级湿楼梯，还得小心不因过度辛劳而摔倒，手巧地将这些玻璃杯放到空桌上，然后再由其他服务员将它们分散到各张桌子上去……

沃拉吉米尔和黛卡娜搬到他母亲那里去了。依尔卡·什梅卡尔重又将这宽敞的地下室、从前的车间粉刷一新。可是这间地窖大厅在他心中唤起一种恰恰相反的效果：他喜欢坐在这空荡的大厅里，坐在椅子上往小块铜板上刻画那些最小的甲虫、小不点昆虫。他这些版画比那些上面是蝴蝶的画幅还要小。他早已忘掉了赫莱恩卡。为了她，我丈夫曾按他的愿望两次打得他鼻子流血，把血蹭在被子上。赫莱恩卡不但没为依尔卡所感动，而且把他臭骂了一顿。也许这倒是好事，因为依尔卡从此少言寡语，找了一个比依尔卡年轻得多的离过婚的太太，她跟他一般高，也跟他一样爱喝啤酒。如此这般的喝法使他们跟瓦尼什达先生的酒店越来越近了。他们喝啤酒之多，使得整个酒吧、夜宵店甚至街上的人都前来看热闹。依尔卡和他这位女友各喝十五大杯啤酒，依尔卡还将他的小版画带来给顾客们看，那是些跟实物一样大小的小甲虫。这个晚上他成了个了不起的人物，因为在利本尼，谁喝的啤酒最多谁就是佼佼者，再加上依尔卡还向人们讲解他怎样制作版画，刻些什么样的版画，顾客们对他赞叹不已。于是依尔卡便将版画分送给每个对这感兴趣的人，就跟沃拉吉米尔一样，不管在利本尼或者在维索昌尼，如今又在日什科瓦的小酒店，在没有分送完他的那些版画之前，他是不会离开酒店的。依尔卡的新恋人雅鲁什卡紧紧依偎着他。看着这对情侣如此相配，像一对小猫一样依偎着真是一件开心事儿。一天晚上当依尔卡送他的女友回布拉夏切克，为显示自己力大无比，便接连拔出了从克莱伊扎列克到布拉夏切克那段公路上的三根标柱，像童话中的独眼巨人一样摊开双手站在那里。当标柱脱手之后，他又环顾一下四周，寻找着能够再显示一下他力量的东西，只见下面轨道旁散放着几根旧钢轨，依尔卡跑下去，这时他的女友还站在他拔出的标柱旁，只见依尔卡像金刚一样举起那些钢轨，并将它们扔成一堆，然后才回到公路上来，挎着女友的胳膊，送她到煤仓后面日什科夫货车站后什么地方。他的女友是个裁缝，有一个小男孩，这男孩已经六岁，可是看上去只有三岁的样子。当我同他们久久地坐在这画室里，当我兴致勃勃地观赏他印着小甲虫的小小版画，当依尔卡的未婚妻已提着那能装十公升啤酒的大罐子去打斯米霍夫的十度啤酒的时候，依尔卡每隔一刻钟就不得不寻找这小不点儿孩子。这小孩只要一丢失就难以找到。就像他们在屋子里有时丢了小猫或者八哥鸟、找不到钥匙或眼镜那样。依尔卡和他的未婚妻相当紧张，不得不爬进这台巨型压力机里面去，或者看看窗子后面、被褥底下……他们四处寻找这小男孩，不是怕他丢失，而是因为这孩子有一种怪癖：见水就喝。只要你一不注意，他就把啤酒什么的喝个精光；你稍不留心，他就可能把那十公升啤酒全喝掉。有一次依尔卡给他未婚妻拿来一束从贝龙卡河畔他爸爸那儿的草地上采来的野花，这小孩无缘无故把花都拿出来，将花瓶里的三公升水连同枯萎的叶子吃喝一光。有时，当大人们将地下室的各类液体都控制起来，这小孩便将自己关在厕所里，在依尔卡撞开厕所门之前，他已弯着身子把抽水马桶里的水喝掉，而且在依尔卡进到里面之前，这小孩已经抽了两次水。依尔卡就这样结了婚，在家里举行了婚礼，我和我丈夫都出席了，还来了一些亲戚，有依尔卡家的也有新娘子家的。我们认识那位捉蝴蝶的父亲，那位依尔卡画了好几年的父亲。依尔卡每周在画上面添上一只蝴蝶，那画上的父亲却一直躺在草地上沉沉地睡着下午觉。他一只手枕在脑后，另一只手拿着一个放在睡着的身旁的捕蝶网。我已经看出，在这位父亲眼里，依尔卡是最棒的画家、世界之冠。他看依尔卡的那眼神就像看着伟大上帝的微型雕塑，他和我丈夫不谈别的，只谈他儿子伟大的未来，他坚定不移地相信他儿子将会成为人民艺术家，因为他如今就用他的版画蝴蝶还有甲虫覆盖了整个布拉格。我丈夫接着他的话腔描绘了一番依尔卡的美好未来。赶上依尔卡送来又一罐啤酒、加上娶妻又得到两罐十公升装的啤酒时，我丈夫将他美丽的想象加以补充，扩展了依尔卡的蝴蝶覆盖的地盘说："他如今是三十岁，十年之后他将用自己的版画蝴蝶覆盖整个捷克，再过十年继续覆盖摩拉维亚，还缺一个斯洛伐克，可是等他六十岁的时候整个中欧都将被他的蝴蝶与甲虫版画所覆盖，每一家都将有一张布拉格的依尔卡的版画，上有依尔卡·什梅尔卡的亲笔签名。因为世界上已经有相当多大幅风景画、大幅战争画、肖像画、历史画，这世界将重新对微型画、对蝴蝶和甲虫这美丽的小小世界表示亲昵。"新娘子这一家人的酒量大得仿佛他们都有那个小孩的那种病。人们常发现那小孩在厨房里的水龙头那儿喝水，或者又把厕所里的水喝了个光，甚至有人在脸盆里洗手，那小孩也抓住机会把那肥皂水喝掉，仿佛这水已渗进地里，仿佛这小孩身上有个洞随喝随漏。这孩子的肚皮从来不胀，非常一般，喝下去的水像直接流进下水道一样地消失掉。除了这个极端口渴的小男孩之外，依尔卡妻子的这一家，所有人都跟她一样个子小小的，所有人也都跟依尔卡一样爱口渴。

依尔卡还得了一所在斯特舍科夫从德国人手里没收过来的度假屋，它原来是一个饭馆，依尔卡拿照片给我们看，还邀请我们到那里去。可是连我丈夫也始终没有勇气到那里去看看，因为这种苏台德区的饭馆往往大得有时要花上五个小时才能找到那个小孩，还得靠警犬才能找到他。依尔卡让所有参加婚礼的客人看这所饭馆的照片，他把每个房间都拍了下来。那个饭馆的布局跟他在地下室的画室一样，只是这个在苏台德区的饭馆多一层带十个房间的楼，是给休假人住的，楼下多一个大厅。依尔卡兴高采烈地谈着，可是婚礼客人们都没有听他讲话，他们都在谈论谁家的某某人比赛喝啤酒时纪录最高。只有依尔卡的爸爸在虔诚地听着，我和我丈夫只是勉强听听而已。依尔卡的伟人症越来越膨胀了，他说，他将把苏台德那间大厅变成一间真正的画室，把什么都扔出去，让大厅变得空空的，中间摆上另一台压力机，以便有灵感时，便可以在那里开动机器印出另一批跟实物一般大小的蝴蝶、甲虫版画来。他让我们想象一下那个厅有多大，那里曾经打过篮球，说他现在喜欢在里面骑自行车，男孩们在那里用橡皮筋弹放玩具飞机。天渐渐黑下来，依尔卡的爸爸在夕阳下激动得眼里含着泪花。三个褐色的石制啤酒罐从这个人的手里传到另一个人的手里，新娘子不时提着酒罐出去打酒，因为她个子小，罐底几乎被拖着挨地走，捏在手里的罐耳挨着了她自己的耳朵。耳朵上方还一直戴着那顶饰有假珍珠桂冠的婚礼帽，上面的婚纱被吹得老从新娘子的额头上掉下来。我们向主人告别，他们又在走廊上耽搁了我们一会儿。依尔卡的爸爸对我们说，我们给了他力量，说他本来以为依尔卡成不了大器，他只能在那些版画大师中瞎搅和一番，可是如今在与我丈夫交谈之后有了勇气相信依尔卡将成为欧洲版画家中的一枝独秀。我们告别了。邻居的房门一打开，房主便走出来，晃动着新娘的儿子道："太可怕了！我们没注意到，他便把我们养着花盛在瓶里的水喝光了，现在又把我们装酸黄瓜的五公升容量的瓶子里的汁儿喝了，还没等我们转过向来，他已经跪在厕所的抽水马桶边，一拽拉绳，脑袋已伸到便池里喝水去了……快把他带走吧！看着点儿他！”新娘子一手牵着儿子另一只手在空中晃了几下，感谢大家的结婚贺礼。我丈夫送了他们一个赛采赛风格的珐琅水壶和一个能装十公升水的带花纹的罐子。“这个我们只留在星期六和星期天用，哈哈……”新娘子笑着，拖着她儿子高兴地回房间里去了。新郎官依尔卡正踉踉跄跄从里面走出来，他面带微笑，嘟哝着说：“一切进展顺利！博士。在那大车间里您可得注意！用八米长的装饰布盖住整面的墙壁，有多高来着？两米高。而我的终身巨作画的是我爸爸，六米长，趴着躺在那里像名被击中的睡着了的士兵，然后便是遍地鲜花的草坪，没有任何再生的第二茬草，四周围画上在捷克所有地区的各种蝴蝶、几百只飞舞着的蝴蝶……只是在画面的一角将有一条小溪，结婚时我妻子带过来的小儿子将痛饮那小溪里的水，小溪带来的一切都将被我儿子喝得一干二净。让他也成为一个不朽的。我要让他一个劲儿地喝！让他的喝水达到空前绝后的水平！我这人怎么样？”我丈夫握着他伸出的手，望着热泪盈眶兴奋不已的依尔卡的爸爸，说了一句：“美如诗画呀！”……我已经不再看了。

那沃拉吉米尔也疯癫得够可以的。他已经离不开他的黛卡娜，已经开始怕她，他一心只想能同她去民族委员会登记，如今对他来说，爱情简直成了有关生死存亡的问题。他总是容光焕发地跑到我们永恒的堤坝巷来，现在他已经不把我丈夫当回事了，可我却成了他宠爱的对象：“年轻的太太，”他开始胆怯地说，“您是女人，肯定能理解我……您知道，当我的那位来了那些个东西……您知道我指的那些个东西是什么吧?”我点了点头，有点感到不安。“那我太高兴了，您知道，当她来了那东西，我就得在她身边照顾她，您明白我的意思吗？我是她的未婚夫，作为她的未婚夫，未来的丈夫，我得了解她，看到一切！于是我得极严肃认真地给她换棉花。第三天我得护理她，我给她擦洗、重新包裹好，因为我想，一个恋爱着的男人有权这样……”这时沃拉吉米尔几乎在喊着说话，因为我一直目不转睛地看着他。我丈夫一会儿坐着，一会儿站起来，望着窗子外面，两只手趴在窗玻璃上，仿佛外面屋顶上有个什么东西特别吸引他。然后走回来，添柴火。我知道，沃拉吉米尔这番话是冲着我丈夫来的，他不只是对我说说而已，而是故意吹嘘一番，因为我丈夫很可能半途截住他，我丈夫不喜欢谈这些事儿，因为他害臊……而沃拉吉米尔这一下又神气了，又称好汉了，因为他对我说的这些话肯定也对泊仁卡·瓦尼什达太太、工厂里的女工们说过、咨询过，让尽量多的人被这些东西、这纯属隐私的厕所之事弄脏。所以我了解了沃拉吉米尔，他实际上真的是第一次恋爱，第一次地能够亲手触碰女人，感觉很好，因为她也爱着他。当黛卡娜换了工作，在电车上卖票，又赶上冬天时，沃拉吉米尔便到停车场去接她，可能的话他跟她一块儿坐电车，这里那里一直到电车回厂或售票员换班。沃拉吉米尔在大冬天光着身子穿一件破破烂烂的毛衣和短外套，冻得哆哆嗦嗦跑到我家来烤火。我丈夫往炉子里添些劈碎的旧柜板，那是他每周一次到维特什的诺瓦科维街买来的。

等沃拉吉米尔烤暖和了，便莫名其妙地说：“博士，我在科特采商场看到几件漂亮便袍，都是出口次品，您不想去买一件回来？可能对您很合身，我说什么呀！”沃拉吉米尔改口说，“不是合身，而是适合您眼前的思想状况。”他这么说，我立即看到，我丈夫被击中了。我正希望用几句简单的话冒犯我丈夫的秘密，只有沃拉吉米尔最知道了。我说：“沃拉吉米尔，您为什么穿得这么少？”沃拉吉米尔脱下他的短外套，装做他已经很热的样子，但他脱短大衣是想让我甚至我丈夫看到他光着身子穿的那件毛衣满是窟窿和脱了线……沃拉吉米尔以发牢骚的口吻说：“年轻的太太，您该理解我，当我的女友作为一名电车售票员，在风雪交加的大冷天坐在那些敞着门的电车上来回来去，连卵巢都冻坏的时候，那我该咋办？我该穿着便袍坐在家里等着她回来？或是穿上皮大衣戴上羊皮帽去接她下班回来？那我会难受极了。可是这样，当我也亲身尝试她上班的体会，即使挨冻，我也感到幸福。她为人们受冻，我则为她受冻，我们俩都受冻，但我们谁离了谁都没法活，我们彼此还说，不管谁离了谁也都不能不受冻。”沃拉吉米尔谈话时，我看到我丈夫如何弯着腰又在往炉膛里添柴，后来又踏着地毯到隔壁屋里拿来一把大刀子，在过道里磨起刀来。沃拉吉米尔一直像鸭蹼一样地叉开指头，张着他那双大手接着烤火。思量着如何将他那位在寒冷的日子里受冻的电车售票员、他心爱的姑娘更紧地拴在自己身上。我丈夫磨完刀回来，站在窗口亮处用指头试试刀锋，他喜欢锋利的刀子，因此每个星期都有一个指头被包扎着。沃拉吉米尔接着说："年轻的太太，您知道，我不能什么都凭想象，我所做的一切都得首先自己去亲自体验一番。自从我那位在电车上工作，由于穿堂风和行车时的震动损伤了她的卵巢的时候起，我的两个肾就痛，我有什么办法来对付这呢?"我笑了笑说："您的肾病是由那电车上的过堂风和震动引来的，沃拉吉米尔先生，等到您的黛卡娜辞去这工作或者生上个病待在家里，您的病就会好了。"沃拉吉米尔一边听着一边慢慢地穿上他的短大衣，说："这有一定道理。要是她的身子往下坠，要是她怀了孕，要是我们将要有孩子那就最好不过了!"我丈夫无缘无故地大声吼道："可他妈的沃拉吉米尔啊！海明威的第一部短篇小说写他如何跟他那位当大夫的爸爸到一个印第安产妇那里去，准备替他接生。海明威的爸爸一掀开床单，只见那里躺着一个用刀子杀死了自己的印第安男人，这是由于他为妻子分娩紧张得无法忍受所致。他妈的您也会在您老婆分娩时坚持不住的!"沃拉吉米尔后仰着脑袋，他那卵状的颅骨更显得高傲了。他轻蔑地说："那我也可能割断自己的咽喉，我将会有一种纯粹的感受。主要是免得让我穿着便袍坐在家里去读别人所感受的东西……博士！科特采商场有出口土耳其的便袍啊!"沃拉吉米尔得意地说。我丈夫像木鸡一样站在那里。可又无缘无故抬起眼睛、大笑着喊道："沃拉吉米尔，您知道除您之外还有谁患羊痫风吗？先知穆罕默德和作家陀思妥耶夫斯基，征兆完全一样！可是请注意，不能超过三十秒钟！这可毫不含糊！最舒服的死是淹死。"

沃拉吉米尔就像遭闪电雷击的塔一样站在那里。他一步跳到炉子旁，我连忙上去挡着他的路摊开双手说："您又想搬炉子？沃拉吉米尔，您若敢搬，我到死也不会理睬您的！"沃拉吉米尔咬着舌头强忍着怒气跑到院子里。外面下着雪，他匆忙跑下台阶，连帽子也没戴，他的脑袋一下就消失不见了。我知道，在恋爱这方面他简直成了天字第一号，真是一个大疯子。我知道这一点，不禁点点头，觉得本该这样……后来我和我丈夫穿上婚礼服去参加沃拉吉米尔在日什科夫区政厅举行的世俗婚礼，所有婚礼客人也都是俗套的，所有婚礼上的公职人员也是俗套的。先作一个老一套的报告，然后按惯例互戴戒指。沃拉吉米尔就是我所见过的依从俗套的新郎，被这婚礼弄得张皇失措，一直不相信自己能得到这么大的幸福，能娶上这么一位因为这习俗化的幸福而容光焕发的俗套新娘。后来，开来一辆俗规的汽车，随着又一辆、再一辆，然后便去瓦茨拉夫大街上俗规的旅馆，在一个俗规的婚宴厅里吃了一顿俗套的午餐，在同一个碟子里新郎新娘按老一套喝俗规的汤。唯一不落俗套的便是沃拉吉米尔的妈妈，她像一位曾经打过篮球的运动员，长得跟沃拉吉米尔一模一样，简直像他的姐姐。而黛卡娜一家简直让我受不了，也很俗套，但是像平常的富人那样，一眼就能看出，他们都是些贵族老爷、太太，举止得体。我的眼睛一直盯着沃拉吉米尔。他真让我失望，竟然如此地俗套，如此小市民，是一个为了他那俗套妻子的一个微笑而情愿放弃自己的行动版画的俗套丈夫，因为他坐在瓦茨拉夫大街这家俗套的沙龙里既没意志也无幽默，只是一个摆在陈列柜里的俗套木偶。最后，到下午，那对年轻的新婚夫妇便无影无踪、进行那俗规的结婚旅行去了。

只要院子里有太阳，我丈夫便把椅子搬出去，待在外面。太阳晒到哪里，他便将椅子搬到哪里，有时还有那张小桌子也跟着。当太阳跳上了板棚的屋顶，院子里因阴影而变凉了时，我丈夫便端着他那锯断腿的椅子坐到有太阳的地方，脱光衣服晒太阳，因为他太喜欢阳光。当我们上街，走到利本尼的巷子里，赶上出太阳时，我丈夫总是走在阳光的那一边人行道上。坐电车也这样，他总要坐到晒得着太阳的那一边窗子旁，乘火车、坐公共汽车都这样。有时我们一道到利本尼的旧港湾对面桥头去晒太阳，那里有一口破舱船，岸上还码了些养鱼池用的橡树木桶，人们在圣诞节或复活节用这些桶装鱼出售。我丈夫喜欢来这里躺到毯子上晒太阳，也喜欢在这里和沃拉吉米尔一块儿游泳，连依尔卡·什梅卡尔都爱在这里画那只旧舱船和那条长堤。那里整个秋天都结着香气扑鼻的苹果。我丈夫在这里跟一群小男孩在一起。这些男孩根本没去注意他，我丈夫似乎也没注意他们，其实呢，他们的一举一动、哪怕一声喊叫、说出的一字一句都被他注意到了。我丈夫待在这里很惬意，由于这里曾经是个港湾，从这里有一条两边长着老洋槐的大道一直通到卡尔林，然后沿着河岸再通到贝尔茨·迪罗克。这里还有家僻静的长形饭馆名叫“伏尔塔瓦人”。我丈夫说那里每到星期六星期天有上两百顾客，因为布拉格人喜欢全家到这里来郊游。我在这里只游过一次泳，因为那次我从河汊的水里钻出来时，身上粘着一个恶心的避孕套，我气得把它扔得老远，我丈夫笑得尖叫起来，待在旧船上的男孩们也哈哈大笑着从船上往河里撒尿。我丈夫还对我说，有个住在什瓦布基名叫萨尔茨曼的老太太专靠早上在什特拉斯堡附近山麓下码着木柴的篱笆旁、在太阳街上捡那些到处扔着的避孕套为生。她将它们清净卷好，放在一些粉红色或蔚蓝色用来装情书有香味的信封里，到晚上再便宜卖给什特拉斯堡的姑娘和婊子们、拉巴罗马小卖部的野鸡们和站在尼特拉旅馆门口的娼妓们，那里有一到两个小时的房间出租。

现在我们躺在这里，我丈夫突然向我谈起当年他小时候，在日德尼采的小屋里从窗口观看出殡的情景。后来跟父母住在波尔纳时，他参加了每一次的出殡行列。穿着缝有金扣子的红色短外衣，戴着插羽毛的礼帽，作为哭丧队的一个成员参加送葬。他紧跟在哭丧队的后面，他们一哭，他也跟着哭，跟着哭丧队伍往前走，因为他热爱那出殡乐队，热爱那金灿灿的小号、有活塞的短号和黑管，热爱整个出殡行列摇晃的步伐，大家都左右一致踏得重重的步伐，按照哀乐的节奏、在耀眼阳光的照射下前进。队伍进了墓地便停止前进，哀乐仍在演奏，人们和我那位当时还是个小男孩的丈夫按照这哀乐的节拍踏步站在这坟墓的一旁，牧师和侍祭们站在坟头，送葬的人们在墓坑四周围成一圈，黑棺材停在两块厚木板上。当殡仪馆工人从车上抬出这棺材时，人们便献上花圈和花束。然后一片静寂，教区牧师讲话，后来又有一个手臂戴着黑纱的人讲话。所有送葬的人都摘下帽子……我丈夫在港湾岸边给我详尽地描述着：“我也脱下礼帽，也跟着那些死者亲属一样哭着，根本没法看见他们的脸，因为他们都裹在黑纱里。随后牧师将侍祭递给他的水果盘里的圣水洒在棺材上，接着有个人挥一下白纱巾，乐队开始演奏告别哀曲，四个穿得像元帅一样的殡仪馆人士提起帆布带子，将棺材放进墓穴里。那些死者家属、几个穿戴一身黑的人活动起来，仿佛要扑上棺材，仿佛要跟着死者进到墓穴里去，然后又是一片寂静，紧接着响起一阵号哭声和喊叫声。总有一个穿黑丧服的人瘫倒下来，另外两个穿黑丧服的人不得不使劲扶起他。牧师用挖坑人递给他的铁锹扔几锹土到墓穴里，随后我们便一个挨一个地边走着边扔一锹土到墓穴里，土块儿像敲鼓一样地打得棺材啷啷直响。接着，牧师跟死者家属握手，跟他们轻声说上几句什么，便第一个离开坟地，随后送葬的人也纷纷离去，乐队已经走到了坟地门口，掘墓坑人将钱放进口袋，我又戴上帽子，带着哭红的眼睛站在殡仪乐队旁边，送葬的人列队走在乐队后面，演奏过哀乐的同一个乐队如今奏出了进行曲，所有送葬的人、所有回城去的人如今伴着这进行曲迈着统一的步伐轻松愉快地行进着。小号、有活塞的短号和黑管在阳光照耀下闪闪发光，像我们哭哭啼啼走到坟地那样，如今又高高兴兴地走回饭馆，在那里为死者干杯，我们大家都再没有眼泪，彼此望上一眼，微笑着。曾经站在坟地门前的乐队，如今站在饭馆门前，演奏着欢快的歌曲，我们挨个儿走进这暖洋洋的饭馆里，乐队最后走进里面，乐师们坐在一张桌子旁，我每次都跟他们坐在一起，我成了一个公众共有的孩子，谁都喜欢我，因为他们以为我是一个神经有毛病的乡下小孩……”

行驶在利本尼桥上的电车铃叮当作响，我们躺在旧舱船旁的草地上，男孩们已在那脏得叫人恶心的水里游泳，他们不停地钻进水里，一直游到拴着装载苹果的船只的粗绳那里，然后又从那里游回来，再游去，然后回来……

待在岸上自然冷些，男孩们全身发紫，他们蹲在地上，紧握着的手塞在下巴底下，牙齿直打战，尽管披着毯子、短外套和衬衣，可还是暖和不过来。为了好受一点儿，他们又从旧船上跳进水里，一直拍打到冻得发抖了为止。我们一直躺着没再下水，天黑时回到家里。

我丈夫的朋友卡雷尔·马利斯科从小就以变魔术出名……他将孩子们叫到城堡街排成一行，问他们天空怎么样，孩子们说正在出太阳。而卡雷尔·马利斯科对他们说：“你们站在这平台下，我是个大魔术师，请你们闭上眼睛，一分钟后我便把雨招来。”孩子们于是站到平台下方，闭上眼。马利斯科从平台栏杆那儿尿了一泡尿把他们都浇湿了……有一天他来串门，走过院子的时候已经没有半点魔术师的影子，相反，还瘸着腿，因为他熏猪肘吃多了正在闹痛风。等我递给他一把椅子时，他还怯生生的。他给我们带来一个可喜的消息，说他的朋友波列克要办宰猪宴，说他只为我丈夫，为他在巴特克的布拉特院子里养了一头小猪崽，这猪崽已经长得相当大了，准备宰了过宰猪节①；说头一天只请男士去，第二天去女士，指的是马利斯科的妻子和我。马利斯科先生一边说一边折着指头节咯咯响，非常胆怯的样子。后来又莫名其妙地对我说，要是我怀上孕，到四个月的时候把它取出来或者刮宫……“什么?”我吓一大跳。而马利斯科先生给我上了一堂关于荷尔蒙的课，说这激素是世界的动力。“漂亮的女人一怀孕，那些漂亮汁液便在妊娠过程鼓胀起来，流进她的乳房和臀部，并激发性要求，在这头三个月男人用不着注意什么、不需避孕工具、避孕套……总而言之跟这样的女人同床是很美妙的。艾丽什卡太太，您脸色有些苍白，在性方面有些胆怯，那么在怀孕四个月之后就能成为像丽丝·泰勒和梦露一样的性感女郎。可是我今天来主要是想向您详尽描述您那位又在哪儿磨蹭的丈夫的光辉形象。我年轻的时候，和我父亲一道在他的卡列姆沙龙乐队里演出。我记得我们在奥斯特拉瓦演出的那时节您丈夫还是个学生，想成为波特莱尔那样的人物。那人曾经将头发染成绿色、穿着漂亮的服装去听歌剧。您丈夫那时也想采取这类革命举动，于是到理发店去剃个光头，因为他爱上了扎拉比的美少女格奥吉娜，可又没有时间和本事去拢住她。我那时在沙龙乐队

① 捷克人称“宰猪节”，起源于乡下农家宰猪庆丰收而得名。后来便普及到何时何地任何人都把自家宰猪请客吃饭都叫“宰猪节”了。

演奏钢琴《小吉戈罗》。忧伤的吉戈罗回忆不起他的青年时代来。您那丈夫剃个光头真难看，因为他的脸晒得很黑，而脑袋却光得发亮，大家都盯着他脑袋看。他原以为能吸引住他的格奥吉娜，结果反而使她羞得满脸通红，不愿跟他跳舞，而跟一位人们叫他巴夏的工程师跳去了。而那位巴夏却相反长着一头浅色的漂亮鬈发。您丈夫没因剃了个光头而获得任何欢乐，却陷入深深的忧伤之中。他溜出大厅，跑到灌木丛中，爬到舞厅窗外的围栏上，背对着墙，穿着晚礼服一步一步地蹭到窗子边，在那里，他看见了他美丽的格奥吉娜正在跟工程师跳舞，还一直面带笑容。那巴夏是划船俱乐部中最高明的网球手，也是最棒的田径运动员和排球运动员，他将格奥吉娜紧紧搂在怀里，您那位光头丈夫背靠着舞厅的墙壁转过头来望着奥斯特拉瓦舞厅的中心，妒忌得快要死去。我为什么对您讲这些呢？好让您明白，您嫁给了一个什么样的人，您这位丈夫一谈恋爱便爱得死去活来的，是养熊人用链子牵着的一只熊，这链的末端是个环，就拴在熊的鼻子上，而您丈夫总是被他爱的姑娘牵着走，她们很善于勒紧那时拴在您丈夫鼻子上的链子。他就这样靠墙站着，看着他的格奥吉娜如何勒紧链子、弄伤他的鼻子。他痛苦极了，后悔自己不该让人剃掉他那也是淡黄色的头发，这浓密得必须抹上发油才能梳理的头发，而且也带着波浪，仿佛被氧化物染褪了色。我知道，”马利斯科先生叹一口气，像我丈夫一样地望着窗外，“您知道，这样一位约尔·布林纳是女人崇拜之王。可是您丈夫却没有了头发，这可是真正的不幸，他沮丧得决定在他的头发长出来之前宁可戴个贝雷帽。我白费劲地苦苦哀求他继续光着头，继续学超现实主义者的样子。格奥吉娜就因为他这头发而抛弃了他，让他落个跟我一样的下场。我曾爱上一名肉铺女郎。我总是到民族剧院对面的赫麦里去吃午饭，我的女神、我的对象跟我打招呼说：‘马利斯科先生您要点什么？’我像每天一样要了一百五十克烤肉卷，她有着一头秀发，笑容满面地拿着那热乎乎的肉卷，一按开关，切了一块给我，‘马利斯科先生，这还是热的哩！’于是我给她写些小诗，爱着她，每天都到她铺里去用午餐，吃那热气腾腾的肉卷，看看我那位肉铺女郎。可是没想到她头发里起了疹子，不得不剃个光头，于是总戴着头巾。我继续去那里吃饭，午饭后走过民族大街，忽然有了个主意：到假发部去订了个假发套。我继续到她铺里去吃肉卷。可是我那位肉铺女郎调到贝莱恩施特因去了，还是在肉铺里工作，我不再写诗给她而是给她送去假发套，可是当我走进贝莱恩施特因的肉铺时，我看见什么啦？只见我的心上人站在柜台后，头上已经戴了一顶漂亮的假发套，只不过她的发套是她经理给她的，从此对我不再理睬，我拿着我的这个假发套走出来。那里正排着一个申请出国许可证的长队，大家都跟我一样疲惫不堪，我拿着这个花了六百克朗在民族剧院假发部做的假发套给他们看，我举着假发套向这个队伍表示祝福，还大声说了一句：‘我好心没得到好报啊！’您瞧见了吧，艾丽什卡太太，剪头发可不是简单的事儿。只有像约尔·布林纳或者我们年轻时的斯特罗海姆[①]……就这样，我该走了。艾丽什卡太太，请转告您那一位，小猪已经长大，宰猪宴已经出现在地平线上。如今我得回家了。在出了那档子倒霉事之后我再也不写情诗了，如今我根据伊拉塞克教授的著作在写论文，不过写砸了。我所写的是与哲学—生物学有关的补充和注释……”马利斯科先生说话时，弄得我不知怎么回应是好，我的救命稻草是照着《披着冬装的大地风光》的样子绣图画。我选了一些黑色棉线，马利斯科先生看着我这作品劝慰我说：“没事儿，只管干您的，我的孩子……直到现在有幅画面还浮在我的眼前，那就是从奥斯特拉瓦的舞厅里跑掉的您那丈夫的画面，我瞅了一下他侧着的脸，他正在盯着他的格奥吉娜。我没弹钢琴，我跑出来，走到修剪了的枫树下面，穿过花园餐厅，走进黑暗中，那里只有从舞厅窗口射出的一线光亮。在那里我看见您丈夫背贴着墙，我看到他穿着晚礼服的身影跟这些线一样黑，您那位站在窄窄的、高达两米的围墙上的丈夫，正为我也见到了的格奥吉娜如何跳舞的情景而怒火满胸膛。格奥吉娜被搂在那英俊的工程师的怀里，工程师对她打着耳语，向她说着只有您丈夫、这鼻子上拴着爱情与渴望之环的小傻熊才可能轻声说出的情话。面对这情形您丈夫只得自嘲而傲气地走向垂危。”马利斯科先生站

---

① 斯特罗海姆（Erich Von Stroheim，1885—1957），第一次世界大战后毁誉纷纷的电影导演之一。他的影片以严肃的现实主义风格和细节尽善尽美知名。

起来，就像他来时那样，没有跟我握手，我也没有把手伸给他。我虽然觉得马利斯科这人还可爱，但是我知道，他对我说的，我只有等他走了之后，等我不仅从他那使人难堪的现时中，而且从他对我所讲的内容中清醒过来之后，才能去进一步思索……

我已经开始对我丈夫这些朋友感到恼火，我已经开始受不了啦！我自言自语说、反复地说："你得掐住他们的舌头，你得用他们捉弄我的办法来对付他们！"

我提着包从古力基采购回来，便拐到通往瓦尼什达酒馆的那条小巷里，恰塞克电影院的门一开，只见挤挤攘攘拥出一群孩子，沃拉吉米尔像一根棍子拄在他们中间。他也像这些孩子一样在看滑稽片、教育片和新闻片，放映了整整一个下午。从这敞着的门传出音乐声和一个男人的声音，他正在恰塞克电影院冲着观众嚷道："安静！要不把你们撵出去！"沃拉吉米尔一看见我，马上这样对我说："年轻的太太，您的夫君大人在干吗呀？已经买下那双绣了猫的拖鞋吗？是不是在写他那本让我们的读书界感到大吃一惊的破天荒的书啊？"我挨近沃拉吉米尔，对他说："他会让他们吓一大跳的！我的那位宝儿爷跟一个叫萨尔茨曼的老太婆在拉·巴罗马小酒铺，也就是在当兵的常去嫖娼的太阳街上捡那用过的避孕套，我丈夫还帮老太太用网子到伏尔塔瓦河、到那个死港里打捞那些东西，然后跟那老太太将它们洗干净、晾干、撒上粉末、重新卷好，放进装情书的粉红信封里，到晚上由萨尔茨曼老太太又将它们拿去卖给拉·巴罗马小酒铺附近的野鸡……”沃拉吉米尔惊瘫了，我则非常惬意，我把从丈夫那儿听到的乌七八糟的事情一股脑儿编到他自己的身上。沃拉吉米尔惊得只会含糊不清地喃喃着：“这么回事啊！这博士可真是一鸣惊人太了不起啦！如今我确信，他会成为出类拔萃最棒的、他会成为文学上的世界冠军，因为他现在已经算得上人民艺术家了……”

在我丈夫的朋友中我最喜欢的是斯坦达·瓦夫拉，一个出了师的印刷工。他的举止、他的自然潇洒使我大为吃惊。而我丈夫坐在他身旁就像个扛长活的、某个郊区旅馆里打杂的伙计。斯坦达笑得也很有风度，知道如何配领带、穿毛衣和衬衫，他的皮鞋总是擦得干净锃亮，而我丈夫一大清早只要一穿过利本尼公园的草地，鞋子就没法看了。那个斯坦达悄悄地感到得意的是，他也能写点儿小诗。沃拉吉米尔还拿着斯坦达写的诗到他的街头集会上去朗诵。他们甚至还合作写了第四份爆炸性宣言，上面还郑重其事地签上了斯坦尼斯拉夫·瓦夫拉的姓名。斯坦达深爱着诗人格拉特·奈瓦尔①，这人后来消失在东方某个地方。斯坦达根据奈瓦尔的作品写了一部奇特的作品，在这部作品中，英俊黑发的印刷工人把自己也写了进去，他别无他求，只想出一本小小的书以表示对奈瓦尔的纪念。斯坦达给我讲述过的一个故事使我跟斯坦达一样将它牢记心中，

---

① 奈瓦尔（Gérard de Nerval，1808—1855），法国文学中最早的象征派和超现实主义诗人之一，曾出游埃及、叙利亚、黎巴嫩等地中海东部诸国，1855 年在巴黎的路灯柱上自缢身亡。

斯坦达说这个画面就像奈瓦尔一样在他一生中留下了印记：在他小时候，常在斜尔瓦支卡的庄园里玩耍，在上个世纪中，这儿曾有过葡萄园和花园，人们还在罗基特卡河中捕淡水鲑。可是等斯坦达长大成少年，庄园里已经住了些穷人，罗基特卡河里也常漂着些人们甩掉的罐子和炉子什么的。斯坦达在外廊下方玩耍，外廊上有个胖极了的女人在走路，外廊地板已经朽了，而且恰恰在斯坦达朝上看这一刹那断了，那大胖女人从外廊上掉下来，裙子像撑开的雨伞，斯坦达在下面一直望着，直到这世界在他眼前变得一片漆黑，他被缠在这裙子底下昏倒过去，斯坦达倒是没出什么事，可那大胖女人的胯骨却跌成了两半。“这就是我想要描写的我的故事。”斯坦达说着，还多次重复着这句话。他有着伯爵式的修长手背，吸烟的姿势也很优雅，笑得多情可亲，他有一头浓密的分着缝湿润的黑发，脸色黝黑，样子像意大利的足球运动员。我丈夫从来没向我递过一支烟，也从来不知道给我点燃烟，可是斯坦达善于以伯爵的风度做这一切，一切都显出一种造型美……他有一个哥哥叫沃拉吉米尔·瓦夫拉。我第一次看见这位也叫沃拉吉米尔的大瓦夫拉，便认出他坐过牢，因为他有一双囚犯的眼睛，就像我丈夫说的有双贝尔兹的犹太教牧师的儿子们那样的眼睛，有着囚犯的那种触觉，连他的笑也是坐过牢的那种人的笑。这位大瓦夫拉笑得都喘不过气来，笑得瞳仁儿快乐地打转儿。说他尽管是出师的电气机械师，却掌握了所有超现实主义的宣言和所有诗人、上个世纪所有法国诗人的作品，最主要的是因为他是一个在皮迪兹坐过六年牢的人，因此将多一点的客观现实主义带进了超现实主义之中。在这方面他算是独一无二的……他当然也笑话所有别的人。他两手抱着膝盖，一个劲儿地微笑着。因为他说他已经不需要交谈，早已把一切都记录下来写进心里、灵魂里，然后写到割断的面粉口袋上，只需将他在那只有地下矿灯的矿井里体验的一切抄下来就行了。我看得出来，斯坦达不仅喜欢他哥哥，还认为曾经坐过牢的这位大瓦夫拉哥哥将是未来的精英。关于这一点斯坦达从未怀疑过。我丈夫还在斯坦达的哥哥关在监狱里的时候就已跟斯坦达有过来往。两年来他从斯坦达和他哥哥的其他朋友如布希尔先生那里常听他们谈起大瓦夫拉。这位布希尔为了纪念安德烈·勃勒东①在兹波希洛夫②花园里造了一只大舱船，直到今天还在那花园里摆着，因为谁也没法将它搬到河里去，就因为太大，一直关在兹波希洛夫花园篱笆里。那时我丈夫已经早就知道这位大家都等着他回来的大瓦夫拉。他们那个自诩为利本尼精神敏感者小组，直到最近才开始生活。等到人们称之为工人的诗人、大瓦夫拉回来，我丈夫才会看到一位活生生的真正诗人。他入狱的故事很简单：他的头头有部发射机，向西欧发射了恰好两年，侦缉队用雷达找到了他们，在马尔莫夫卡的一辆小汽车上连同他们的器械一起捕获了他们，随后便是审讯，然后在一九五一年于巴

① 安德烈·勃勒东（André Breton，1896—1966），法国诗人、评论家、超现实主义主要鼓吹者和创始人之一。

② 位于伏尔塔瓦河畔的一座漂亮宫堡，现为国家雕塑馆。

尔杜比采开庭审判……有一次，在一个阴霾的日子里，大瓦夫拉坐在我们敞开的窗子旁，两手扶在膝盖下边，讲到他一生中最大的恐怖：他被押着走过一条一百米长的街道去法庭，沿途站着一些普通老百姓，主要是妇女。他们威胁他，往他脸上吐痰，冲他喊叫，大家都在喊着说他们该被绞死……“这唾沫、这喊声、这些眼睛、这些模样像我们的父亲、我们的母亲的人们的仇恨是最最可怕的了。我被判了二十年。后来又带我走过那条喊叫辱骂的街道，我的弟弟斯坦达站在那里，绝望地哀号着：‘沃拉佳啊！超现实主义者们能管什么用啊！塞利纳能管什么用啊！哈谢克、卡夫卡能管啥用啊！这些年来，皮迪兹对我说，那其实是一个好的无线电广播啊……我要写篇关于这事的消息，我要写篇关于这事的报道，在一块小小的版面上我要喊出不仅我的命运而且是其他人的命运……’”

终于，我丈夫有机会成为一位作家了。他收到一封信，出版社在信中提议出版他的一本短篇小说集，说为了让他能集中精力把这本书弄出来，出版社将给他提供一些经济补助，一年之内将付给他一半工资，让他去与公司商量减掉一半工作量。于是布普尼废品回收站主任古切拉先生便与我丈夫签订了这项合同。于是我丈夫便从他所写的作品中挑了一些可以出版的短篇小说出来，可是挑来挑去还是不够，他必须再写一些短篇小说，可又不是他习惯于写的那些寻开心的所谓“江湖神药”。正如我所看到和听到的，他在开始写些相当温和的、为让这个集子得以出版的这类短篇小说。事情经过是这样的：最初他交给编辑部的只是那些“江湖神药”，连副标题也不是写的短篇小说，而是那些神神道道的东西。等候编辑部审读了整整一个月，后来又拖了一个月之后，我丈夫变了，坐不住了，从睡梦中醒过来。他每个星期都跑到编辑部去问他们是不是已经看过他的东西了，而每次都抱着极大的希望走进那栋楼房，可又胆怯地、可怜巴巴地回到家里。

他的工作安排是这样的：虽然每天都去上班，但只需干到下午一点，然后洗完澡便可回家。可是换了一个新主任。不管是那女工东佳，还是那助理工温扎，虽然什么也没说，可是我常去那儿找我丈夫时便看到，我丈夫想要出人头地当上作家不是那么轻松的事儿。工人们的那种信任感消失不见了。我丈夫独自一人干活，连新来的女主任也变得对他冷淡起来，东佳和温扎已经不再和我丈夫一块儿去喝啤酒，也不到胡森斯基去吃午饭了。我丈夫因一心忙着他那本书所以根本没注意到这些。又过了六个星期，当我丈夫重又去问作家出版社的编辑部是不是接受了他那些“江湖神药”时，他们只是对他说已经有两位编辑看过，让他第二天早上再去。第二天我丈夫没去上班，九点钟便等在编辑部门口，直到约定十点钟见面。他便在河岸①溜达了一通，然后才进编辑部去。一个小时之后，他便红着脸感到受辱地跑到我的烤鸡小吃部来，对我说他们把他的稿

① 指伏尔塔瓦河岸。作家出版社便在离河岸很近的民族大街上。

子退给了他，说他们大笑着朗读了他这本名叫《线上云雀》的书稿中的一部分，说有些句子使编辑们兴致很高。当时我丈夫情不由衷地微笑着，他有个印象，即从眼下这一瞬间起他将开始实现他要成为未来的佼佼者的梦，觉得他的朋友、诗人希夏尔和科拉什关于他的短篇小说将会前途无量的预言说对了。当编辑们笑了差不多半个小时之后，对我丈夫短篇小说的风格和内容大加赞赏一番，但随后变得严肃起来，说这样的稿子是没法出版的，要是出版了，他们作为编辑就会是最后一次坐在这里了，因为社领导会因为这些“江湖神药”式的作品而辞退他们，砸了他们的饭碗，说想必我丈夫也不会愿意他们这样，说现在只好把稿子退给他，因为只有一半短篇小说可以考虑放进书里由捷克斯洛伐克作家出版社出版，所以让他在还有经济补助的今后半年里再写些里面既没有脏字，也没有色情场景的短篇小说……于是我丈夫便摇摇晃晃回到了焦街的废纸回收站，准备接着干活。等卡车载着他装上的纸包开走之后，东佳和温扎站在院子里。我丈夫提起罐子从胡森斯基打来了皮尔森啤酒，可是东佳和温扎都没有喝。我丈夫请他们为他的健康喝一杯，可温扎看了一眼东佳，两人一致说他们自己有钱，不需要作家买酒给他们喝……于是我丈夫便离开了这个他干了四年活儿的阴冷肮脏的院子，走到大街的光亮下，等他一步一步走到我那里时几乎有些支持不住，只坐在那里呆呆地微笑着。我正在招待那些黑人顾客，他们刚刚把用来洗手的一盆清水喝掉了，因为大多数顾客喜欢用手拿着烤鸡吃，可是这些黑人没用这水洗手，以为这是用来喝的水。我和领班都在笑，可我丈夫坐在那里看着前面，仿佛有些不知所措，他品尝了这一他后来向我谨慎复述的失败，他那些粗痞文稿在作家出版社遭遇的惨败；他与那些已经属于过去的朋友的关系上更大的惨败，两位诗人恐怕已经除了他的名，因为他们可能坚信他想踩着他们的背脊爬上光荣作家的桅杆，去当一个出人头地的人，而不再是一名工人，不再是废纸回收站的人称呼的那个博士。自从那不仅他自己而且他的朋友们曾寄托如此厚望的稿子被退回这一瞬间起，他似乎变成了另一个人。我白费劲儿地骂他，白费劲儿地坚持对他说，笨蛋是出版社的那些人而不是他。我白费劲儿威胁他说，做梦也休想丝毫改动他的稿子！其实我压根儿就没读过这些稿子，这不重要，要紧的是让他保持原来的样子，让他别突然一下子开始按照出版社那些人的要求来写作，可是我那不争气的丈夫根本听不进去，他已经在按照那些被通过的短篇小说来写，并把希夏尔和科拉什先生很看重的那六个短篇撤了出来，耐心地补写完那些经过筛选之后剩下来的玩意儿。他一大早就去上班，以便到中午就把活儿干完，可以去写他那预约好的短篇小说。此时此刻我因我丈夫突然变得这么温顺而有了勇气，不惜一切代价地我怎么想的就怎么对他说。而我丈夫却按照人家劝说他遵循的样板，违背自己的意志、自己的信念来写作，然后到编辑部去撒谎去伪装，每写一部短篇小说便拿到那里去低三下四征求意见看是不是合乎他们的要求。那里一夸他，他便高兴。直到写完最后一个短篇，为的是能凑到一起出一本小书，然后便可成为作家，出人头地。从此，我便开始把我的丈夫看成一个胆小鬼，看做一个在他朋友之中是一个样在编辑部又是另一个样的人，我受不了这两种面孔、两种目光、两种言谈，我已经带着一种反感听我丈夫讲话，我总是怎么想的就怎么说。我当姑娘的时候曾经住过一栋拥有十几间房子的楼房，我，曾经拥有股票，我们家里请了女佣和司机；我，也曾为这付出了代价，我不仅失去了这一切，还因为我是个德国女孩而在砖场干了一年活，然后我父母被迁走，将我和海尼弟弟留下来，那时我才十六岁，为了供养海尼，我不得不到饭店到食堂去打工，以便能给他端回一小锅食物，让他能填饱肚子，难道我经历过这些遭遇之后如今还要说谎话？说些非我所想的违心话？像我丈夫那样行事？他打定主意要不惜一切代价去当个作家，即使要改写、补写他的书、背叛他的粗痞文稿也在所不惜，这些手稿是在他的朋友面前、使他们为之雀跃的啊！后来我丈夫的胆小怕事得到了报应。连在朋友中间他也不再有自己的观点，不管谁说什么他都立即表示同意。他总是先同意一切，只要不说自己该说的东西就行。他害怕说出自己的观点，即使说了，到最后也总是收回。在焦街的废纸回收站也是同样的结果。我去那里找他时，办公室正坐着企业安全代表。我走进去，正想退出来，那个安全代表说：“只管坐下吧，太太，您丈夫很快就要回家的。”东佳和温扎及主任坐在各自的椅子上。安全代表讲完话，我丈夫脸红得像刚刚哭完。“你看，”安全代表说，“你不遵守劳动纪律。我没去注意你，你过了下午一点便走了。你还有什么可说的呢?”我丈夫以微弱的嗓音争辩说:“我已把工作做完,所以就回家了。”而安全代表坚持说:“你承认吗?你无故旷工。我妻子只到这里来过十次,可你在十二点半就已经走了。东佳,你对这有什么说的?”东佳闭上眼说:“是,博士,您每天在十二点就走掉了。”安全代表便将这话写进了记录里。然后又问:“温扎,你对这事有什么要说的?”温扎说:“这都是您自己干的,博士,您只能怨您自己。”我丈夫低声说:“你知道,温扎,每当我们一块儿到科利什那儿去打包,整个一大车的包都是我打的,可我都把账记在你的名下,因为你有孩子。”温扎却粗暴地说:“博士,您把您的活儿记在我名下只是为了堵住我的嘴。”安全代表又重复一遍说:“你没有遵守劳动时间。”我丈夫争辩说:“可我是经过回收站领导批准的。我可以在两个月内缩短一半时间的工作量,这是与文学基金会协商好了的。”安全代表却欢呼起来说:“两个月内!可你不遵守工作时间已经半年之久了。你为什么不遵守这两个月内的协议?”我丈夫继续掉进无底深渊:“我在为《线上云雀》这本书而工作。”安全代表又欢呼起来,东佳、温扎,甚至主任也都乐了。“那你可以在晚上在夜里写呀!总而言之,你对准则规范很随意。他们还给你写了个加班,最主要的是还给你写了个加班!”我丈夫轻声坚持说:“可是付给我打包的钱是六个公担三克朗!”可安全代表坚持说:“那些加班时间使你不在乎准则规范。”主任气愤地对我丈夫说:“我还以为您是个有修养的君子哩!”

我丈夫站起身来说："那好吧！我承认一切，你们所说的都对，我旷了工，行了吧？"安全代表立即将这些写进了记录报告，同时说："好啊！你不仅自己沉下水，而且还捎上了你的主任，尤其是企业的会计。你再考虑一下你所说的，再在这里读一遍！"我丈夫似乎又打起了精神，将记录读了一遍，然后高兴地说："怎么样，同志，您还种蔬菜吗？我在这里给您找到的那本叫《我们的水果的颜色品种》的书您喜欢吗？"可是，那时我丈夫跟他以及东佳、温扎在下班后一起去喝过啤酒的安全代表却冷冰冰地说："我不知道你在说什么。"我丈夫说："我今年收成很好，三筐莱茵特苹果，两筐约纳丹苹果，四筐金帕尔马苹果。"主任的脸红得更厉害了，说："我还以为您是一个有修养的君子哩！"安全代表又掏出一支香烟，本想点燃它，无奈在所有衣兜里也找不到火柴。我丈夫从写字台上拿起一盒火柴，划燃它递到安全代表嘴边，可是安全代表任那火柴在我丈夫的手指间灭掉，然后将整支烟像掐烟蒂似的掐在烟灰缸里。我丈夫常爱谈起的这个安全代表，说他曾经是多么的喜欢我丈夫，每当他在卡雷尔·布拉班茨基喝醉了不想回家，便允许博士友善地打他几个耳光，如今他却满腔仇恨，挥动着那记录报告，就像朱可夫元帅命令似的要求凯特尔①元帅在投降书上签字一样："签字！"我丈夫签了字。他签字的时

① 凯特尔（Wilhelm Keitel，1882—1946），德国陆军元帅，希特勒最忠实的将领之一。

候东佳舌头不利落地说："我不得不这样，博士，您是一位有修养的人。"安全代表站起来，浏览一下签字说："好啦！如今你被解雇了。"我丈夫抬起眼睛，也举起两只手，怡然自得地伸了个懒腰，哈欠都打出了声。他打开自己那一格存物柜，掏出他的东西：书籍、劳动服和帽子，将它们拿到废纸堆那儿，他把衣服和鞋子都扔到了那一堆上。安全代表准备离去，当东佳、主任、然后还有温扎签了字之后，他在院子里对我丈夫说："希望你那本书能够出版……书名叫什么?"我丈夫说："《线上云雀》。"安全代表重复了一遍，"那就给我送来一本《线上云雀》吧!"接着我丈夫用一根绳子将自己的东西捆在一起。我望着他，好得很！我见到了这情景，我曾看到别的事情，我曾在被撵出门送到收容所之时目睹过更可怕的情景。我微笑着对我丈夫说："喂，要是你愿意，我来养活你。别去理会那什么《线上云雀》，别去理会这一切，写你想写的东西吧！我来养活你!"我们走到了过道上，汉嘉站在那里，两手交叉着，背靠着墙壁微笑着："喂，你这该死的小子，你反正会成为作家的！他们在那里对你所干的一切，这更衬托出你未来的荣耀……喂，夫人，您知道法国大革命是怎么一回事吗?他们不仅砍下了王后、国王以及全宫廷里人的脑袋，而且还砍下了千百个贵族的脑袋……甚至砍下了所有国王的头，也就是他们在圣母院雕像的头。他们让那王位继承人去学皮匠活儿，那皮匠将他折磨致死。博士在这里经受的只不过是刚学会走路的娃娃玩的哗啷棒儿。夫人，您在一九四五年所经历的也是这么一回事儿。您知道，沙皇尼古拉、皇后和他们一个比一个漂亮的四个女儿，这四个公主和他们的医生是怎么个下场吗？咳，这可有意思啦！先把他们关在沙皇监狱里，然后将他们押到托博尔斯克[①]，然后又押到叶卡捷琳堡[②]，他们遭受的恐吓、嘲笑、侮辱简直太可怕了……到最后把他们枪毙了。然后又往四个公主身上浇上一桶汽油和强酸，先将她们五马分尸，以便烧起来痛快。还把那条忠实的小狗雅密也枪毙掉了。等到法医索科洛夫来寻找他们时，那儿只找到那条小狗的尸体。沙皇呢？只找到他腰带上的穗饰。皇后呢？只找到她的耳环。公主们还剩下了什么？什么也没剩下。四名大公夫人剩下什么呢？一副紧身衣中的衬片和紧身马甲上的扣襻。波特维医生还剩了什么？只找到他的一颗假牙和他的眼镜片……那么一比，夫人，在您身上发生的事，在博士那臭小子身上发生的事真是什么也算不了。可是我倒有了事啦！谁跟我到胡森斯基酒家那里去呀？谁将跟我一道去卖那些找出来的珍贵的书呀？我成了一个孤家寡人啦！夫人，让上帝保佑您吧，好人啊！”汉嘉哭着，将他那胡子拉碴的脸凑到我那泪痕满面的丈夫脸上吻了一下，摆一下手，沿着墙壁摸索着走下阶梯，然后消失在下面他的地下室里。我们走出来，到了院子里。办公室的窗子亮着灯，里面坐着安全代表，他对面坐着回收站的新主任。斯莱扎

① 位于苏联境内。
② 位于苏联境内。

先生已经退休，马仁卡太太也已经退休。那两名新工人东佳和温扎也坐在那里，他们大家都在抽烟。我丈夫受到极大的打击，因为东佳和温扎都曾经是他的朋友，如今却对他落井下石，尽管他们讲的是真话。我们离开了院子，焦街上太阳晒得很猛，电车沿着红线行驶着。回收站主任像在自言自语地重复着："我还以为您是位有修养的君子哩!"温扎和东佳转身到胡森斯基那儿去了……

我丈夫晚上从瓦尼什达那儿回来隆重地对我宣布说，他已接受了诺伊曼剧院布景工的工作，说明天就和剧院到劳乌恩去流动演出。就这样，我丈夫成了一名舞台布景工。上班的地方离家只有两百米远。剧院可把他解放了，不过他仍在继续弄那些短篇小说，为出版社整那些稿子，由两位编辑继续给他出主意怎么写这些短篇小说和书，免得捷克斯洛伐克作家出版社的领导不高兴。他总算把这本书写完了，稿子也通过了，开始校对付印样张。可是离完成这本书的日子越近，甚至已经登了广告，我丈夫却从来没在我面前炫耀过，也没对朋友中任何一个人介绍过他步向作家行列中和可能成为佼佼者的经过。我已经看到，等他的书出现在橱窗里，甚至摆上他的照片时，他会吓得目瞪口呆的。因为从他将他的粗痞手稿送到出版社去，打算出版他第一本书的那一美好时刻起，他原来所有的短篇小说几乎全部被另外的短篇小说所取代，校订时还改掉了那些语意双关、含有隐喻的句子。实际上违背了他的意思，可他还是改了，写了一本与他在朋友面前朗读的、被他们看做是未来伟大的拔尖作品不同的书。

有一天他欢天喜地笑着从城里回来，在房间里来回走动。院子里阳光明媚。他像从前一样重又爬上板棚的屋顶，坐在那儿的椅子上晒着太阳哼着歌，然后又爬下来。等他平静下来之后，便对我说："上帝站在了我这一边，他将我解救了出来！社长当着我的面狠呲了那两个编辑一顿，手里很不耐烦地拿着《线上云雀》的第一份广告，很反感地拿着那几张纸，接着朝这本书的两位责任编辑桌子上一扔说：'恶心！这么个糟糕的东西你们也想出版？立即把排好的版毁掉！跟那作家解除合同！……恶心！'"我丈夫说着，幸福地微笑了，"这太好了！你记得吗，小姑娘？当我最后一次在焦街时，汉嘉在走廊上给我指出了道路啊！那个安全代表仍然是我的朋友，因为要不是他把我狠狠呲一顿，我还蹲在那里哩。上帝爱谁，小姑娘，就让谁遭难！……记得汉嘉说的，法国革命者们不仅砍了那些活着的国王、王后和贵族们的头，而且还砍了在圣母院的雕像的头，把这些砍下来的石雕头像埋在坑里，革命后又过了许多年，重新做了一些脑袋嵌到那些没脑袋的石头身子上……这就是我的教训。但主要的是，如今修建地铁，又碰上了那坑，推土机一推，掘进工又将那些砍下的国王们的石头脑袋搬上地面，重又搬回圣母院摆到它的正门上方。小姑娘，这就是进步，这就是世界历史，这就是黑格尔的一句名言：这是玫瑰吗？这不是玫瑰……这是玫瑰……'恶'以其军队的矫健步伐走遍世界，而'善'几乎看不出来地在进行活动……"

上午舞台布景师傅夏里在瓦尼什达酒家的啤酒桌上接受我丈夫为舞台布景工。下午我丈夫便随剧院去罗乌演出。我徒劳地劝他什么也别干，别去上班，宁可专心致志于写作，我来养活他，这都白说。大概我丈夫还没有成熟到甘于孤身一人，有勇气每天自己面对自己，自己跟自己说话，每天不去上班而写稿子，也就是一个人待着写自己的这程度。我知道，我丈夫非常害怕镜子，害怕一面普普通通的镜子。他喜欢照照自己，可是从来照不久，只是大略一晃而过，因为自己被自己吓着了。他最害怕的是，我们在电影院里，或去某处串门，当他朝镜子里一瞅，总是吓一大跳，好久都不说话，要相当大一会儿才从他在镜子里看到的情景中清醒过来。他对他自己的想象比实际上要漂亮得多。当他梳理他已经稀稀落落的头发时，他简直吓得发愣；当他从梳子或刷子上取下他梳理时掉下来的头发时，他苦笑着谈到自己，说他在读大学的时候，有过一头浓密的头发，说要倒上发油才能梳得通，说他的头发很不听话，栗色的，总有几束波浪式鬈发耷拉在额头上，在阳光下发出白马鬃似的光芒。当我丈夫看着他那两条腿时他也要吓一跳，每个人都可能会注意到他有一双罗圈腿，这双罗圈腿对他这个男子汉来说其实很合适，可是他却吓一跳，有时在走路的时候还使劲让两个膝盖并拢一些，但这一来他的步子就不是他的了。每当他决心弄直他的腿时，他走起路来就总像个瘸子。夏天每当他晒黑了，他便喜欢不穿衬衫，光着膀子在自己身上摸来摸去，美滋滋地为他那身肌肉而感到骄傲。不错，他的确有一副漂亮的二头肌。他很爱摸摸它们，也爱让别人摸摸。至于游泳，只要看到哪儿有水，赶上好天气，他便立即钻进水里，穿条内衬裤也不在乎，但泳必须游，主要是齐腰站在水里，像小孩一样两手捧着水往头上浇，任它往下流，然后再浇、再浇……他在院子里总放着满满一罐水，只有在情绪特别不好的时候他才不这样做，可是除此之外，譬如刮脸时，他总是跑到外面去，总是从罐子里、有时从脸盆里久久地将水浇到头上、脸上、脖子上，用水洗手指头，然后回家来，趴在栏杆上一直到完全干了为止。他写作的时候，每隔半小时就跑到院子里去洗脸。要是出太阳，他便爬到板棚屋顶上去，那儿放了把锯短了腿的椅子，椅子上放着打字机，随身带上一桶水，仍旧是每隔一会儿便双手浸在水里洗得哗啦响，将水甩到脸上。当我们一道出去散步，比方说只要走到河堤上，那我预先就知道，他在琢磨着下水，然后便慢慢地沿着一级级台阶走到河边，弯下身子，久久地将水洗到脸上；遇上我们沿着走过的所有鱼池、水渠和小溪，他都得去打湿他的脸、洗一洗手，仿佛总要让他的脸尝尝这水的味道才舒服。每当我们到布拉格附近去郊游，天气稍微好一点儿，他总要抽点时间出来脱了鞋子，将两只脚伸出水里，伸到浅水里，两眼望着他自己那双脚，总仿佛初次见到。然后洗脚，一直洗到膝盖那儿，将腿伸得直直的，等着它晾干。我丈夫还对什么感到得意来着？对他的小腿肚子和大腿！他喜欢抚摸它们，要是晒黑了，他就特别喜欢将一条腿伸到前面坐着，从底下抱着大腿。他得意的是，尽管他有双罗圈腿，但肌肉发达；虽然不能算特别漂亮，但也算得上漂亮。他是这么说的，不是开玩笑，而真是这么想的。我说声“喏，哟——”耸了耸肩膀，意思是说，面对这么一双漂亮的脚毫无办法。除此之外他在任何地方都一照镜子便吓一跳。从来不想往镜子里瞅一眼，但是到头来又似乎觉得他的脸有所好转，并不是像他最近一次照镜子时被吓一跳的那么坏，于是他便胆怯地、慢慢地，开头只是轻描淡写地，然后又是认真盯着地看上自己一眼，可每次总是自己吓自己一跳。他是怎么想自己的呢？既然到头来反正他的样子总不会越来越更好，只是越来越更糟，头发越掉越少，皱纹爬上额头和围在嘴巴周围，且越来越深，每过一年也总是越来越多，那他对自己的脸能有怎样一个不可磨灭的印象呢？他对他写作的感觉，到头来大概也跟他照镜子一样。他的写作如同一种短暂的爱情，好像只是在通道里的一次短暂的约会。他写作起来，仿佛鬼使神差、急急忙忙以便尽快写完。他喜欢在屋顶上晒着太阳写作，因为光线强得炫目，他从来看不见打字机上的字样，只是一个劲儿地按着打字键盘，像盲人钢琴家弹琴似的，用十个指头敲打着打字机，在很短的间隙中掰开绊住了的键杆，就这么一直打着、打着。我知道得很清楚，他畏惧这写作，他不相信自己，怀疑自己所写的，正像他害怕照镜子一样。同样，当他写完了，认为已经写够了，当他拿着打好的几页纸从院子里回来，他从来都不再看它们一眼，被他自己写出的这几页纸吓着了，就像他照镜子一样。我如今待在这里，早就知道，如果我提议由我来养活他，每天给他一百克朗，因为我们的小费多得我自己还能留下一百克朗给自己和做家用。我知道得很清楚，他不会拒绝，但他又必须拒绝，因为他必须向自己证实他对别人所说的。他喜欢给别人出主意：该如何写作，该如何画画，该如何不要去管那生活，因为每一门艺术都是婊子，她根本不问艺术家为什么不能写或画，可是艺术却无情地问你干出了些什么画了些什么，至于你是不是有家、是不是有画室，一概不管，说是没时间……我丈夫对这些人说，艺术这东西最棒的一点是并非谁都非去干它不可，它必须是一种奉献的美德、奉献者的给予，就像尼采所写的……于是他上午在瓦尼什达酒家签了工作合同，下午便到罗乌参加演出去了，后半夜容光焕发、兴致勃勃地回到家里把我叫醒，我又得听他唠叨这一天的经历：轮胎如何被扎了个洞，没有备用轮胎，我丈夫不得不一直到水泵那儿去找人修补轮胎。那里不但帮他们修补了内胎，还把它塞进了外胎。他主要还讲述了晚上舞台布景工们给予他的那份荣誉：当他们布好了《桥上景色》那不用更换的景之后，便坐车回了布拉格，把我丈夫一个人撂在那里。他突然非常想写作，想得都号叫起来。舞台布景师傅夏里在离开之前，把他带到幕后拉幕布的地方，一切都固定在一根绳子上面，师傅让他摸摸那根降幕的绳子说："等这场《桥上景色》演到下半场时你才能拽这根绳。等那女孩绝望地喊着'艾迪！艾迪！'你就拽这根绳，随后你将待在一片漆黑之中。你拉住那根绳子别动，一直到你摸到那根反向而行升幕的绳子。那根绳是专门将遮着电话亭的幕布往上拉的。那时电话亭一亮灯，艾迪跑了进去，警察局那儿一开枪，两个意大利人就遭殃，等到这电话亭熄了灯，你再将幕降下，让它遮住这电话亭，让幕布又恢复到最初那状态。然后你再轻轻地、在黑暗中将绳索绕在升降器上免得再掉下来，懂吗?”我丈夫满腔热情地在黑夜里给我讲述着。他是第一次出差回来，兴奋得没法入睡，这布景工作使他这般激动。接着他向我叙述说，该到喊“艾迪！艾迪!”的时刻时，他一个人站在拉幕绳那里，他一生中从来没经历过这种时刻，时候一到，他便拽绳，一根管拉幕，一根管降幕，好不容易才摸准。五秒钟之后，舞台上电话亭的灯光果然亮了，艾迪果然跑了进去，向警察局报告说他房子里来了两个黑户口的意大利人。后来艾迪重又从电话亭里跑出来，亭子里的灯光熄灭，我那满头大汗的丈夫又将幕布降下。因为是第一次干这活儿，他将绳子拽得紧紧的，生怕幕布会出什么问题，他宁可一直拽着那两根绳子，因为夏里师傅对他说了，这是他的第一项任务，说夏里师傅相信他能完成好，于是他就这么拽着拉幕绳一直到演出结束。我丈夫就这样成了一名舞台布景工。他早上有空，有时甚至白天一天都有空，但他总要等到演出结束，把布景材料搬走，把第二天上午要排新戏的舞台准备好了才回家。于是我丈夫便游移在剧院里，在舞台布景工们吃小吃、用午餐和晚餐的饭馆里。他们在那儿喝啤酒，夏里给他们讲授什么叫舞台美学和伦理学。我丈夫常常要到深夜才回来，有时隔一两天才回来，因为到马利扬疗养地演出去了。每次回来都忧伤地对我说，恰恰在打字机离他一百公里以外的时候他就最想写作。可是当我丈夫有空闲时，他却不写作而是提着个采购包到利本尼各处去转悠。我在烤鸡小吃部上班，他却有的是空闲时间，可他宁可同那些布景工上小饭馆拼命喝啤酒。他使劲让自己比别人喝得更多，不是因为他特别爱喝，而是想争个第一，至少在喝啤酒上争个第一，在这里他只是个微不足道的布景工。巴夏喝的啤酒比我丈夫还要多，但那小子巴夏有他的缘由，家里有些不和。我丈夫便在我疲惫不堪地从班上回来前那一会儿开始写作。等我一进门，他便装作刚才这一会儿他写得最顺手，说我这么快便回来了，他只好结束写作，也真的立即停止打字。因为我已受够了他这一套，他的有关我在家他就没法写作的托词实在让我受不了！他说他其实跟我在一起时、在排演的时候、在演出期间给他派了任务时、外出演出时他最想写作了，对他老生常谈的这一套借口，我也总是以重复一句话来堵住他这一套："别再来这一套了！我来养活你吧！"每次我丈夫都装做没听见的样子。我一对他说这句话，他便装成没听见的样子。我大笑着望着他，让他承受我这目光，而他总是垂下眼睑，沉默着，一个晚上都不说话，恰像刚刚照了一会儿镜子似的。我用多年重复这句话来逼他，让他能经受住这目光，承受住这句话的内容……"别来这一套了，我来养活你！"我用这句话来加强我自身，我在镜子里瞅一眼我自己：这个女服务员、厨房出纳员，然而又是一个由我丈夫扶着站立起来的光明磊落的女孩。可是我丈夫却因我提议养活他而害怕了。他吓了一跳，认为我可能说对了，他没能力做到独自一人写出他之所谈以及给别人出的主意……

快到中午的时候科拉什和希夏尔先生两位诗人来到宫殿旅馆的烤鸡小吃部。我看到，他们因为见到我而感到高兴，甚至还有点儿兴奋，就像其他诗人那样因为是我的熟人而感觉不错。我将他们安排在窗子旁坐下，好让他们能够欣赏生动的英特希科街景。他们一人要了半只烤鸡，还要了点苦艾酒来开胃，也给我要了一小杯。于是我便招待别的顾客去了。我感觉得到，我丈夫的这两位朋友的眼睛一直在关注着我，我尽量做得自然一些。我借机要去备餐室找些玻璃杯而在那儿对着镜子好好整理一下面妆，用手指蘸了点儿口水抹一下眉毛，拽拽衬衫，整理一下围裙和白色发箍，拿了几个玻璃杯便又走进餐厅。就像我所盼望的，两位诗人已经在用眼睛等待着我，用他们赞赏的目光在拥抱我。科拉什先生穿得像去参加并非别人而是他自己的婚礼一样，坐下来之前还是先拽一拽熨出的裤子挺缝线免得弄皱，他穿着一条灰裤子、一件有小方格花纹的化纤毛料西服上装，衬衫上打一条蓝条子领带，胸兜里插了块白手绢。而希夏尔先生却穿得恰恰相反，粗灯芯绒裤，短外套也是灯芯绒的。他们两人都在吸烟，注视着我。我站在他们桌旁，微笑着。但我上班时从来不坐着，即使我的两条腿疼得要命也不坐，就像斯克希万涅克教给我的那样。科拉什先生低声对我说："我的上帝，让他放弃那剧院的工作吧！我的上帝！他的岁月在消逝！艾丽什卡太太，他有这个天分，有条件给我们的散文干出点什么来！让他待在家里写作吧！"我说："这也是我要说的话。可是他被那剧院迷住了。他不是让我看他写了什么，而是根本就不写，热衷于在戏中演个不说话的小角色，他在《恶鹿》一戏中演个伐木工；还穿上少年侍卫的服装参加《奥赛罗》[1] 一剧的演出。这太可怕了，他们喝得醉醺醺的，同时手里还拿着帝王议事厅里的威尼斯共和国的徽号旗，旗杆有三米长，他和巴夏那个酒鬼喝醉了，正当贵族元老们在议事，奥赛罗和苔丝德蒙娜走进来……我那位丈夫已经连同那徽号旗三次倒下，把个议事厅搅得乱七八糟。他还踉踉跄跄打饱嗝儿，弄得议事的贵族们神经紧张。"我一个劲儿地抱怨着。希夏尔先生抽着烟，将烟灰弹在我的白围裙上，兴奋地喊了一声："这可真是太奇妙啦！"我接着说："我倒是想养活他，可是他害怕写。恐怕在家里待不住。"波列克领班走过来，用肘子轻轻地碰我一下。我知道了，便面带微笑走向刚来的顾客那张桌子。他们每人要了一整只烤鸡，我惊讶地重复一遍："一整只？"他们坚持说，每人一只，而且要最大的。我转身走了。女厨从烤炉里取出烤好的小鸡，切成两半放在碟子上，我将一块餐巾盖在手上，飞速将烤鸡送到两位诗人面前。科拉什

---

① 莎士比亚的悲剧《奥赛罗》，描述上层摩尔人奥赛罗同一个名叫苔丝德蒙娜的威尼斯小姐结为伉俪，而嫉妒却使这一婚姻走向毁灭。

先生表情严肃，甚至有点儿生气。他倒不是生我的气，而是冲着利本尼那个方向，我丈夫正在那儿的剧院里准备排练，或者为晚上的演出准备舞台的地方。我说："我担心，他知道自己在写作方面冒不了尖，可他又很想出人头地，当世界冠军，所以在舞台布景工人中称老大，在酒馆里这样酗酒。你们以为他喜欢那啤酒味儿？不是！为了争个喝得最多者的名誉，瓦尼什达先生向我告状说的。现在还算好了些，在《恶鹿》首次公演之前他简直给我丢尽了脸！舞台布景工们上午就已经在酗酒了。瓦尼什达先生只是随便问问《恶鹿》是什么内容？我丈夫忙说：有个叫拉多的很了不起。说阿列什·波特霍斯基先生根据他的故事写了一个很棒的剧本，由管乐伴奏，开台一句就是'拉多先生真了不起……'这时瓦尼什达先生往大托盘里倒了十大杯酒，准备递给客人们，如今正端着这装满了一杯杯酒的盘子站在那儿，我丈夫抓着他的胳膊肘热情地讲解着：猎人罗兹霍先生随着台下乐池里的管乐声走到台口，幕布仍然垂着。罗兹霍先生对着这前面的乐队喊道：'欢迎诸位来看我们演出，这儿是从林子里跑下来的猎物，那就送给诸位吧！'幕布升起啪的一声，我丈夫站起来，对着整个酒馆喊道：'这里躺着一只死鹿！'说着便仰天倒下，撞着了端着十大杯酒的瓦尼什达先生。整个酒馆都喊叫起来，他们上午就已经醉得差不多了。瓦尼什达先生被撞得仰天躺着，我丈夫躺在他身上。喏，糟透了！"我对着科拉什先生抱怨着。布夏尔先生却在说："真是太奇妙了！"接着他们便津津有味地吃起烤鸡来。

我给他们每人端来一碗水、一块餐巾洗手用，还有一瓶皮尔森啤酒，然后便去招待那两位要整只烤鸡的顾客。那两人简直有点等不及了。当我将热乎乎的烤鸡送到他们桌上时，他们急急忙忙地撕扯着、狼吞虎咽地吃着这鸡肉。我趁自己还记得清楚，便又回到两位诗人的桌旁，接着抱怨说："我丈夫在《克列麦尔大钟楼》里演了一个穿皮大衣的小人物，大家都得穿着皮大衣演戏，但都要到演出前才穿上。我丈夫倒好，在家里就穿上了皮大衣，下午就穿上了，就这么穿着在院子里走来走去。演《奥赛罗》时，他整个夏天便穿着那少年侍卫的服装，不仅在家里穿着，上饭馆时也穿着。那样子太难看了！一双罗圈腿，喝得醉醺醺的，脸拉得老长，如今还像个妓女似的头上顶着一脑袋浅颜色的假发，那假发大得跟一顶羊皮帽子似的。他下午就化上妆、抹上了脸蛋，那样子太难看了。他在《三名火枪手》中又演了一个什么会飞的小丑，也是上午就穿上那身衣服不肯脱下来，甚至恨不得穿着那身衣服回家，给我在利本尼丢脸。有一次他的胳膊脱骱了，你们以为他就病休了？没有的事！像足球运动员那样让人家做了个封闭，接着演。演出《克列麦尔大钟楼》时他总穿着皮大衣，剧院里很热，他不管是换景搬家具、道具都穿着它，弄得满身大汗淋漓，在这剧演出时他撑着那面大红旗，甚至连旗带人倒下了，摔在囚犯们身上，我丈夫则晕倒在那面红旗下面。他们还得想法让他苏醒过来，因为他发着烧。"我一边说一边用餐巾擦拭掉在桌上的碎渣儿，拿起胡椒小罐、牙签瓶儿，把诗人们这张桌子擦得干干净净。希夏尔先生过一会儿就感叹一句："真是太奇妙了！"可是科拉什先生的表情却越来越严肃，等他认真地洗过手，擦干之后说："艾丽什卡太太，他多大岁数了？您转告他，问他多大岁数了！在这种年龄，四十七岁了，在外面却连一本书也没有。一大批作家在他这年龄都已经死掉了！您转告他，让徽号旗盖住了贵族议事厅虽然美，让红旗压在他身上，他晕了过去这虽然壮观，在酒馆里跟顾客们神侃《恶鹿》的故事，大吼一声：'啪！这里有只死鹿！'这当然过瘾，但这一切把写作都耽误了！您转告他，更好地表达自己意思的人，才是最优秀的人。告诉他，这一切等他写出来之后才开始更动人……"又进来两位黑人顾客，就是那两个错把洗手水当饮用水喝了的人，他们龇着牙对着我笑，还吓唬我说那一次他们就知道那碗水是干什么用的。诗人们站起身来，付了钱。希夏尔先生已经抽完烟，他把烟灰弹在黑人桌子上时，嘴巴还在说着："真是太奇妙了！"掏出他那把梳头发的小梳子，梳理了一下他那剪成刺猬式的短发。科拉什先生扣上他的西服上衣，这是诗人汉志让给他的。他跟我握手时，又叮嘱我说："艾丽什卡太太，这全在您啦！我说呀，您就自己拿主意行事吧！把您的十八般武艺都使出来！可主要的是，要加点压力！"他拿着我的手，我感觉到他少了一个指头，在他当木匠的时候失去的那个指头，诗人为此而感到骄傲，他也不隐瞒这一点，像个受了老师夸奖的小男孩一样地笑了。我并没有夸奖诗人，可是他的表情那么谦虚，仿佛有人老在夸奖他。我真希望我的丈夫也能像科拉什先生那样会穿衣服，也能像科拉什先生那样将白手绢搁在上衣胸兜里，也能像科拉什先生那样对自己有一种自豪感。他为之感到骄傲的不是他自己这个人，而是作为诗人，深深融合在他内心的这个诗人，这个诗人在科拉什先生的整个外貌上、包括服装在内的整个人物从老远就光芒四射。就像我第一次在利本尼街上遇见沃拉吉米尔先生那样，人们老远就能看到朝他们走来的那个人有一头漂亮的鬈发，个子高大得跟美国篮球运动员一样，他有一个卵形的漂亮脑袋，像理发师装饰打扮了一番的美国孩子的脑袋一样，他那个鹰钩鼻子微微有点儿歪；而我丈夫就像街上任何一个随随便便的普通人，就像他自己说的那样：一个布拉格的穷光蛋。我一边招待顾客，一边在想着科拉什先生这件小方格花纹的化纤毛料上衣，想起了我只见过一面的汉志先生，他也有一件跟科拉什先生同样的西服上衣。汉志先生戴了副度数很深的眼镜，也跟我丈夫一样只是业余写作而已。他是在一个生产摩托车的工厂里上班，往车座里塞铁丝、做摩托车座椅的。他下到摩托车厂来，也跟我从原来拥有十几间房子和别墅、夏日消暑住宅、司机、厨娘齐全的家庭跌落到餐馆厨房一样。不过去年他已经死了。死的时候个子干瘦得躺在一副小孩棺材里，就像弗朗采·斯沃波达这位英俊的足球运动员一样，他生前梳着分头，是斯拉维亚队的足球队员，连出去踢球时，箱子里还要放一套晚礼服，可是到他死的时候却只有三十五公斤重，但他踢中锋的时候曾有八十九公斤重。汉志跟这中锋一样是个美男子，他还当过两百米赛跑的共和国冠军。诗人汉志既是参赛运动员又是诗人。他写了《盛事》，第一次用诗写了八位女市长在皇家草坪上的比赛。我下班回来，心里还在想着科拉什先生从汉志先生那里得来的那件小方格图案的化纤毛料上装，想着他蓝条子领带和胸兜里的白手绢，心想，我丈夫大概也该这么打扮。我掰着手指关节，一琢磨，不行！我丈夫那套服装，黑灯芯绒、那套打扫烟囱的人的服装，他那套劳动服对他更合适、更好。我丈夫几乎总是能摸着我的心思。这个晚上，当他们冒雨将布景、道具送到那犹太教堂，又将明天要上演的喜剧道具取出来，半夜回到家里时，他把我叫醒说："小伙子们说汉志在第一共和国和保护国时期住过有六个房间的房子，说他继父做南方水果的批发生意，汉志在他继父那里工作，当小伙子们到汉志那里串门时，所看到的真是大开眼界。整个一面墙都是亮堂堂的玻璃，仿佛一家里面有几百瓶名酒的大酒吧。可主要是在那面玻璃墙上有一架可以支起和放下的留声机。汉志属于那种纨绔子弟，可又不是那种不懂装懂冒充内行的人。他参加过比赛，获得过两百米赛跑冠军，人家称他花花公子，说他跟他母亲有什么关系，结果就像在希腊悲剧里一样得到了报应，说他每当想与哪个女孩有点什么关系时总是没法勃起，结果弄得很难堪。他曾是科拉什先生和'42'社团①中美术家们的朋友，他虽然是两

① 捷克一个艺术家和理论家的组织，他们于1942—1948年共同举办展览，以城市生活与文明为灵感来源进行创作，科拉什为其主要成员。

百米赛跑的全国冠军，可是干那事儿却不灵……保护国期间之后，他又去到意大利找他的布拉戈福特公司的人，以便跟在波洛尼亚[1]他过去的老搭档合作做生意，他的贸易伙伴分给他三百万里拉[2]去做有息贷款，说在那个战争年月还能长出点钱来。不过汉志不能把钱带出国，于是他便买了二十套衣服、二十件小方格的男上装、几打领带和鞋子，又大摆宴席，还用飞机从威尼斯[3]运来些最漂亮的女郎，汉志就这样挥霍掉了所有的钱，可他自己连跟一个美女也发生不了什么关系，都因从小落下来的那病。他回来的时候，便到处分送他那些上装，科拉什得了一件，卡米尔·霍达克得了一件。后来便到了一九四八年，布拉戈福特公司国有化，汉志从家里搬出来，继父去世、母亲也去世，玻璃墙房子连同留声机都已卖掉，汉志从此再也没有像他以前不参加比赛时去当教练。于是就像你一样从拥有几百瓶各种牌子的酒的玻璃墙房子一直跌到一个小小的车间当一名辅助工，帮助安装摩托车座，将弹簧装进座子里，还没等他的《盛事》出版便崩溃死去了。”我丈夫给我讲了这些，他坐在床上，两眼望着他那双脚。我坐起来，抚摸着他的脸，试着抚摸他，他总是闪开，将头转到后面去。他害怕我用手摸他，但反而将他的脸钻进我的手掌里，就这么待着，并不是因为觉得这样舒服，而是他需要人的手，不过他压根儿就是一个

---

① 意大利一古城。
② 意大利货币单位。
③ 意大利城市。

害怕跟人触碰的人。好多人有些怪习惯，跟人说话时总要扶着对方的肩膀，用眼睛抚摸对方，或是拍拍人家的背，这些，我丈夫都忍受不了。他能忍受许多东西，可这方面对他来说就像十足的瘟疫；连我除了与他有房事时，平常也不能碰他一下，否则他就像挨碰伤了一样地立即闪开；更有甚者，就像一碰就变成了残废，直到好长一会儿才能恢复过来。要是有人拍拍他的背、或者扶着他的肩膀，我丈夫就垂下眼睛、红着脸，转过身去、闪开、跑掉；要是连这也帮不了他的忙，他就会很不友好地骂起来。每一个触碰他的人他都想法摆脱掉。同样，他也不乐意跟任何人握手，也不喜欢向任何人做自我介绍，不肯伸出手去，因为他忍受不了握手。要是一个月碰上这么一回，我丈夫会因为这一不慎而号叫着摇动着手，然后打发那些爱握手的善良人去握手，自己却在反复查看自己那些被人们友好地紧握过的指头，然后将自己的双手藏起来。当有人主动伸过手来要跟他握时，他便谨慎地伸过手去说他的手有毛病……彼此介绍对他来说简直是受罪。他立即对每个人说，猫狗也都不互相做介绍，说它们只是彼此望一眼，只在眼里掂一掂对方的分量。今天夜里，他将脸埋在我的手掌里。我对他俯下身子说：“那个汉志在四十岁时去世了。你早已过了四十，可你还老是在磨磨蹭蹭编写你的那些盛事，难道就不值得冒一下险写出一二十本关于你那些故事的小书来？你还在等什么？等着跟汉志一样下场？趁现在还有时间，你快明白过来吧！开始学着坐下来，就像你在上班似的，趁你还有兴趣你就写吧，别等到你已经没兴趣写而逼着自己写的那个时候，你将在家里踏踏实实地坐下来，我像赌赛马一样赌上了你！我的上帝，你要明白，我的老兄！最终你将成为那最拔尖的！开始为你的世界冠军的目标冲刺吧！继续写下去，写下汉志停下来没写下去的那些盛事……”

我丈夫从舞台布景师傅那里得到指令，让他跟他们小组到犹太小教堂去清除破烂，让他们去把圣坛、神龛、供桌之类的东西砸掉，因为那里已经没有多少地方来堆放被淘汰下来的喜剧道具了。我丈夫便满腔热情地投入了这一工作，这是他爱干的活儿。他尽量砸了个痛快，他还买了些淘汰下来的喜剧道具搬回家来，我们院子里便堆满了这些道具、木条木板。我丈夫拿着斧子将它们一顿劈，让它们完全失去原来的面貌和作用，变成劈柴放在板棚里给大炉子生火用。这些木柴燃起来很旺，我丈夫常说起这些木条木板原来是什么景框、道具，如此这般地又一次回味这些喜剧这些道具，又一次地过过瘾……

如今他还把沃拉吉米尔也带进了这小教堂。因为我丈夫说了，应该让沃拉吉米尔看看这毁灭的场面，说艺术家应该亲临包括处决囚犯在内的一切场合。于是四条大汉挥着十字镐来掀掉这个犹太镇犹太教牧师曾经站在上面的讲坛。等他们把这讲坛掀掉之后，便开始砍桌子和窗框。他们就在尘土飞扬中大砍大伐这些有两百年历史的犹太弥撒和宗教仪式的装饰，他们劈碎了所有木制的装饰枝叶和字母，拔掉了所有那些犹太信徒们抬头观看的装饰得很漂亮的木柱。沃拉吉米尔站在那里被这情景惊呆了，感受了这斲头斧子的捶打砍伐声。教堂上方有个圆弧形的窗子，一线阳光透过它斜着照射进来，正在上午时分，大玻璃窗的彩色镶嵌掉到断裂的木板和装饰物上。我丈夫已经习惯于轰隆巨响，仿佛在劈碎节目中被淘汰的喜剧道具，他用臂肘擦着汗水。我去看我丈夫，在门里站着。光亮透过那圆弧形窗子洒到地上，这就是我丈夫说过的那个跟在沙特尔那座大教堂窗子一模一样的窗子。我站在那里目瞪口呆，简直不相信自己的眼睛。我有个印象，仿佛我在哪本书里见过这场面，我曾经在德国哪个地方，当希特勒一上台，德国人曾大肆迫害犹太人，他们烧毁犹太教堂，烧毁犹太人特定居住区，将犹太人送进集中营，或者在城市里追捕他们，在他们的住房和教堂门前把他们打死。我就这么站在那里看着我丈夫干这活儿，如今他又取下一个大王冠、大卫国王的王冠，他曾经对我说过这是他曾经见到过的最漂亮的王冠，可他如今却取下了这犹太圣坛上最后一部分。当他像精神病患者一样举起斧子就要砍时，沃拉吉米尔忙喊道："博士，别砍！博士，别砍！"我丈夫便举着斧子僵住没动了。沃拉吉米尔走到他跟前说："博士，您把这顶王冠搬回家去，兴许它能给您的写作带来好运哩！"我丈夫端起这顶王冠，它大得像我丈夫的脑壳，这个大王冠上面涂着金黄色和宝蓝色。他将这大王冠的两根木桩取下来，用袖子擦擦，将它带到沃拉吉米尔跟前。工人们拖着他们的十字镐和斧子走出去呼吸新鲜空气了，我丈夫拿了这个王冠，同沃拉吉米尔像抬一口小孩棺材一样抬着它，他们把它抬到院子里，王冠闪闪发光。布景工们又推着小车，走进犹太教堂，用小车装着一些旧木板、断木条出来，我嚷嚷道：“我的上帝啊！你们不至于把这些东西运到我们家去吧？”布景工们对我说，我丈夫已答应请他们喝啤酒，还真的要推到我们院子里去，因为我丈夫要用这些破烂来生他的两个炉子……可是我丈夫和沃拉吉米尔已经抬走了那顶大卫国王的王冠。我丈夫嘟哝着说要把这王冠挂到我们床头的扒钉上，说不管什么时候先瞅它一下才开始写作。他感谢沃拉吉米尔对他吼了那一声，说直到现在才开始他的黄金时代，说这顶王冠将在黑暗中照亮他的文学道路，说从这一时刻起，他将一心一意为让自己成为文学上的佼佼者而努力……

我跟在我丈夫后面，沃拉吉米尔因被这王冠弄得兴奋不已而完全没注意我。他还为人们停下步来欣赏这王冠、主要是欣赏搬来这顶王冠的两个爷儿们而感到高兴。他们不仅将它搬进院子里，还搬进我们房子里。我丈夫立即拿起斧子，从板棚里找来一个扒钉，将它敲在床头上。沃拉吉米尔将这顶王冠递给他，他跪着将它挂到扒钉上，然后伸出两只手、张开胳膊，朝这王冠鞠了一躬。我在门口站着，布景工们已将犹太圣坛上最后剩下的破板断条送到我们院子里。我丈夫脸上有好几块大脏块，他热得要命，两手摊着站在那儿。沃拉吉米尔微笑着，他正牙疼，只是微微张开嘴唇，笑也笑不痛快，对我说：“年轻的太太，您怎么看这幸福？”

外面堆着毁掉的圣坛残木断片，在斜阳的照射下闪闪发光。这阳光透过窗子的折射洒到我们院子里。我真想离开这院子，离开这座楼房。连这沃拉吉米尔也让我心烦意乱。因为正是他带我和我丈夫到破旧的犹太坟地，正是他，将手伸给我，拽我跨过铁栅栏进到火车站下面的犹太墓地，沃拉吉米尔还亲自将一块块墓碑指给我看，将那些早已死去的人的名字读给我听，这个沃拉吉米尔还随身带来一块铜片，一块铜的阴模，让我拿着。并对我说："年轻的太太，我要试试看这大自然能给我的版画生产出点什么。年轻的太太，如今我们一起把我的这块阴模埋进去，一年以后再挖出来，我们就会看到大地对我的版画阴模能干点什么，水和吸满了死人的尘埃及有刺激性的泥土会在它上面腐蚀留下什么。"这是沃拉吉米尔在犹太墓地上对我说的。在那里我第一次地开始明白对犹太人所发生的一切，我开始清醒了。于是我不知不觉地开始生我妈妈的气、生莉莎和乌利的气，他们至今还仇视犹太人，他们也许希望那些剩下来的犹太人都死尽灭绝。我突然回忆起，当我已经是个大姑娘时，亲眼看到在我们摩拉维亚那里疯狂的德国人如何摧毁犹太村落，如何砸断犹太坟地的墓碑。那时候我对这一切都无动于衷，因为连我们家里人都为之而感到高兴、喜形于色，搓着手，为这一切而兴高采烈，因为我妈妈还有莉莎都坐车到维也纳去过，当希特勒来到那里时，她们两人都热情满怀……我记得，我爸爸有过一些贸易伙伴，是犹太人，常来我们家，可是后来从某个时候起就不到我们家来了。他们一来，我父亲就躲起来，让我们说他不在家。现在我丈夫却在捣毁犹太教堂的圣坛，盗窃了犹太国王的王冠，还厚颜无耻地将它挂在床头上，还天真可笑地认为这个大卫国王的王冠能给他带来幸福。所有这些被毁坏的犹太教堂，所有这些被捣毁的犹太人区，所有这些被杀害的犹太人并没有给我们带来幸福啊！……现在那些布景工在我院子里码放不久前还是利本尼犹太教堂里的骄傲而忧伤的圣坛变成的劈柴，我丈夫装做不言而喻的样子。记得有一次我爸爸的犹太贸易伙伴来到我们家，我爸爸原来是很喜欢他的，可是他却对我说，让我告诉那犹太人我爸已经走了，可我却对犹太人说我爸在家。我妈便出来，一开门便对那犹太来访者说我爸不在家，出门做生意去了……

从我和我丈夫开始到犹太墓地走动的那时候起我便已经爱上了这个犹太墓地，有时甚至我一个人也跨过铁栅栏到里面去，坐在已经倒下、扎在地里的墓碑上，环顾四周，又从一块墓碑走向一块墓碑。有时候我不得不跪下来以便能从墓碑上看清楚是谁躺在下面。从那些仍然竖着的墓碑上我读出了所有美丽姑娘的名字，不禁感到一阵忧伤，因为犹太人作为一个民族已被驱散，这对胜利者来说还觉得不够，他们又从驱散之中把他们收容起来，从整个欧洲把他们运进集中营、煤气室。我怎么也琢磨不透，为什么德国人，尤其是捷克人为什么仍旧那么仇视犹太人，为什么我仍然能听到说希特勒杀他们杀得还少了，应该把他们都杀光。我坐在一簇黑丁香丛下面，坟地上方不断开来通向下面一个火车站的列车，蒸汽一直喷到下面我这地方，整个墓地被笼罩在火车头冒出的滚滚浓雾之下。我一个个地重复念叨那些犹太姑娘的名字：莱阿、密丽扬、莉芙克、恰维、西剑莱、戈尔玳、姆丝卡特、列贝莱、瑞赫莱、昆德尔、布露麦奈、黛尔赛、芮特。所有这些名字在我听来就跟以下这些名字差不多：杰克夫、马列克、艾莉阿丝、恰耶、杰芙达、门德尔、卡德尔、扎钦德、苏丝钦玳、施马耶、麦娜切姆、阿谢尔、桑德、玛纳赛。实际上这都是些走了样的德文名字[①]，我却觉得这些名字的这块墓地比所有其他墓地更亲近，这些墓碑对我来说如此亲切。因为谁也不去管它，谁也不来换换水和花，这块利本尼墓地是如此荒凉，就像有一段时间的我一样孤苦伶仃，也像我爸爸一样孤独。实际上我们对犹太人所作的恶已经遭到回报，我们也跟犹太人一样被迁走，我们也跟犹太人一样挨了揍和遭到羞辱。为什么？大概我们所有的德国人也包括我爸爸、莉莎和乌利叔叔，不管是有意识还是无意识的我们都不得不承受这个报应，我们也已经得到了这报应。就像在集中营门前发生的事情那样。我丈夫说连这个犹太墓地也会被毁掉，说已经开始在拆除围墙、拉·巴拉马小酒店和旧货店，已经开始在铲除那座我还从来没上去过的漂亮小山冈，在巴尔莫夫卡街对面，那里有一块像桌面一样平的地方作为排球场用，我常常看到那排球飞到小山冈上方，然后落下来一直滚到铁轨那儿。连这个小山冈也要被挖掘机和刮土机削掉，说所

① 这些人因长期在德语地区居住已改用了德文名字。

有这些挖出来的土和石头都要用大卡车运到离这不远的地方，山坡下的犹太墓地上去，因为这个墓地说是什么用处也没有，填平之后可以多出一块平面，将来用来建造一个观赏用的果园和小公园，让劳动人民能在工作之余坐到这里的小长凳上休息休息。而我最初还以为这个坟地上的这些墓碑将被虔诚地挖出来迁到另一个地方去呢，可是我丈夫对我说，犹太区无权销毁自己的墓地，因为埋了犹太人的地方，谁也不许碰一下这泥土，于是村政府、民族委员会决定用土将它原封不动地填盖起来。

我简直不相信自己的眼睛，就像我看到我丈夫用斧子在犹太教堂里乱砍圣坛和窗框，把个犹太王冠、大卫国王的王冠拿回家来一样。谁也不去保护这个王冠，因为犹太人直到今天也是无力自卫的。他们甚至默默地品尝着这些基督教徒们如何对待他们、如何对待他们的教堂、坟墓、墓碑残块的滋味。就这样我独自一人第一次地去看了犹太人墓地，我在这些石碑间走着，细读了那些不是用希伯来文刻写的碑文。我还感到惊讶难解的是，德国人为什么成为，以及怎么样地成为犹太人不共戴天的敌人的。恰恰当犹太人用了微微走点儿样的德文名字。这些走了点儿样的德文名字对于我来说恰恰比经典的德文更有意思。这一走了样的德文使我觉得犹太文就跟维也纳、伊赫拉瓦[①]，还有布尔诺的方言一样令人感到愉悦和甜美。后来我又在宾卡索犹太教堂门前停步，正是在这里我曾挨打受伤，在两

① 捷克城市。

只眼睛之间，为我妈妈、为莉莎和乌利以及所有德国人受的伤。现在那里有四个年轻人、四位青年男子坐在人字梯上绕着圈在墙上刻写犹太人的名字，那些在以前的共和国时期被处死的所有犹太人的名字，周围还刻上他全家人的名和姓以及生死日期。我咳嗽了两声，然后，等他们完成工作，我才有勇气问他们，这名字总共有多少，其中一位对我说总共有十四万个名字，他们都是被毒气熏死或被打死的。接着我像在梦中一样走进教堂，那里有一些犹太城、犹太人区的照片，我像在梦里一样从一张照片走到另一张照片跟前，又为这么漂亮的犹太人区而感到十分激动、兴奋。仅仅为改善布拉格王城的环境卫生而毁了它们是多么的可惜啊！我感到太遗憾了。可后来又不知不觉明白过来，其实改变环境只是迫害犹太人的一个借口，为的是让犹太人比在对他们的大屠杀时期更加蒙受耻辱。后来我站在一组人如何用十字镐和铁锹捣毁一个大的犹太区的照片前面。关于这个犹太人区我丈夫曾经说过，要是这个欧洲最大的犹太人区保留下来，数百万旅游者都会来这里参观，对于我们国家来说，就跟阿尔卑斯山之于奥地利、海之于南斯拉夫一样。可是我却在机敏地看着，我看到像我现在这样，那一回，成千的捷克人都在看着，并为每拆掉一个屋顶、每一条被挖坏并运走的大街小巷而欢欣鼓舞那样，就像我和我丈夫坐在霍尔克犹太人酒馆的窗子旁喝着啤酒，跟别人一样看看如何在继续摧毁利本尼犹太人区的残骸那样，就像我们看到那些坐在酒馆里的顾客观众谁也不制止，谁也不惋惜这些神秘建筑那样，如今我看到照片上这同样的毁灭景象，就像希特勒消灭犹太人一样。我看到，要是捷克人像德国人一样如此仇恨犹太人，只要有可能，即便到今天也会毁灭他们。我们坐在霍尔克喝着啤酒，平静地看着那些推土机是多么带劲地毁灭这些犹太建筑的残骸，看着这些变了形的墙壁连同壁龛与楼梯在如何倒塌，与此同时，在不远的地方机器的巨勺在一片米黄的尘土中挖着散落的犹太人区的碎砖破瓦，再将它扔到卡车上，一直运到佳布里茨基森林下方离斯特舍尔尼支纳不远的峭壁断崖中，我丈夫还对我说过德国人曾在离那儿不远的地方枪杀过我们的爱国者。有一天我乘电车时，只见人们都站起来，以便能从电车上透过铁栏杆看一眼正朝这边开过来的卡车，一辆接着一辆，里面的碎砖破瓦和脏土堆得高高的。在巴尔莫夫卡对面，眼看各辆卡车上的一个个小堆渐渐消失，倒到长满黑丁香的山坡脚下，那竖着或已经倒下的数百块旧犹太人区的墓碑上面。我是越过这些观众的肩膀看到这一切的。乘客有的已经下车往回走，以便能更好地欣赏那一辆接一辆的卡车是如何将碎石和土块儿撒到那墓地上埋住它的。可惜呀！这些运送被摧毁的利本尼犹太人区的建筑残迹的卡车本应运送那些曾经住在这个犹太人区，如今散居在这个国土上的犹太人，让他们能旧地重逢的。可这只是我的愿望。如今那个小山冈，就是那个在山脚下有个我丈夫常去、士兵们带着他们的小妞常去的拉·巴罗马小酒店的小山冈已经渐渐塌陷，被推土机逐渐挖空，将切下来的一大块一大块泥土装到卡车上，像疯子一样来来去去，但总是将自己的装载物撒在山坡下面以埋住那些墓碑，如同洪水逐渐上涨一样。我没有勇气走近看一眼。我想我恐怕会因为羞愧而憋死过去，因为从电车上我总看到许多人在那儿围观，就像我在一九四五年后跟我们整个劳动营的人一道必须去看电影一样。看着俘虏们如何站在一个像火山口似的大墓穴前面，后面站着帝国的士兵朝着俘虏们的后脑勺射击，这些被枪击者便倒下掉进一个大墓穴里一样。那个墓穴跟现在那些上面撒下泥土碎石的墓地竟是如此相像！但我还是没克制住，我必须去看，不是看卡车如何往墓碑上倒土，而是去看那些兴致勃勃地观赏如同扫射被俘者后脑勺一样场面的都是些什么人！于是我便站到那里。我看到，到这里来看热闹的人有的还带了小板凳，一大清早就来了。随身还带着装咖啡的小提桶，眼睛都不眨一下地看着那些墓碑如何被土埋掉，卡车的车轮如何在那些小土堆上轧来碾去。我还看到大块岩石如何响声隆隆地滚下来砸在那些墓碑、黑色墓碑上；看到一块上面雕刻了一双交叉着手的墓碑还在挺立着；其他墓碑却已倒下，像小柱子一样，有的脸朝下，有的侧着身子倒在地上；有的在平息下来之前还翻滚几下；有的被埋在底下，有的还露着半截身子，一些黑丁香树的柔弱枝条垂到它上面，枝干上开满了丁香花，香气醉人。我丈夫说，在犹太墓上栽黑丁香是因为它的根在一年之内能将死人身上的肉吃掉，两年之后，这种黑丁香连死人的骨头也能消化掉。所以犹太人的墓上常种黑丁香。农民也常将它种在窗下，要是有人得了谁也没法赶来相救的急病，病人就可以将手伸到敞开的窗外揪些花揪些叶或刮些树皮吃下去而得救。因为整株黑丁香全身都是药，因此农民才把它种在卧室的窗子旁，所以才把它种到犹太墓地。我站在那里看着如何销毁犹太墓，围观者如何被这一景观迷住了。我正看得仔细时，发现我的丈夫也站在那里，也跟其他人一样在观看，也跟我一样不相信自己的眼睛。他看的不是卡车如何往下面倒东西，而是看旁边的人们，看他们的侧面，看那些观众。当我们的目光相遇时，我丈夫叹一口气，耸起肩膀，摊了摊手，然后无能为力地任它耷拉下来，表示“又有什么办法呢？毫无办法……”我回家了。突然全身发寒发热。外面盛开着的黑丁香，芳香扑鼻，我却生起两个炉子。我坐在大炉子跟前烤火，可总也暖和不起来。我不仅怜悯犹太人，而且怜悯被那些战胜者们殴打和侮辱的人。后来我丈夫也回来了，于是我们俩都坐在炉边烤火，而室外火红的太阳正在光芒四射。我丈夫指着院子黑板棚窗下的一堆泥土里长出来的那根爬山虎给我看，它正分出许多枝杈朝上爬着，然后又耷拉下来。我丈夫对我说：“那上面挂着一副我的面具，是沃拉吉米尔在这张桌子上为我做出来的，那张扣着我的脸做出来的面具早已掉进泥土里，我看到它像圆月钻进乌云里一样慢慢往地里陷，再加雨水冲击，直到那面具消失不见，如今埋在那下面哪个地方，等到我们什么时候有了时间，再慢慢地将它挖出来，看看我在地里是个什么模样，看看时间在这张面具上起了些什么作用。等到有一次，比方说五百年后人们再挖开这犹太墓将会有什么样的惊讶啊！当一块接一块的墓碑被好奇的考古学家的眼睛发现时，又将会有什么样的惊讶哩！也许，当他们在这个院子里的土堆中，在挖出爬山虎藤根时发现还埋着我的那张面具时，将会有更大的惊讶哩！这是沃拉吉米尔在我生前就给我扣出来的。”我丈夫轻声给我讲述着，“密丽扬、丽芙克、西贝莱戈尔德、舒芮、姆斯卡特、内特、瑞赫莱①……小姑娘我亲爱的，我们不应该忘记这一点，就在你妈妈和莉莎在纳粹德国吞并奥地利之后前一天，维也纳人目睹来访的希特勒的风采当天，在维也纳的一个犹太女人波拉克·冯·巴涅克太太从窗口跳楼自尽，关于她，她的儿子们写了并出版了一本幽默笑话……波拉克从窗口跳楼自杀，而你妈妈、莉莎和数千维也纳人却因为见到了坐着敞篷车穿过维也纳的希特勒而兴奋地哭泣和喊叫……”

我丈夫已经早就不再在家里跟他那些朋友办家庭聚会了。他在剧院、在大街上和饭馆里认识的朋友也不来找他了。可在这里还是有过一次婚礼。维拉·斯拉维切克有个对象，她甚至爱上的是一个法学博士。我为她而祝福。因为夏天晚上，在我们楼上住着的人家都敞着窗子，所以听得见维拉和她妈妈在谈话，时而发出阵阵笑声。维拉对她妈妈讲了当天在她办公室所发生的一切，后来就睡觉了。我住在下面有时不免为我们没有孩子而感到遗憾。我还从来没生养过孩子。我要是跟谁有过一

① 以上为遇害的犹太人的名字。

个孩子，我丈夫肯定会非常高兴地收养他，因为他喜欢孩子，因为他害怕我跟他所生下的孩子会是些弱智儿。可是当我听到楼上母女聊得那么开心时，不禁感到有些凄然，真的为自己没有一个可以与我这么谈心的小姑娘而感到遗憾。因为我刚搬到这里时，维拉还是个小姑娘，五年之后的今天，维拉已经要当新娘子了。我在这里见过她的未婚夫，跟我丈夫一样，这位法学博士也比她大十五岁，可是却有些怯生生的，就跟一个刚哭过脸的孩子一样。斯拉维切克太太有次坐在厕所里，跟往常一样照例敞着门对我点点头，跟我说话，说她未来的女婿到了该结婚的时候了，因为他太依赖他的妈妈，说这位博士现在还处在邻居只问他"你为什么不结婚"的情况下，再过几年人家就会问他"你为什么没结过婚"了。于是他们便举行了婚礼。就跟我的婚礼一样也是在扎麦切克小宫堡举行的。我也去看了看，就跟所有婚礼一样很动人，新郎官回答的那声"愿意"就像被判刑者在法庭上接受判决时的那声音一样。然后在世界饭店吃午饭。下午参加婚礼的客人拥进我们的过道。所有不了解这里情况的婚礼客人都被过道湿墙上掉下来的灰泥弄脏了袖子。贝朗诺娃太太也跟往常一样没有什么别的好招儿，只知道扭开水龙头，用两个水桶轮流冲洗地面，扫帚将脏水从过道那儿经过院子从她窗子底下扫进下水道。她也跟平常一样穿着粉红短裤衩、戴着粉红胸罩在干活儿。婚礼客人们为了躲开她的扫把跳来跳去的，结果使他们的礼服在潮湿的过道墙和贝朗诺娃太太窗子底下那面墙上蹭得更脏。只有我丈夫在这一天不怎么高兴，他只祝贺了一下，便跟贝比切克·斯瓦特克一道跑到瓦尼什达的酒店里庆祝婚礼去了，他们在那里为新婚夫妇的健康干了杯。新娘的弟弟、一个未成年的男孩到晚上醉得从楼梯上一直滚到下水道那儿，就在那里睡着了，后来不得不把他弄醒，送他去急诊，因为他酒精中毒了。新房闹到半夜才散。我丈夫在床上对我说："这桩婚事不会有好结果，听酒馆里的人说那位新郎官怪得很，事先未经他母亲允许的事情他从来不做，他也从来没离开他妈单独去过任何地方，什么都要问他妈，连衣服、领带、鞋子都是他妈给他买……"我渐渐入睡，这一天我又变得软绵绵的情绪不高，因为我遗憾自己没有一个小闺女，而维拉将从这儿搬走同她的新郎住到新房子去，夏天晚上再也听不见她们母女俩在楼上聊天谈地，以摆脱一天所碰上的事情给她们带来这样或那样的压力。而我实际上是孤身一人在家，因为我丈夫在跟贝比切克交朋友，他们还准备将我们的住房整个地粉刷一遍，不仅是窗子、不仅是门，而且连家具都要刷成白色。我待在家里，谁也没问过我一声，我丈夫一个人就这么决定了：连家具也要刷成白色，根本就没跟我谈过这事儿……斯拉维切克太太每次碰见我总要兴高采烈地跟我谈谈新婚夫妇有套什么样的新居，说这新生活的确把她的女儿变成了一个真正爱操心的年轻太太，说她努力想使一切包括她们的住宅焕然一新，说她费了好大的工夫才说服她丈夫、这位法学博士买了新衣服、新鞋子，总而言之让他从结婚起开始一种完全别样的新生活。可是，半年之后，我简直惊瘫了：那位曾经穿着白婚礼服从这个院子里出去的当时的新娘子，如今穿着一身黑、戴着黑纱礼帽又走进这个院子回娘家了。楼上她家里的人都在号哭，不知所措。我丈夫晚上从瓦尼什达的酒馆回来后告诉我发生了什么事情。跟以往一样开头我不明白他说的话："小姑娘，那新生活不是那么容易来的。昨天那位博士回到家，想上剧院去，当他打开衣柜想找条领带时，不禁吓了一大跳，因为那里挂了十二条新领带，却没有他妈妈给他买的那些领带，于是问题就来了！他问：'那些领带在哪里？'他新媳妇说：'我给你买了一些时髦的、更漂亮的新领带。''我的那些旧领带在哪儿？'新媳妇微笑着说：'收藏在某个地方，你猜不着。'那位法学博士又追问：'我妈给我买的那些领带在哪里？'新媳妇维拉说了真话：'我跟我妈把它们烧掉了。'"我问他维拉为什么穿着一身黑丧服。我丈夫说："就在维拉告诉他这些领带已经无法挽回地被烧掉之后，这位法学博士便跳进了高楼的天井，自杀了。"

沃拉吉米尔在我们的房间等着我。我老远就看到他情绪不安到极点。在过道上他便立即告诉我说黛卡娜不见了，说他各处找过她，甚至还跑到剧院去找过我丈夫，结果一不小心掉进舞台上的陷阱里，跌到五米远的一个长沙发上。当吓了一大跳的布景工们跑到地下室时，沃拉吉米尔朝他们走来问道："博士在哪里？"说他今天得到了从法庭来的书面通知，说黛卡娜向法院提出由于不可克服的厌恶和恐惧，要求与他离婚……沃拉吉米尔坐在我那里哭得死去活来，在号哭的间隙说他爱黛卡娜，离了她便活不了，离了她便创作不出一幅版画来，即使弄出来也不过是已有作品的重复。说他带着黛卡娜的内衣，为的是让自己觉得黛卡娜离他更近。说他上班的时候腋底下夹着黛卡娜小时候睡觉带着的秃毛小熊……他哭着对我说，大冬天当黛卡娜来来去去坐在电车上售票时，为了让黛卡娜知道沃拉吉米尔和她在一起，他便在大冬天也穿得很单薄，像黛卡娜那样挨冻……可现在却出了这档子事儿。他又重复读了一遍法庭通知他出庭参加第一次审理的传票，说黛卡娜从布莱肖夫寄来了"由于不可克服的厌恶"而提出的起诉、要求离婚。沃拉吉米尔像瘫了似的坐在那里求我再替他把从日什科夫来的这法庭传票读一遍。后来我丈夫来了，他也读了一遍这传票，也跟沃拉吉米尔一样愣着坐在那里。沃拉吉米尔哭了这一大场之后便站起身来，求我丈夫作为证人跟他一起去法庭……那一天，当我丈夫参加第一次开庭审理回来，微笑着对我说这实际上是一场滑稽戏，因为女检察官读着由黛卡娜的父亲写的起诉书，沃拉吉米尔却答非所问。合议庭庭长却提醒沃拉吉米尔对女检察官的态度要好一点儿，针对提问来回答问题……于是沃拉吉米尔第二天便给检察官递上了一封情书。一天之后，检察官起诉沃拉吉米尔蔑视法庭……一个星期后最后一次开庭，所有法庭官员都站在黛卡娜一边，因为沃拉吉米尔说话已经前言不搭后语，于是沃拉吉米尔离了婚，从此再也没见到黛卡娜。后来我丈夫和沃拉吉米尔还有那位女检察官坐在日什科夫旧市政厅旁的一家饭馆里，因为女检察官喜欢艺术，所以他们一起喝了啤酒。沃拉吉米尔向她讲授着他的行动版画，谈它的诗意所在……现在女检察官对沃拉吉米尔所谈的一味地附和并表示赞同，就像我丈夫所说的，她似乎爱上了沃拉吉米尔。因为从艺术观点来看，女检察官认为凡沃拉吉米尔所说的都有意义和逻辑性，他的谈话主要是启发了她对现代的行动造型艺术的新认识。还有我丈夫谈到的波洛克的动人心弦和精力饱满的艺术也起了这个作用……于是女检察官竟然忘了回家。她对沃拉吉米尔说她是有生以来第一次见到一位使她相信存在现代艺术的艺术家……后来沃拉吉米尔就不怎么上我们家来了。半年之后来过一次，我丈夫还不在家，沃拉吉米尔像得过重病似的两脚软弱无力地沿着楼梯一步一步慢慢往上爬，没像以往那样飞跑上来。他有点儿发胖了，随身带着的不是提包而是几根钓鱼竿。他将它们竖在窗子旁，在门外擦了好久的鞋。进来后，我递给他一把椅子。他对我讲述了一些我已经从我丈夫那儿听到的事情，说哈鲁贝茨基先生在美协为沃拉吉米尔争取到一笔补助金，沃拉吉米尔已经半年不必上班，让他只弄他的版画。可是就像沃拉吉米尔慢吞吞地跟我讲的，他什么也没干，整个上午坐在家里的长沙发上，光着脚，呆呆地望着自己那双脚。从黛卡娜抛弃他的那时起他就一蹶不振，打不起精神，于是钓起鱼来。他钓鱼不是为了晚上有鱼吃，而是为了消磨时间，既然尚未找到谋杀自己的力量，那就谋杀时间吧。晚上便又慢吞吞地追溯往事，回忆起他跟博士曾经梦想着要冒犯一下这个世界的那会儿。我望着沃拉吉米尔，心里却在想着我丈夫，要是他留在家里，要是他能够坐在家里，让他一个劲儿地写，而不只是吓唬吓唬他而已，那我丈夫大概也会整整一个上午坐在那里，装着很有兴趣的样子观察他那双光脚、脚指头，因为我丈夫跟沃拉吉米尔一样害怕孤单。沃拉吉米尔接着对我说："我上班的那些时光到哪里去了？那时我五点半就起床，什么事都提前一天干完，干活的时候在我面前闪烁着一个仿佛是神话中的世界。年轻的太太，我大概得回到班上去干活儿。"沃拉吉米尔慢吞吞地说，他极其费劲地寻找着字句，憨厚地微笑着，没有勇气看一下我的眼睛，只是瞅着他前面，有一会儿他完全忘了自己坐在哪里。我则望着窗外我丈夫经常爱望的板棚斜屋顶间那一片扇形天空。后来，更确切地说他在自言自语，"年轻的太太，我把自己看作像一根上面装饰着刻痕、切痕和标记牌的旅行杖……所有这些在我内心积累起来的财富我连在夜里都能看见，我在黑暗中也能摸到它们。可这是因为我现在的这一切都已是我的过去。在我面前没有任何新东西。只有那些我钓着了又放掉的鱼。"这一瞬间，我丈夫从楼梯那儿几乎是飞跑着到了我们的小院子里，他喘着气走进来，仰面倒在长沙发上大声嚷道："我今天当了拉幕人。你们知道在舞台上的拉幕人是什么吗？你们知道国家奖获得者阿列什·波特霍尔斯基将拉幕托付给我这是一种什么样的荣誉吗？在第一幕开始时，这幕布得慢慢慢慢地升上去，拉到剩下三分之一的时候就得一下将它缩到上面。"我丈夫越说越激动，"恐怕谁也不能像我掌握得那么好。这是导演阿列什·波特霍尔斯基本人对我的信任……

沃拉吉米尔，你多在这儿坐一会儿！我还得回到那里去，因为我还得再一次，又再一次地学好拉幕，以不辜负波特霍尔斯基先生对我的信任。幕布得慢慢地升起，最先像绳索浸在柏油里似的，到幕布升到只剩三分之一的时候就要嗞地一下拽上去，几乎像吧嗒一下嘴那么快。然后我得把绳子拴好，到最后落幕也是一样，先是慢慢地、庄重地，阿列什·波特霍尔斯基叮嘱我的。庄重地，到最后离台面只有一米的时候啪的一下落下。”沃拉吉米尔平日起身离去时总是匆匆忙忙的，有两次撞掉了我的碟子，有三次撞泼了我的咖啡，可如今却艰难地站起身来，也没道别，就到了过道上，后来在窗口那儿出现了一下。他变老了，带着一种无可奈何的笑容拿起他的鱼竿，说："有啥办法？我们又要钓鱼去……我去买双拖鞋，让我妈妈在上面绣两只小猫……”我丈夫站起来说道："沃拉吉米尔，想听那个关于波拉克太太最棒的笑话吗？有一天早上波拉克先生没出来吃早饭，也没见来吃午饭，他们在整个庄园里找他，直到下午晚些时候才从他卧室的床底下找到他的尸体……波拉克夫人把所有女仆都叫到房间里来，然后掀起床罩，用手指着死在床底下的丈夫对女仆们说：‘你们这些婊子，就是这样给我收拾屋子的呀?’这是波拉克夫人说的……可是当希特勒来到维也纳时，她便从窗口跳楼自杀了。沃拉吉米尔，让您妈给您买双灰拖鞋吧！那两只猫最好是一只红的一只黑的……”

1984 年 11 月至 1985 年 2 月

图书在版编目（CIP）数据

新生活／（捷克）赫拉巴尔著；星灿，劳白译．—北京：北京十月文艺出版社，2015.1

ISBN 978-7-5302-1394-0

Ⅰ．①新… Ⅱ．①赫… ②星… ③劳… Ⅲ．①长篇小说—捷克—现代 Ⅳ．①I524.45

中国版本图书馆 CIP 数据核字(2014)第 078711 号

著作权合同登记号：图字：01-2012-5834

新生活

XINSHENGHUO

［捷克］博胡米尔·赫拉巴尔　著

星灿　劳白　译

*

北京出版集团公司
北京十月文艺出版社　出版

（北京北三环中路 6 号）

邮政编码：100120

网　址：www.bph.com.cn

新经典发行有限公司发行

新　华　书　店　经　销

北京汇林印务有限公司印刷

*

850 毫米×1168 毫米　32 开本　9.375 印张　179 千字

2015 年 1 月第 1 版　2015 年 1 月第 1 次印刷

ISBN 978-7-5302-1394-0

定价：35.00 元

质量监督电话：010-58572393